Enrico Ianniello
Das wundersame Leben des Isidoro Raggiola

Reichetto

Enrico Ianniello

DAS wundersame LEBEN des ISIDORO RAGGIOLA

Roman

Aus dem Italienischen von
Christiane von Bechtolsheim

PIPER
München Berlin Zürich

Mehr über unsere Autoren und Bücher:
www.piper.de

Die Originalausgabe erschien 2014 unter dem Titel
»La vita prodigiosa di Isidoro Sifflotin« bei Feltrinelli, Mailand.

MIX
Papier aus verantwortungsvollen Quellen
FSC® C083411

ISBN 978-3-492-05690-8

Gesetzt aus der Centaur
Satz: Fotosatz Amann, Memmingen
Druck und Bindung: CPI books GmbH, Leck
Printed in Germany

Für Carlo, der Unschuld verschenkt.
Für Gabriella, die Lachen verschenkt.
Für den blinden Peppe, der auch sterbend
noch pfeifen kann.

There was a boy
A very strange enchanted boy
They said he wandered very far
Over land and sea
A little shy and sad of eye
But very wise was he
[. . .]
The greatest thing
You'll ever learn
Is just to love
And be loved in return

Nat King Cole, Nature Boy

Erster Teil

I

Chr-jiiii

Ich heiße übrigens nicht nur Isidoro Raggiola.

Also, das ist nicht mein einziger Name, es war nur der erste, ganz am Anfang: Isidoro Raggiola, als Sohn von Quirino Raggiola und Stella Dimare. Ich weiß, der Name meiner Mutter – Seestern – klingt lustig. Ihre verschrobenen Eltern hatten sich einen Spaß daraus gemacht, einen Vornamen zu wählen, der zum Nachnamen passt wie ein T-Shirt zur Hose. Es gab im Dorf noch mehr solche Fälle, anscheinend war es damals üblich, den Vornamen auf den Nachnamen abzustimmen. Zwei besonders seltsame Beispiele sind der Maurer Aniello Santaniello – Lamm Lammfromm – und Isola Dellamorte – Insel des Todes –, die Tochter von Dr. Dellamorte – dem Arzt des Todes. Der Pfarrer setzte Himmel und Hölle in Bewegung, als sich diese Mode im Dorf breitmachte, und irgendwann platzte ihm der Kragen:

»Auf welchen Namen soll ich das Mädchen taufen? Santa? Wie war noch mal der Nachname?«

»Madonna. Ich bin Tonino Madonna, der Vater.«

»Santa Madonna? Heilige Madonna! Das kann doch nicht euer Ernst sein! Was habt ihr denn gegen Giuseppina, Concetta oder Anna? So ein Quatsch! Letzte Woche musste ich ein Kind auf den Namen Giardino taufen! Garten! Den Sohn von Peppe Fiorito! Jetzt heißt er Blühender Garten! Es reicht!«

»Aber wir sind fromm, wir wollen das Kind der Muttergottes anvertrauen.«

Es war ein Bauerndorf in den Bergen.

Im Dorf gab es einen einzigen Arzt, der zugleich die Apotheke betrieb, der Vater von Isola. Lieber Himmel, was für ein Nachname bei dem Beruf! Er war zum Glück nett, und irgendwann dachte man sich nichts mehr dabei, wenn man zum Todesarzt ging, als würde man Gebäck der Firma Giftmischer, Rettungsringe der Marke Endebös oder Medizin von Wirklos kaufen.

Meine Mutter ist noch mal glimpflich davongekommen mit Seestern, auch wenn das Meer ungefähr hundert Kilometer entfernt war und die Straße sich auf dem Weg dorthin hügelauf und hügelab durch unzählige kleine Dörfer schlängelte. Mamas Name war das Meerigste, was es in der ganzen Gegend gab. Ich zum Beispiel war schon fast zehn, als ich zum ersten Mal am Meer war, und ob Mama überhaupt jemals dort gewesen ist, weiß ich nicht. Natürlich haben die Leute, die da waren, etwas erzählt, von Baden und Sand und all so was. Aber vielleicht sollte man einem Menschen erst am Ende, wenn er stirbt, einen Namen geben, dann hieße Mama Teigstern, und das würde richtig gut passen.

Zum Glück hatten meine Eltern mit diesen Namenspielchen nichts am Hut. In unserem Dialekt bedeutet Raggiola – mein Familienname – Fliese, und ich mag mir gar nicht ausmalen, was dabei hätte rauskommen können. Womöglich hätten sie mich mit Vornamen Küche oder Klo genannt.

Dafür verpassten mir die Kinder in der Grundschule sofort einen neuen Nachnamen. Ich pfiff damals schon, wenn auch noch mit Stimmtechnik, ich war bekannt wie ein bunter Hund und trug alle möglichen Namen, Pfeife oder Vögelchen, weil ich dem Franzosen noch nicht begegnet war. Aber in der Schule hieß ich Isidoro Dünnbauch, weil Bauchhaut und Wirbelsäule bei mir so nah beieinanderlagen, dass kaum Platz war für meine kleine geballte Faust von Magen. Dabei aß ich, es war unmöglich, zu Hause nicht zu essen, aber ich rannte und rannte, immerzu rannte ich, und sogar beim Rennen pfiff ich, wie die Schwalben, die im Flug schreien, ausgelassen vor Freude. In dem Alter pfiff und zwitscherte ich wie eine Amsel. Habt ihr im Ohr, wie eine Amsel zwitschert?

Als ich geboren wurde, hatte ich, die kleinen Fäuste blau vor Anstrengung, die Augen zusammengekniffen und den Mund aufgerissen und war rot angelaufen, wie alle Neugeborenen. Aber ich weinte nicht. Ich habe gebrüllt, aber nicht geweint. Die Luft drang mit Macht und ungefragt in meine untrainierte Lunge ein, und ich stieß sie mit aller Kraft zurück, aber ich weinte nicht, ich machte nicht »mwäääh«. Ich machte »chrrriii«. Ich pfiff. Danach war ich ein paar Stunden still. Ich beobachtete einfach nur, was um mich herum geschah, und das war Folgendes: Zuerst schob mir die Krankenschwester einen Schlauch in die Nase, »um meine Atemwege freizukriegen«, wie sie, soviel ich weiß, sagte, und dabei stieß ich den zweiten Pfiff aus, bei dem sie noch mehr erschrak als beim ersten; sie holte sogar rasch eine Taschenlampe, um mir mit einem spargeldicken Lichtstrahl in den Rachen zu leuchten und herauszufinden, was ich in dem ganzen ekligen Schleim Merkwürdiges hatte. Anschließend wusch und säuberte mich die Schwester gründlich, dabei zog sie allerdings an mir herum und drehte und wendete mich wie ein Zicklein. Papa saß bei Mama und hörte nicht auf, sie zu streicheln, beide sahen zufrieden aus, und die Hände meiner Mutter waren wie immer voller verkrusteter Mehlpampe. Dann wurde ich in die Wiege gelegt. Das heißt, eine richtige Wiege hatten wir nicht, aber der Nachbar eines Bekannten eines Freundes hatte in Deutschland einen Verwandten, und der besaß eine nagelneue Wiege, die er uns schenkte und im Sommer extra bringen wollte. Aber ich war zu früh auf die Welt gekommen, und die Wiege stand noch in Deutschland, wo sie, ehrlich gesagt, auch geblieben ist.

Als Mama die ersten Wehen spürte, ließ sie sich nicht aus der Ruhe bringen, obwohl es ihre erste und übrigens einzige Geburt war. Bis es richtig losging, knetete sie noch ein paar Kilo schön weichen Teig und formte ihn auf dem dicken runden Backbrett, das uns auch als Esstisch diente. Während sie den Teig knetete, mit ihren schönen, kräftigen, weißen Armen, die selbst aussahen wie aus Teig gemacht, hielt sie immer wieder inne und stöhnte: »Oh heilige Maria!«

Papa fragte: »Was ist los, Stella?«

»Nichts«, antwortete sie und knetete weiter. Es folgten ein »Oh Jesus!«, ein »Oh heiliger Antonius!«, ein »Oh heiliger Sankt Blasius!«, bis schließlich, in einem nicht zu bremsenden Crescendo von Heiligen, zwangsläufig der große Meister dran war und sie bei der stärksten Kontraktion »Oh Gott!« schrie. Der runde Brotlaib war fertig und eingemehlt. Sie bat Papa, ihn abzudecken, denn sie hatte etwas Hefe dazugegeben, damit er besonders weich würde. Zusammen mit der kleinen bunten Wolldecke war das mein wunderschönes erstes Bett, ein Bett aus Hefeteig. Da lag ich also im Weichen, den ganzen Abend und die ganze Nacht mit offenen Augen, ganz nah bei meinem Vater. Ich sah ihn an, und er sah mich an. Zum Glück lebte die Krankenschwester im Dorf, denn bei einer vorzeitigen Geburt kann man keine sechzig Kilometer ins nächste Krankenhaus fahren, also kümmerte sie sich um alles.

Nach ein paar Tagen hatten sich meine Eltern an meine seltsame Art zu weinen gewöhnt, an diese schrill gepfiffenen aufsteigenden Schreie, »chr-jiiii, chr-jiii«, von denen Mama stolz behauptete, sie auf Anhieb zu verstehen.

»Chr-ji!«

»Er hat Aa gemacht.«

»Chr-jiii!«
»Er will trinken.«
»Chr-jiiiii!«
»Nimm ihn auf den Arm, Quirino!«

Ich war noch kein Jahr alt, da sprach ich schon ein paar Wörter, und das Pfeifen wurde deutlich weniger; außerdem kapierte ich allmählich ein bisschen besser, wie meine Kehle und mein Mund funktionierten, mein »Stimmapparat«, wie man mir erklärte. Wenn ich weinen wollte, dann weinte ich wie andere Kinder auch, und alle vergaßen das Pfeifen, einschließlich ich selbst. Bis Alì kam, ein wunderschöner Beo.

Streng genommen kann man nicht sagen, dass er selber ins Dorf kam, denn er wurde gebracht. Mattinella – mein Dorf – liegt nämlich nicht auf der Reiseroute von Beos, es liegt vielleicht auf der Reiseroute anderer Vögel, meiner Meinung nach aber nicht auf der von Beos. Alì war von Alfredo Zonzo gekauft worden, dem Inhaber der Zoohandlung A ZONZO, was so viel wie »bummeln« heißt. Seine Eltern hatten ihn auf einen ganz normalen Namen getauft, Alfredo, aber er hatte den Anfangsbuchstaben einfach so, ohne Punkt, auf das Schild geschrieben, und damit war alles hinüber. Als Tüpfelchen auf dem i war seine Tochter mit ihrem Mann Antonio Piazza in die Wohnung unter ihm gezogen, und im Erdgeschoss wohnte eine Witwe namens Dante. An der Sprechanlage las man also von oben nach unten:

Bummeln
Auf der Piazza
Dante

Unser Klingelschild war aber auch hübsch: Raggiola-Dimare. Meerfliese.

Ich habe oft darüber nachgedacht. Könnt ihr euch vorstellen, eine Fliese aus Meer zu haben? Zwanzig auf zwanzig

Zentimeter Meer bei euch zu Hause, mit einem Fisch, der ab und zu reinschwimmt und wieder verschwindet? Und ihr stellt euch die Fliese auf den Nachttisch und schaut sie am Morgen zehn Minuten lang an, bevor ihr zur Arbeit geht? Wenn man eine Meerfliese haben kann, dann kann man auch einen ganzen Meerboden haben, dreißig Quadratmeter blaues Wasser, ein Esszimmer mit Tisch und Sofa und Wasser unter den Füßen, und im Sommer kommt einer vorbeigeschwommen! Guten Tag! Hallo, mein Freund! Oder gleich ein ganzes Haus aus Meerfliesen, stellt euch das mal vor!

Signor Zonzo betrieb in einer Gasse hinter der Piazza eine Art Laden, in dem man auch Landmaschinen, Heuballen, Mähdrescher, Öl und all so was kaufen konnte. Im Laden war nichts. Durch das hochgezogene Rollgitter betrat man einen leeren Raum, nur in der Mitte standen ein Schreibtisch mit grüner Resopalplatte und zwei Stühle, einer davor und einer dahinter. Hinter dem Tisch saß Signor Zonzo, davor der Bauer, der etwas kaufen wollte.

Zonzo, der Geschäftsmann, fing immer mit der gleichen Aufforderung an:

»Was ist.«

Er sagte es freundlich, er wollte den anderen nur auffordern zu reden. Aber er war ungebildet und glaubte fest, es heiße »Was ist« und nicht »Was darf es sein?« oder »Sie wünschen?«. Zonzo hielt sich für einen leidenschaftlichen Kenner exotischer Tiere. Seine enorm große Sammlung bestand aus einem Leguan, den er in einem Haus in Caianello hatte mitgehen lassen (weiß der Himmel, was ein Leguan in Caianello verloren hatte), einem haarlosen Hund, der immer dastand und zitterte – »Der kommt aus Afrika, ihr habt ja keine Ahnung, ist doch klar, dass er hier friert«, hatte er einmal auf der Piazza erklärt –, und jetzt noch einem Beo. Der Beo namens Alì saß in einem Käfig auf der Türschwelle und pfiff jeden an, der vorbeikam. Man hatte ihm so einiges beigebracht: einen Pfiff für vorbeilaufende Mädchen (tui-tuiu!), einen, mit dem er sich über Männer lustig machte (toi-toii!), dazu kam der »einfache« aufsteigende Beo-Pfiff (ti-jong!).

Es gab nicht viele Straßen im Dorf, und so wollte es der Zufall – es gelang ihm ohne große Mühe! –, dass ich zusammen mit meinem Vater Quirino eines Tages dort vorbeikam. Ich war vielleicht zwei Jahre alt. Der Käfig stand an seinem Platz, und kaum sah mich der Vogel um die Ecke biegen, stieß er schnell wie eine flüchtende Eidechse sein »Ti-jong!« aus. Papa kam ein paar Sekunden später, er war langsamer als ich und las vor allem beim Gehen immer Zeitung.

Meine Mutter sagte jedes Mal: »Quirì, wie kannst du auf das Kind aufpassen und gleichzeitig Zeitung lesen?«

»Mit dem Seitenblick«, antwortete er und zeigte auf sein linkes Auge, das ganz weit nach außen schielte. Ob nun mit dem Mittelblick oder dem Seitenblick, jedenfalls merkte er, dass ich wie verzaubert stehen geblieben war, denn er blieb ebenfalls stehen. Außer uns war niemand auf der Straße, es war unser Fünf-Uhr-nachmittags-Dorfspaziergang, ich bestimmte den Weg, und Papa folgte mir Zeitung lesend.

Der Beo sah mich an, ich sah ihn an. Der Beo bewegte ruckartig den Hals, ich tat es ihm gleich. Er reckte den Schnabel in die Höhe? Das tat ich auch, und dazu spitzte ich meine kleinen Lippen. Plötzlich klappte sein wunderschöner gelber Schnabel auf und blieb offen, ohne dass ein Laut kam, ich machte auch den Mund auf und sah ihn von der Seite fest an. Wir waren eine Art Kind-Vogel-Spiegel, beide hielten wir still, mit offenem Mund, und beäugten uns aus dem Profil heraus. Hinter mir stand Quirino und las in aller Ruhe seine Zeitung, aber ich wollte mich vergewissern und drehte mich zu ihm hin, und da sah ich, dass sein abgedriftetes linkes Auge über den Rand der Zeitung und zu mir herschaute. Das mit dem Seitenblick stimmte also! Als ich mich wieder meinem neuen Nachmittagsspielkameraden zuwandte, stieß Alì noch mal einen seiner melodischen Laute aus, eine absteigende Kurve und zum Ausklang einen Schlenzer nach oben, ein großartiges »Tui-i-i-i-iiii!«. Toll! Wie schön das klang! Ich war ganz aufgeregt, das musste ich auch machen, und ich machte es. Ich holte tief Luft durch die Nase, wie damals bei meiner Geburt, formte mit dem Mund ein U und schrie haargenau den gleichen tollen Pfiff. »Tui-i-i-i-iiii!« Ja, in Wirklichkeit schrie ich nämlich und pfiff nicht. Ich konnte noch nicht richtig lippenpfeifen, ich konnte keine Geburtstagskerzen ausblasen, konnte nichts aus dem ganzen Kinderrepertoire, weder blasen noch mit dem Strohhalm saugen, aber irgendwo in meinem Körper stand geschrieben: »Pfeif!« Also pfiff und schrie und zwitscherte ich mit der ganzen Kraft meiner Kinderstimmbänder. Alì sah mich beeindruckt an. So einen Beo hatte er bestimmt noch nie gesehen, weiß, groß, ohne Flügel und mit so vielen Füßen, und er forderte mich ein zweites Mal heraus: noch so ein Pfiff, wie geriffelte Tortiglioni, mit drei Eröffnungen und drei Abschlüssen, ein »Tuii-juii-juii!«, das ich flugs nachahmte – wie sonst als flugs sollte es auch gehen, zusammen mit einem Vogel!

Eine Zeit lang machten wir so weiter, Alì gab den Ton an, und ich wiederholte. Wir redeten miteinander. Mit Mama und Papa plapperte ich, ahmte mehr schlecht als recht ein paar Silben nach, viel mehr als »mma«, »ppa«, »aua« war noch nicht drin, aber Alì und ich brachten ein richtiges Gespräch zustande. Er erzählte mir von seiner Heimat, von der langen Flugreise, von den Wüsten, von den Tieren, die er gefressen hatte, und von denen, die versucht hatten, ihn zu fressen, von seinen Lieben, die er in seinem Dorf zurückgelassen hatte, er erzählte davon, wie Signor Zonzo ihn behandelte, und ich wiederholte alles, um ihm zu versichern, dass ich verstanden hatte. Doch nach einer Weile hatten die Erwachsenen keine Lust mehr, sich das Gepfeife und Gezwitscher anzuhören, und sie trennten uns, auch weil Papa und Zonzo sich nicht grün waren, eigentlich konnten sie sich auf den Tod nicht ausstehen.

Ich aber wollte von da an immer zu meinem indolesischen Freund Alì.

II

Willst du, Quirino?

Das mit meinem Namen habt ihr also verstanden, und jetzt möchte ich euch von einem Wunder erzählen, das ein paar Monate vor meinem zehnten Geburtstag geschah. Vorher muss ich aber noch berichten, wie ein ganz normaler Tag bei uns zu Hause abläuft, ein wunderloser Tag sozusagen. Ein x-beliebiger Tag im Hause Raggiola-Dimare, im Meerfliesenhaus sozusagen, beginnt so: Um sechs klingelt der Wecker im Schlafzimmer meiner Eltern, ich höre ihn und drehe mich auf die andere Seite. Ich mag es, wenn ich aufwache und denke, dass ich noch anderthalb Stunden schlafen kann, also kuschele ich mich wieder in mein Kissen und schlafe noch mal tief und fest ungefähr bis zwanzig nach sieben. Quirino – Papa – schläft links im Ehebett, und er liegt auf der linken Seite. Er öffnet das linke Auge, das abgedriftete, das ganz weit nach links schielt, und macht den Wecker aus. In dieser Position muss er dazu die rechte Hand nehmen, was er ein bisschen bedauert, er ist immer ein Linker gewesen. Er steht auf und setzt zuerst seinen linken Fuß auf den Boden. Er öffnet die Tür des Nachtkästchens – logisch, mit welcher Hand – und holt die Anderthalbliterflasche Wasser heraus, die er schon am Abend hergerichtet hat, und das weiße Tütchen mit dem Pulver, das links neben der Flasche liegt, und geht damit ins Bad. Er ist der König der Sprudeltrinker. Schon als Kind hat er

Sprudel getrunken, er war immer schon begeistert von dem durststillenden salzigen Geschmack der Bläschen, er liebte die seiner Meinung nach besonders beruhigende Prozedur der Zubereitung, für die man damals, erzählt er, zwei Tütchen brauchte, ein rotes und ein blaues. Er sammelte auch die gelben Schächtelchen, er schätzte ihr altmodisches »Dissain«, wie er das nennt. In den leeren Schächtelchen fand alles Platz, Bolzen, Münzen, einmal versuchte er sogar, ein Hemd hineinzustopfen, und fast wäre es ihm gelungen. Fünf Extraschächtelchen hat er auf die Seite gelegt, darin liegen die Sätze, die er aus Büchern oder Zeitungen oder sonst woher nimmt, er schneidet Sätze aus, die ihn berühren, faltet sie und ordnet sie ein. Manchmal breitet er sie abends auf dem Küchentisch aus, wie Mama ihren Teig auswalkt, und dann spielen wir das Spiel der Schönen Worte: Er nimmt einen der Schnipsel, die er vorher mit der beschriebenen Seite nach unten gedreht hat, und liest den Satz laut vor, und ich und Mama müssen alles sagen, was uns dazu einfällt, ins Blaue hinein, ohne Regeln. Er sagt, wir könnten wunderschön dichten, Sätze »voller Unabhängigkeit«, und wenn jemand sie in richtigen Büchern verwenden würde, gewänne er sofort den Nobelpreis für die Freiheit des Wortes.

Zum Beispiel:

Satz aus einer Tageszeitung (obwohl der meiner Meinung nach von ihm selber stammt)

Wer nicht gelitten hat, der summt.
Wer gelitten hat, der singt.

Schöne Worte:

Peppino kaut wenig und kalauert viel · Wer nicht auf Mama und Papa hört, stirbt dort, wo er nicht geboren ist · Ich dreh mal eine Runde mit dem Boot · Ich hab dich lieb, aber frühmorgens · Wer keine geschmorten Innereien hat, der darbt, wer welche hat, der isst! · Für mich, für mich, für mich · Vooo-laaa-ree – o-o-o-o · Wiegt schwer, ist aber leicht · Haha, du hast gut lachen, deine Mama hat Gnocchi gemacht · Donnerwetter, die Kuh gibt blaue Milch, die muss vom SSC Neapel sein · Gold Gold im Haar Gold in der Erinnerung · Äpfel und Birnen, Äpfel und Birnen! · Das Telefon summt, es ist in den Kühlschrank verliebt · Feldweg · Grrrrraaaaaaauuuuuu!!

Ich finde das nicht besonders schön gedichtet, eigentlich versteht man gar nichts, aber so ein unsinniges Wortfeuerwerk ist ein Riesenspaß. Manchmal spiele ich das Spiel auch, um Sachen zu sagen, die ich mich sonst nicht zu sagen traue; es ist wirklich nichts verboten, weder Fluchen noch sonst was, und da habe ich zum ersten Mal »einen blasen« gesagt und »leck mich« und »wichsen«, auch »Gastritis«, »Intellekt« und »Speichellecker«, und wer weiß, vielleicht merken meine Eltern bei dem Spiel auch, was mich wirklich beschäftigt, denn wenn ich so ein Wort sage, schaut Papa Mama mit einem halben Augenzwinkern an.

Quirino geht also, wie gesagt, morgens ins Bad, schließt die Tür ab – was überflüssig ist, wir wissen genau, was in der nächsten Dreiviertelstunde da drinnen los ist – und schaltet die Radionachrichten ein. Dann stöpselt er den Abfluss des Bidets zu, lässt gerade so viel heißes Wasser einlaufen, dass die Temperatur stimmt, und schüttelt das Brausetütchen mit zwei Fingern, damit sich der Inhalt in einer Ecke sammelt. Jetzt reißt er einen schnurgeraden schmalen Streifen ab – damit er ihn so hinkriegt, knickt er ihn vorher mehrmals hin und her, wobei er »die Drahtregel« murmelt –, drückt die Ränder des Tütchens zusammen, um es »einzuschnabeln«, wie er das mit einem Papawort nennt, und schüttet das Pulver – die über viele Jahre Praxis genau berechnete Dosis – in die Anderthalbliterflasche. Er lässt den Verschluss zuschnappen und beobachtet gespannt, wie der feine Schnee langsam nach unten rieselt und auf die ersten schnellen Bläschen trifft, die blitzend an die Oberfläche steigen.

»Das ist wie der Wechsel zwischen den Jungen und den Alten«, sagt er dann, und er sagt es auch immer, wenn er den Sprudel für das Abendessen mischt. »Die Alten gehen langsam in Richtung Boden, sie machen oben Platz für die Jungen, die ganz schnell an die Oberfläche sausen, weil sie dort wer weiß was vermuten. Dabei begegnen sie einfach nur den Alten, die auf dem Weg nach unten ›nichts Besonderes‹ murmeln …«

Ich glaube, dass Quirino erst jetzt richtig aufwacht.

Er stellt die Flasche ganz weit nach links, um sie mit dem abgedrifteten Auge zu betrachten. Von hinten könnte man meinen, er schaut gebannt geradeaus zum Fenster, dabei hat er die Flasche im Blick, die neben ihm auf der Kommode steht. Er schüttelt sie dreimal kräftig – keine Ahnung, warum er immer so schütteln muss! –, hält sie ans linke Ohr und öffnet langsam den weißen Porzellanzapfen mit dem orangefarbenen Gummiring – bei diesen Verschlüssen ist der Metallbügel im Glas verankert – und freut sich an dem sprudeligen »Pfffssch«, das den Beginn eines neuen Tages ankündigt. Für ihn ist dieses Pfffssch wichtiger als der morgendliche Kaffeeduft, es flößt ihm mehr Kraft ein als das gute Bauernfrühstück, das Stella in der Küche herrichtet. Aber er hat nicht vor, aus der Flasche zu trinken, nie und nimmer!

Jetzt ist es so weit. Zehn nach sechs, das erste fahle Tageslicht dringt ins Bad, elektrisches Licht ist tabu. In diesem zauberhaften Dämmerlicht des frühen Morgens – »Ich mag es, weil es ein hoffnungsvolles Dämmerlicht ist; die Nacht ist vorbei, es ist anders als das Dämmerlicht am Abend, das ist traurig, weil das bisschen Licht ganz schnell verschwindet, von allen Winkeln geschluckt«, sagt er –, in diesem Dämmerlicht also lässt er seine Pyjamahose herunter, leert die Flasche ins Bidet, rührt rasch mit der Hand um, setzt sich breitbeinig hin und spült sich die Eier.

Er spült sie gründlich, ausgiebig, er spült sie mit Lust, er genießt den Verjüngungssprudel, er genießt die Massage des spritzigen frischen Wassers, das ihm bis zum Bauch schwappt und rasch in die dunklen Winkel seines Körpers rinnt, dieses Körpers eines kleinen, dickbäuchigen, schiefen, schielenden und behaarten Achtunddreißigjährigen, er spürt das Liebkosen der Güsse, sieht, wie das Wasser von den Fingern tropft, bildet sich ein – vielleicht spürt er es auch wirklich –, dass ein ganzes prickelndes Leben erwacht und ihm in die Beine fließt, dann in die dicht behaarte, von Wassertröpfchen glitzernde Brust, dann unter die Achseln. Es ist seine Art zu duschen geworden, er nennt es »Eierbad«. Erst seift er sich mit einer Olivenölpastille ein, die die Frau eines befreundeten Bauern selbst gemacht hat, anschließend schöpft er lauwarmes Sprudelwasser mit einem Glas und gießt es sich über den Oberkörper, über die Haare, über den Rücken, ins Gesicht. Gegenüber vom Bidet hat er einen kleinen Spiegel montiert, so kann er sich in dieser Position auch rasieren. Wenn das ganze Wasser aus dem Bidet im Bad verteilt ist, gilt die Aktion als beendet. Er steht auf, wischt sorgfältig den Boden auf, trocknet sich ab und cremt sich das Gesicht ausgiebig mit einer nach Zitrone duftenden Creme ein. Jetzt glänzt Papa nackt und knubbelig wie ein Babà-Gebäck.

Er hat Stella zu überreden versucht, sich ebenfalls mit dieser Methode zu waschen, und manchmal tut sie es auch, damit er sich freut, aber sie genießt es nicht so wie er. Er hingegen prahlt damit, er habe »nie Probleme gehabt« dank dieser Waschung, die »energetisiert, erfrischt, belebt, aufweckt und in

Gang bringt, was im Körper eines Mannes in Gang zu bringen ist«. Er rühmt sich auch damit, kein einziges weißes Haar zu haben, »weil ich unter meinem Skalp frische Luft habe und nicht das Gift stichter Gedanken«. Auch dieses Wort hat Papa erfunden, er war ein Wortschöpfer. Es bedeutet »stinkend und schlecht«.

Während dieser fröhlichen Waschung werden die Radionachrichten auf die immer gleiche, sozusagen traditionelle Weise kommentiert. »Arschgeige« meint einen Politiker, nicht irgendeinen, sondern *den;* »noch so ein Arsch« ist ein anderer Politiker derselben Couleur, »Marodeur« und »Betrüger« sind zwei weitere Protagonisten der Landespolitik. Es folgen »Depp«, »Nichtsnutz«, »Knecht«, »Leibeigener« – keine Ahnung, wie er auf Leibeigener kommt, er liebt das Wort und bedenkt damit einen Christdemokraten aus Norditalien, vielleicht um ihm zu zeigen, dass er gebildet ist – und zum Schluss ein beunruhigendes und endgültiges »Kotzbrocken«.

Nur wenn im Radio von Enrico Berlinguer die Rede ist, Enrico Berlinguer zitiert, Enrico Berlinguer erwähnt wird, sagt Quirino mit fester, überzeugter Stimme: »Der ja.« Und noch einmal: »Der ja, der ja, der ja.«

Nicht dass er nicht argumentieren könnte, oh nein, Papa war der Gewerkschaftsdelegierte seiner Fabrik und in der ganzen Provinz beliebt, eben weil er gut reden konnte. Er war aber nicht bekannt dafür, dass er Wörter gut aneinanderreihen, sich Gehör verschaffen und überzeugen konnte und sich dann damit brüstete. Nein, er war aus einem anderen Grund beliebt. Er wendete sich den Menschen zu, denen er gegenüberstand, er redete, um zuzuhören, ja, so könnte man sagen.

Und je mehr er zuhörte, umso mehr redete er.

Dabei war er eigentlich ein schweigsamer Mensch.

Um zehn nach sechs, wenn Papa mit seinem Eierbad anfängt, steht auch Stella auf, meine Mutter, und geht in die Küche. Sie macht Frühstück für ihren Quirino: Brot und Bratwürste, eine Ochsenherztomate und ein Glas Wein. Und einen kräftigen Kaffee. Sie sagt immer, dass sie nicht verstehe, wie Quirino um sechs Uhr morgens so viel Zeug essen kann, und er antwortet, wenn sie auch so eine energetisierende Waschung vornähme, hätte sie den gesunden Appetit eines aktiven Menschen, so wie er. Mama war aber überhaupt kein dünnes Elend, sondern wog immerhin sechsundsiebzig Kilo und hatte eine üppige Oberweite.

Nach dem Frühstück geht Quirino zur Arbeit; das Mittagessen, das Mama schon gekocht und ihm eingepackt hat, hat er in seiner Tasche dabei. In der Tür gibt Mama ihm einen Kuss, dann fasst sie ihm mit der offenen Hand da unten hin und fragt: »Na, auch heute alles wieder schön frisch?«, und er grinst und reißt die Augen auf, die vom Tyrrhenischen Meer bis zur Adria sehen, antwortet: »Ich bin energetisiert!« und küsst sie zurück. Danach kommt sie mit einem Zettel in der Hand wieder herein. Das alles dürfte ich natürlich gar nicht wissen, weil man in meinem Alter solche Sachen nicht wissen darf, aber ich stehe eben auch um die Uhrzeit auf, weil ich in die Schule muss, und beobachte die beiden immer, tue, als ob nichts wäre, und finde es ziemlich spannend.

Wenn Mama und ich allein sind, frühstücken wir. Sie macht mir Milchsuppe mit Brot, die ich sehr gern mag. Sie gibt mir aber immer auch drei oder vier zerbrochene Kekse rein, und wenn du wie ich mit einem Mordshunger Milchsuppe isst und dabei zwischen den Brotkrumen plötzlich auf ein süßes Keksstückchen stößt, musst du einfach grinsen, auch wenn du gar nicht willst. Dafür hat Papa das Wort »Kuss« erfunden, aber es bedeutet nicht Kuss, sondern ist eine Fusion aus »Keks« und »Genuss« und gilt auch für andere schöne

Überraschungen: Ein Sonnenstrahl, der plötzlich durchs Fenster dringt, während du mit dem Rücken zum Fenster stehst, kann ein Kuss sein, ein sommerlicher Windstoß unter einem Feigenbaum kann ein Kuss sein, Mamas unerwartete Tagliatelle am Abend sind ein Kuss.

Zu einem Kollegen, der wieder in die Arbeit kam, nachdem er überraschend ein ernstes familiäres Problem gelöst hatte, sagte Papa einmal: »Da siehst du mal, was das Leben für schöne Küsse für dich parat hält!« Der Kollege sah ihn erstaunt an. Papa erfand seine Wörter meistens, indem er zwei Wörter miteinander verschmolz. Manchmal, wie bei Kuss, tat er es sozusagen aus technischer Notwendigkeit, also um »zwei nützliche Dinge miteinander zu verdichten«; in anderen Fällen, zum Beispiel bei *sticht,* machte er es, weil »manche Wörter zwischen zwei anderen stehen, sie bestehen aus zwei Hälften und sind weder das eine noch das andere«.

Dann packe ich meinen Schulranzen, hänge ihn um und mache mich auf den Weg, und Mama verwandelt sich in Stella di Pasta, den Teigstern.

Wenn Stella sich auf ihre Art von Papa verabschiedet hat, kehrt sie also mit einem Zettel in der Hand ins Haus zurück. Eigentlich ist es kein Zettel, sondern ein großes, eng beschriebenes Blatt Papier, das Papa ihr da immer gibt. Jahrelang dachte ich, das seien Liebesbriefe, die er in der morgendlichen Dreiviertelstunde im Badezimmer geschrieben hat. Doch irgendwann habe ich gemerkt, dass Papa vor Mamas magischem Griff zwischen seine Beine und vor den leidenschaftlichen Küssen im Hinausgehen die Nudellung (Nudelbestellung, technische Fusion) holt. In der Tür unseres Hauses, die direkt auf die Straße hinausgeht, steckt ein Nagel. An den Nagel heftet Papa jeden Abend um sieben Uhr ein weißes Blatt Papier, außerdem hängt dort immer ein Bleistift an einer Schnur. Die Dorfbewohner, der Wirt der Trattoria Sant'Angelo und die

Wirte von ein paar anderen Trattorien in den Nachbardörfern kommen an unsere Tür und schreiben auf den Zettel, welche Sorte Nudeln und wie viel sie für den nächsten Tag brauchen, und Mama stellt sie her und verkauft sie ihnen.

Morgens um acht ist es bei uns zu Hause also ziemlich neblig. Es ist neblig, weil Mama mehrere Kilo Mehl, lauwarmes Wasser, Eier und Salz in einen großen Trog kippt und verknetet. Sie braucht unheimlich viel Kraft zum Kneten, aber für mich ist es das größte Spektakel, wenn ich dabei sein und zuschauen kann. Sie wickelt ihre Haare in eines der weißen Kopftücher aus grobem Leinen – die Tücher liegen alle zum Dreieck gefaltet in einer Schublade, in der es nach Sakristei riecht –, setzt sich breitbeinig hin, stellt den Trog auf den Trocker, einen von Papa gezimmerten und so getauften Hocker, und macht aus dem Mehl einen Berg mit einem Krater in der Mitte. Der erste Nebel stäubt auf. Dann gibt sie Eier, Wasser und Mehl hinein und knetet und knetet, und bei jedem Drehen und Wenden pufft wieder eine weiße Wolke auf, und daher kommt bei uns morgens um acht Uhr der Mehldampfnebel. Mama arbeitet schweigend, man hört nur das Puffen und das Walken der Hände, die den Teig bearbeiten, aber es sind nicht nur die Hände, der ganze Körper arbeitet, alles ist mit von der Partie, die Muskeln, das Gehirn, der Atem und vor allem das Gefühl. Kräftig bearbeitet sie die staubige weiße Masse, die allmählich feucht und klebrig und irgendwann glatt und weich und elastisch wird. Mama formt den Klumpen, zerreißt ihn wieder, dreht und wendet und zerreißt ihn von Neuem, bis sich nach gut einer halben Stunde unter ihren Händen – und zwischen ihren Beinen – ein prächtiger weißer, lebendiger, einladender Laib bildet, wie mein erstes Bett. Sie nimmt den Laib wie ein Kind auf den Arm und verarbeitet ihn weiter auf dem Holzbrett, sie quetscht ihn zusammen und zieht ihn auseinander und quetscht ihn wieder, mit ihrem ganzen Gewicht stützt sie sich auf die Hände und drückt und schiebt. Ich glaube nicht, dass sie das jemals gemerkt hat, aber sie macht bei jedem Drücken einen Ton, ein gepresstes »Hmmm« mit geschlossenem Mund, gedankenversunken, mit entspanntem, konzentriertem Gesicht.

Papa hat erzählt, dass er sich in sie verliebt habe, als er sie beim Teigkneten sah, und dass er sie noch immer von hinten anspringen könne, wenn sie über den Tisch gebeugt dasteht und »hmmm« macht. Jedenfalls sind ihre Hände nach so vielen Jahren, die sie im Mehl herumwühlt, zart, flink und seidenweich, und im Sommer finde ich die Mehlfarbe auf ihrer gebräunten Haut so schön.

Wenn sie mit dem ersten Arbeitsgang fertig ist, schaut sie auf den Zettel und teilt den großen Teigklumpen je nach Bestellung in kleinere Klumpen und knetet einen nach dem anderen auf dem runden Holztisch. Sie streicht die Klumpen aus, macht sie platt, ohrfeigt und streichelt sie und bringt sie in Form. Anfangs gab es bei der Nudellung jede Menge Missverständnisse, denn der eine bezeichnete Tagliatelle als Lavanelle, der andere meinte Rigatoni, schrieb aber Muglitielli, und auch Tagliatelle und Tagiolini waren nicht eindeutig, denn für den einen sind Tagliatelle etwas breiter und für den anderen etwas schmaler, manche wollten die dünnen Tagliolini in Nestform, andere lang, es gab sogar Leute, die neue Formen erfanden, zum Beispiel wie Flintenläufe gekappte Cannelloni, glatte Rigatoni oder bunte Flicken. Papa löste das Problem ein für alle Mal, indem er die Nudellung um die Nudiste (Nudelliste) erweiterte, eine sehr schön gemachte zweispaltige Liste: links die gezeichnete Nudelsorte, rechts die verschiedenen Namen dafür.

Nach der Umwandlung der Teigklumpen in Nudeln müssen die Nudeln trocknen, und dann ist unser Haus am schönsten. Weil Mama dafür nie einen Extraraum haben wollte – sie sagt, die Nudeln müssten ihre Stimme hören, und sie müsse dauernd sehen, ob sie auch schön trocken und elastisch bleiben –, haben wir von zehn bis zwölf Uhr Nudelhäkeldeckchen, Nudelhussen und Nudelvorhänge, es regnet Tagliatelle von der Decke, gekappte und lange Cannelloni stapeln sich auf Stöcken, Bandnudeln liegen wie schmale Fliesen auf der Arbeitsfläche neben dem Herd. Wäre jetzt der Fußboden noch aus Meerfliesen, dann wäre mein Zuhause ein Phantand, ein Phantasieland.

Als ich fast zehn Jahre alt war, geschah, wie gesagt, ein Wunder.

Eines Morgens weckte mich die Kirchenglocke um neun Uhr. Neun Uhr! Papas Wecker hatte nicht geklingelt, das Haus duftete nicht nach Bratwurst, obwohl es ein ganz normaler Fabrik-, Schul- und Nudelmittwoch war; im Bad war kein Wasserrauschen zu hören, kein »Arschgeige«, kein »Noch so ein Arsch«. Ich bekam Angst, dass etwas passiert war, und rannte in die Küche. Da war niemand, alles war still, nirgends ein Gramm Mehl, die Rollläden geschlossen. Als ich zu Mama und Papa ins Schlafzimmer schauen wollte, klopfte es leise an der Haustür.

»Wer ist da?«

»Mach auf, Isido'! Ich bin's, Signora Ieso!«

Ich öffnete die Tür. Signora Ieso, unsere Nachbarin, überreichte mir einen riesigen Blumenstrauß, der eindeutig größer war als sie selbst, flüsterte mit Verschwörerstimme: »Stell ihn auf den Tisch, mach schnell, Mama und Papa stehen gleich auf«, und schon war sie wieder weg. Ich sah noch, dass die Nudellung nicht am Nagel hing, und als ich die Haustür zumachte, hörte ich Papas krächzende Stimme:

»Ohhh! Mein Seitenblick sieht was Wunderzückendes für dich, mein Augenstern!«

»Ach ja? Was denn?«

Lachend kamen sie Arm in Arm aus dem Zimmer, im Schlafanzug und mit zerzausten Haaren.

»Du lieber Gott! Was für schöne Blumen! Für wen die wohl sind?«

»Für wen wohl! Für dich natürlich, meine kleine Herzenskönigin!«

Ich sah die beiden an und kam mir echt vor wie in einem Film mit zwei Volltrotteln, ich begriff nicht, was um Himmels willen in sie gefahren war, und die Nachbarn waren eingeweiht, was sollte denn das? Mama schnupperte an den Blumen, verteilte sie im ganzen Esszimmer, wie sie sonst um die Uhrzeit Nudeln verteilte, legte drei Blumen auf den Tisch, zwei auf den Fernseher, drei oder vier auf die Deckenlampe, ein paar stellte sie wie kleine Feuerwerke auf den Kühlschrank, und dann erst merkte sie, dass ihr Sohn nichts kapierte, und kam zu mir, während Quirino mit einem Auge Kaffee machte und mit dem anderen uns beide beobachtete und kicherte.

»Heute ist ein Spezialtag, Isidoro. Papa macht jetzt schnell sein Eierbad, du duschst dich auch und ziehst deinen Sonntagsanzug und die Krawatte an, Papa hilft dir. Und dann müssen wir drei was erledigen.«

Ich gehorchte, aber sie waren seltsam, ich verstand überhaupt nicht, was los war und was die ganze Überraschung sollte, jedenfalls duschte ich und zog auch brav die Krawatte an.

Zwei Stunden später standen wir oben im Rathaus. Quirino Raggiola und Stella Dimare wollten heiraten. Als sie nämlich verlobt waren und ich schon geboren, hatten sie gegen die Regeln verstoßen wollen und beschlossen, ein Paar zu sein und ein Kind zu haben, aber ohne zu heiraten. Das hatte ihnen in unserem kleinen süditalienischen Bauerndorf nicht wenige Probleme eingebracht, aber Papa sagte: »Ich werde Gelegenheit haben, mich mit den Leuten zum Thema Liebe und Gesetz auseinanderzusetzen, als wäre es eine griechische Tragödie!«

Mama sagte: »Mach nur, Quirì, ich glaube, meine Nudeln werden sie trotzdem essen.«

Und wie sie die Nudeln aßen! Wo Quirinos Ausführungen zur Liebe zum Gesetz und zum Gesetz der Liebe nicht ankamen, dort kamen Stellas Nudeln an. Die Meerfliesenfamilie Raggiola-Dimare war ein Gesprächsthema, neue Kunden kamen, auch aus anderen Dörfern, weil sie vom außergewöhnlichen Pastatalent dieser Frau gehört hatten, die mit dem Schielenden in wilder Ehe lebte.

Papa spielte mit dem Provinzkarussell. Er erfand die Spaghedeli (Spaghetti der Liebe, technische Fusion), Paare von geflochtenen viereckigen Spaghetti, ein Loblied auf die glückliche Liebe, die man einfach anerkennt, basta, die Liebe von zwei Menschen, die sich lieben und immer weiter lieben, ohne dass die Religion oder das Gesetz sich einmischt. Die Spaghedeli verkauften sich eine Weile lang auch ziemlich gut. Eine Trattoria hatte sich nämlich die Skandalgeschichte in der Hoffnung auf einen Mythos à la Romeo und Julia – eine Geschichte über Leben und Tod, die für den Absatz von Pasta, Tassen, T-Shirts und sonstigen von verbotenen Küssen inspirierten Souvenirs sorgen würde – zunutze gemacht und die Spaghedeli Vive-l'Amour (ein scharf gewürzter, sehr gehaltvoller Fleischsugo, der mit einem Haufen geriebenem Pecorino serviert wurde und sehr gut zu den Nudelzöpfchen passte) auf die Speisekarte gesetzt. Jedenfalls kam das Gericht in diesem Winkel zwischen Kampanien, Basilikata und Apulien bestens an, und die Bauern, aber auch manche Touristen auf Durchreise schlugen sich den Bauch voll und tranken dazu einen rassigen Bauernwein namens »Drachenschlund«.

Aber die Geschichte von Stella und Quirino war nicht blutig oder tödlich genug, das war sie eigentlich überhaupt nicht, weswegen sie auch kein irpinischer Shakespeare mit der poetischen Kraft der Tragödie erzählen konnte, und so war es mit der touristischen Ressource in Form einer Liebesgeschichte bald wieder vorbei.

Die Trauung war für alle eine große Freude und klappte wie am Schnürchen, bis etwas passierte, das nach böser Überraschung aussah. Auf die schicksalhafte Frage: »Willst du, Stella«, und so weiter und so fort, antwortete Mama mit einem Lachen und einem schallenden »Ja«, das noch auf der Piazza zu hören war. Anschließend wandte sich der Bürgermeister, der der Bruder des Pfarrers war, an Quirino, den Gewerkschafter.

»Willst du, Quirino, …«

Quirino sah ihn mit dem rechten Auge an, er lächelte spöttisch und hatte den Kopf leicht nach links gedreht, was herausfordernd wirkte.

»Willst du, Quirino, die hier anwesende Stella zur Frau nehmen?«

Keine Reaktion.

»Ehm … Quirino! Quirì!«

Papa schien in Gedanken ganz woanders.

Er lächelte, und Mama erwiderte sein Lächeln schelmisch.

»Willst du, *QUIRINO*, …«, wiederholte der Bürgermeister und hob die Stimme, vor allem beim Namen, aber ohne Erfolg. Es kam keine Antwort. Die wenigen Gäste dachten an eine politische Aktion des roten Signor Raggiola und murmelten vor sich hin; jemand sagte: »Vielleicht ist ihm nicht wohl? Hat ihn der Schlag getroffen?«, und ein anderer sagte: »Das kommt von der Aufregung, er braucht ein Glas Wasser.« Der Pfarrer, der aus Freundschaft und zur Provokation ebenfalls eingeladen war, gab dem Bürgermeister, seinem Bruder, ein Zeichen und sagte zu laut, wie am Telefon, wenn man glaubt, man würde leise sprechen: »Der spinnt ja total.«

Papa rührte sich keinen Millimeter. Ich saß auf dem vordersten der reservierten Stühle, praktisch auf dem Ehrenplatz. Papa stand reglos da, die linke Hand in Mamas rechter, dann sah ich zu ihr hin, sie schwankte leicht nach rechts und nach links. Ich wusste auch nicht, was um Himmels willen in ihn gefahren war, aber mir schwante etwas. Ich musste daran denken, wie Papa morgens im Bad das Brausepulver in die Wasserflasche kippte und die Flasche dann links auf die Kommode stellte, um sie mit dem Seitenblick anzuschauen. Da sah es von hinten auch immer so aus, als würde er auf das Fenster vor ihm starren. Und an dem Tag trug Mama ein tief ausgeschnittenes, schönes weißes Kleid ... Jetzt war alles klar. Ich ging nach vorne und stellte mich neben den Bürgermeister, und da sah ich, dass Papa ihn zwar mit dem rechten Auge anzuschauen schien, in Wirklichkeit aber hing sein linker Blick an Mamas Busen, und Mama erwiderte ihn schwankend, damit er auch was zu sehen bekam! Und sie lächelten sich an! Und der Bürgermeister fragte immer wieder: »Willst du, Quirino? Willst du, Quirino?« Da strich ich über Papas freie Hand, er erkannte meine Berührung und drehte sich sofort zu mir.

»Was gibt's, mein Schatz?«

»Der Bürgermeister hat dich was gefragt, Papa.«

»Was denn?«

»Ob du, Quirino, Stella heiraten willst.«

»Sag ihm, dass er der Einzige ist, der das noch nicht weiß.«

»Aber er will, dass du es ihm sagst.«

Der Bürgermeister stellte seine Frage zum letzten Mal.

»Willst du, QUIRINO, ...«

Und Quirino antwortete lächelnd: »Fümmerwig« und küsste Mama.

Der Bürgermeister zuckte mit den Schultern und sagte:

»Na gut, dann darfst du die Braut jetzt küssen.«

Als Quirino fertig war mit Küssen, antwortete er: »Ich hab nur auf deine Genehmigung gewartet!« und entlockte dem Bürgermeister endlich ein Lächeln. Anschließend tauschten sie die Ringe. Meine Aufgabe war es gewesen, sie ihnen zu reichen, aber als ich an meinen Platz zurückwollte, hielt Papa mich am Jackett fest.

»Unser geliebter Sohn Isidoro Raggiola, im Dorf bekannt unter dem Namen Pfeife, schenkt uns jetzt eine gepfiffene Zusammenfassung seiner Gespräche mit Alì, dem Beo von Zonzo.«

Er küsste mich auf die Wange und flüsterte: »Danke«, und Mama machte es genauso.

Auf diese x-te Überraschung war ich nicht vorbereitet, aber ich kannte alle Leute, und alle Leute kannten mich, deshalb traute ich mich. Außerdem hatte ich dieses kehlige Pfeifen mit der Stimme in letzter Zeit immer weiter perfektioniert, und jetzt dosierte ich den Atem schon sehr gut, ich schaffte Sprünge von einer Oktave und konnte manche explosiven Vokale oder im Pfiff zerriebene Silben umformen. Ich begann mit einem dreifachen Triaà zum Aufwärmen. Die Akustik des Sitzungssaales im Rathaus war perfekt für mich, sie sorgte für ein langes Echo, ringelte die Triller nahtlos ineinander und ersparte mir viel Mühe.

»Chi-tjong-chii-tjoooong! Zeejeeee! Chi-jong-chiii-tjooo-ong! Chij-jjjj-tikeeee!«

Ich zwitscherte und tschilpte, dass ich mich für sie freute, dass sie schön seien und ich ihnen Glück und Söhne wünschte. Ich bekam einen Riesenapplaus, den ersten meines Lebens, und als es wieder still wurde, war durch die offenen Fenster der echte Alì zu hören, der aus seinem Käfig in der Gasse hinter der Piazza »Ti-ziziii-jong!« antwortete.

Das hieß: »Herzlichen Glückwunsch!«

III

Erster Liebesbrief aus dem Badezimmer

Stella,

warum sollte ich »Liebe« vor Deinen Namen schreiben? Das wäre, als ob ein Baum nur deshalb schön wäre, weil jemand »schöner Baum« sagt. Der Baum ist einfach schön, er ist schön, weil er ein Baum ist und weil er stark ist. Und weil er schon vor uns auf der Welt war und nach uns auf der Welt sein wird, ist er weise und schaut uns an, wie die Weisen uns anschauen, lächelnd, wie nur jemand lächeln kann, der einen liebt und versteht, auch wenn er anders ist als man selbst. Und Du bist mir lieb, weil Du Stella bist. Vielmehr bist Du mir lieb, weil es Du bist, Du wärst mir auch lieb, wenn du Quasta, Endivia oder Kreuzotta hießest. Außerdem möchte ich Dir schreiben, dass ich Dich lieb habe, aber wieso sollte ich das schreiben? Wenn ich Dich sehe, egal, ob mit dem Mittel- oder dem Seitenblick, freue ich mich fribbelig, meine Haut lädt sich auf, ich muss lachen, weil ich merke, dass das Leben Limonade ist! Und anstatt Dir dann zu sagen, dass ich Dich liebe, müsste ich »Ahhhhhhhh!« machen, wie wenn man im Sommer kühles Brunnenwasser trinkt und sich das ganze Vergnügen auch noch mit den Händen ins Gesicht schwappen lässt. Und dann möchte ich Dir auch noch schreiben, dass ich es mag, wenn Du lachst, und es wäre nun wirklich ein großer Fehler, Dir das nur zu bescheinigen, wie wenn Dr. Dellamorte ein Attest ausstellt. Wenn deine weißen Zähne aufblitzen und dazu vielleicht auch noch dieser helle gläserne Klang kommt, dann denke ich nicht, dass ich das mag, sondern ich könnte im Haus ein Schiff bauen, es aus dem Fenster

werfen und querfeldein bis nach Mattinata rudern und von dort zu Fuß über das Wasser bis zu den Tremiti-Inseln laufen.
Übrigens ist Jesus übers Wasser gelaufen, weil der Vater ihm angekündigt hatte, dass Du eines Tages auf die Welt kommen würdest.
Ciao, liebste Stella, ich liebe Dich und mag es, wenn Du lachst.
In Liebe, Quirino

IV

Mattinella, Andretta, Lacedonia und noch viel weiter: Wahrer Erfolg kennt keine Grenzen

Zur Hochzeit war auch ein Gewerkschaftskollege gekommen, der wie wir in Mattinella, einem Ortsteil von Andretta, wohnte, genauer gesagt, in Pisciolo, aber ursprünglich aus Lacedonia stammte. Nach der Trauung gingen alle zum Brautpaar und begrüßten und küssten die beiden, die für den folgenden Sonntag zu einem Mittagessen mit – wie Papa sagte – Sternenpasta einluden.

»Ihr seid wirklich ein schönes Paar, Quirì!«

»Danke, danke allen, das wissen wir!«

»Und was macht ihr jetzt? Feiert ihr allein?«

»Wir schlafen miteinander!«, antwortete Mama und erntete gleich noch einen dicken Kuss von Papa.

»Dann kommt der Kleine jetzt mit mir«, sagte Nocella, der Gewerkschaftskollege. »Während ihr tut, was ihr tun müsst, bringe ich ihm ein bisschen Marx und Engels bei.« Wir gingen in die Bar-Pasticceria.

»Such dir was aus«, sagte er und zeigte auf die Theke voller Windbeutel, Ricottaröllchen und Zeppole di San Giuseppe, cremegefüllte, mit einer Amarenakirsche gekrönte Teignester.

»Einen Windbeutel mit Zitronencreme«, sagte ich.

»Zwei«, sagte Nocella und hob die Finger zum Siegeszeichen, wie in einem amerikanischen Film.

»Komm, wir setzen uns, wir müssen reden.«

»Noce', bitte erzählen Sie mir nichts von Marx, mit dem hängt Papa mir immer schon in den Ohren.«

»Ach ja? Und was sagt er so?«

»Alles. *Das Kapital,* Arbeiterklasse, Proletariat, Arbeiter aller Länder, vereinigt euch, die Roten, die ganzen Partisanenlieder, *Es pfeift der Wind, es tobt der Sturm* und *Sonne der Zukunft.*«

»Quatsch, Marx und *Sonne der Zukunft!* Wir sind hier in Mattinella, im Hinterland, in den Bergen, ein Meer rechts, ein Meer links. Marx hätte hier bestimmt nicht *Das Kapital,* sondern höchstens *Der Aal* geschrieben. Ich wollte dir was anderes sagen. Weißt du eigentlich, wie gut du pfeifen kannst? Aber richtig gut, vorhin im Rathaus hab ich eine Gänsehaut gekriegt! Du hast echt wie ein Vogel gezwitschert.«

»Ich hab mich ja auch mit Alì unterhalten, dem Beo. Man hat doch gehört, wie er mir geantwortet hat, oder?«

Dann kamen die Windbeutel mit Zitronencreme, die ich von allen süßen Sachen am liebsten mochte, und Nocella schmeckte es anscheinend auch, denn als sein Windbeutel kam, verschlang er ihn mit genau zwei Bissen und bestellte gleich noch einen. Nocella war dick, keine Frage, aber nicht dick im Sinn von üppig, was in Mattinella viele Leute waren, und auch nicht so, dass man denken würde, er müsse vielleicht ein bisschen abnehmen. Nocella war ein Fettwanst, dick, groß und überall voller Bauch, auch im Gesicht. Papa nannte ihn »Maestro«, was Nocella sehr freute, denn er war Hobbymusiker, und da wurde er natürlich gern so genannt. Aber wir in der Familie wussten, dass es sich um ein quirinisches Wort in Kurzform handelte, um eine simple Zusammenziehung von »**Ma**nn, was für eine **Essenstro**phäe«.

»Und was hieß jetzt der erste Pfiff?«

»Ich habe ihnen gratuliert und gesagt, dass sie schön sind, und Alì – der Einzige, der es verstanden hat – hat aus der Ferne auch gratuliert.«

»Das ist ja nicht zu fassen, du bist einfach grandios! Sag mal, du weißt doch, dass ich Ziehharmonika spiele und in ganz Italien und in Amerika Konzerte gebe, oder?«

»Papa hat irgend so was gesagt ...«

»Also, ich hab mir da was überlegt«, sagte er, verstummte aber gleich wieder vor Entzücken angesichts des zweiten Windbeutels, der gerade kam.

Ich dachte, den stopft er sich jetzt schnell rein, und dann erzählt er mir von seiner Idee. Aber etwas Seltsames geschah. Für den ersten Windbeutel hatte er keine fünf Sekunden gebraucht, aber den zweiten mampfte er ganz langsam, gute zehn Minuten lang, er schleckte die Creme ab, die an den Seiten hervorquoll, schnupperte, fuhr mit den Fingern über die gefältelten Linien des Gebäcks; manchmal sah es so aus, als würde er ihm ganz sachte kleine Küsse geben, bevor er den Mund aufmachte und hineinbiss. Während des ganzen Vorgangs sprach Nocella kein Wort. Er aß alles ratzeputz auf, leckte sich die Finger ab und stieß einen Seufzer der Befriedigung aus. Dann musterte er mich eine Weile und sagte, jetzt mit einem traurigen Seufzer:

»Zur Revolution hat uns das Pfeifen gefehlt. Alle sind immer wütend und kämpferisch, was ja auch in Ordnung ist, um Gottes willen, aber da fürchten sich die Menschen. Es kann doch nicht bloß der Wind pfeifen, bevor der Sturm tobt! Mensch, das geht doch nicht! *Wir* müssen pfeifen, und zwar mit Leichtigkeit, da hast du mich vorhin draufgebracht. Wir müssen wie die Vögel sein, die sich mit wenig zufriedengeben, sie machen sich keine Sorgen um die Zukunft, sie spreizen die Flügel und fliegen und pfeifen, und du schaust ihnen hinterher und willst fliegen können wie sie.«

Schon recht, dachte ich bei mir, du und Flügel spreizen, und wann hebst du ab?

»Die Revolution muss gepfiffen werden, die soziale Gerechtigkeit muss gepfiffen werden, der ganze Kommunismus muss ein Pfiffimunismus werden!« Hier zeigte sich ganz klar Quirinos Einfluss. »Auf die Weise kann sich die Arbeiterklasse ihrer Situation durch eine Geheimsprache bewusst werden, von der die ausbeutende Klasse nichts wissen darf. Bei meinen Konzerten in Italien und in Amerika spiele ich immer erst neapolitanische Lieder und danach Protestlieder. Bei den neapolitanischen Liedern hören die Leute zu, sie singen mit und lachen. Wenn ich dann *Wacht auf, Verdammte dieser Erde* anstimme, das ich in meinem eigenen sehr kraftvollen Arrangement mit Elementen aus unserer hiesigen Kultur spiele, dann singen ein paar junge Männer mit, und der Typ mit dem Bart, den es in jedem Dorf gibt, reckt die Faust – aber die anderen alle? Sie quatschen über ihren Kram. Und wenn ich fertig bin, schreit irgendeine Alte ›*Reginella*, spiel *Reginella*!‹, und alle klatschen und freuen sich. Und ich muss *Reginella* spielen … Aber du, du könntest echt was für die Revolution tun! Du könntest für die Armen, die von den Bonzen gedemütigt und schlecht behandelt werden, eine ganz wichtige Hilfe sein. Erst werden sie neugierig, was dieses gepfiffene Geschrei eigentlich ist, und dann …«

»Ist gut, Noce', Sie übertreiben, ich pfeife doch einfach nur.«

»Nein! Was redest du da! Stell dein Licht nicht unter den Scheffel!« Jetzt war ein klein wenig der Einfluss des Pfarrers herauszuhören. »Du hast eine spektakuläre Gabe! Wenn dein seltsames Pfeifen sie neugierig gemacht hat, könntest du ihnen einen Geheimcode beibringen, verstehst du? Ein System nur für Eingeweihte, um revolutionäre Botschaften über das endgültige Erringen der Gleichheit zu verbreiten!«

Nocella war Feuer und Flamme.

Seine Augen leuchteten, und der gelbe Klecks Zitronencreme am Kinn glänzte wie in cremig-proletarischer Solidarität.

Ich hatte nicht recht begriffen, was ich seiner Meinung nach tun sollte, aber für ihn war die Sache anscheinend in trockenen Tüchern, der Kommunismus würde auch Italien erreichen und die Gerechtigkeit dank des kleinen Pfeifers und des großen Maestros endgültig triumphieren. Ganz verstanden hatte ich die Idee nicht, aber sie klang aufregend. Auf dem Heimweg begegnete ich einer schwarz gekleideten alten Frau mit einem Bündel Holz auf dem Rücken und rief ihr zu: »Das ist vorbei! Du brauchst kein Holz mehr zu schleppen!«

»Jaja … Schleppst du es mir denn?«, fragte sie, ohne stehen zu bleiben.

Ehrlich gesagt, hatte ich schon längst ein System, mit dem ich Silben und Vokale pfeifen konnte. Alì und ich hatten es uns ausgedacht, ich wusste allerdings nicht, ob es für diese ganze Revolutionssache von Nocella passte. Am Anfang hatte ich den Beo einfach nur imitiert, wenn er etwas zu mir sagte, später hörte ich den Unterschied zwischen den einzelnen Tönen heraus, mit denen er etwas Bestimmtes sagen wollte. Jedenfalls war ich das erste Kind, das einen Beo nachahmte, und nicht andersherum. Normalerweise veranstalten diese Vögel ja ein bisschen Jahrmarktsbudenzauber, nicht wahr? Man bringt ihnen alles Mögliche bei, Guten Tag und Guten Abend und ein paar Schimpfwörter, damit die Leute sich amüsieren, und dann plappern sie mit ihrer metallischen Stimme alles nach.

Bei Alì war es anfangs genauso gewesen. Zonzo hatte ihm, gewissermaßen zu Geschäftszwecken, ein paar Wörter beigebracht. Wenn Zonzo eine bestimmte Dame, die seinen selbstgemachten Wein kaufte, zum Lachen bringen wollte, rief der Beo: »Hübsche Dickmamsell! Hübsche Dickmamsell!« Um dem Bauern, mit dem er ein wichtiges Geschäft verhandelte, ein Lachen zu entlocken, ließ er den Beo »Schluckschpechcht! Schnapsssdrossel!« rufen. Und wenn Zonzo selbst lachen wollte, gab er Alì ein Zeichen, sobald er von fern Giggino Parodia kommen sah, der beim Gehen die Schultern hochzog, als würde er an zwei Fäden hängen, die ihn bei jedem Schritt auf die Zehenspitzen hoben. Der Beo stimmte ein »Tuu-hun-te!« an, und Zonzo prustete hinter Gigginos Rücken blöde in sich hinein, dabei störte Giggino wirklich niemanden, ich fand eigentlich, dass er der einzige ein bisschen feinfühlige Mensch im ganzen Dorf war, nur hatte er sich statt in eine Frau in einen Mann verliebt, und damit war er erledigt.

Ich stellte mich also vor Alì hin und versuchte, seinen Wortschatz zu lernen, schließlich war er das erste Lebewesen gewesen, mit dem ich geredet hatte, ohne meine Sprache ändern zu müssen, anders als bei Mama und Papa. Meine Sprache, meine eigentliche Sprache war nämlich das Pfeifen und nicht die der Wörter. Die erste Luft, die in meine Lunge eindrang, hatte sich in einen Pfiff verwandelt, Pfeifen war für mich normal, ich hatte es mir nicht ausgesucht.

Unser Wortschatz war nicht sehr umfangreich, er bestand aus vier oder fünf Konsonanten (die mit einem Klacken des Kehlkopfs oder einem trockenen Schnalzen geäußert wurden) und fünf Vokalen. Vokale wie a oder e, bei denen man den Mund weiter aufmachen muss, fielen mir am Anfang ein bisschen schwer, aber mit ein wenig Übung bekam ich alle hin. Wirklich sehr lange suchte ich allerdings nach einer Methode, um die Form zu beschreiben, die ein Pfiff haben musste. Das

Problem war, dass nur wenige Buchstaben zur Verfügung standen, aber sehr viele Wörter zu pfeifen waren. Wie konnten wir es anstellen, unsere Art des Redens zu erweitern?

Ich verhedderte mich in diesen Überlegungen, aber eines Morgens fiel mir die Lösung ein. Für die Herstellung von Nudelsorten, die sie nicht von Hand machen konnte, oder von ordentlicher Pasta – nicht krumm und schief, was selbst gemachte Nudeln immer sind –, wie sie manchmal verlangt wurde, was weiß ich, zum Beispiel für einen wichtigen Gast, benutzte Mama eine kleine Kurbelmaschine. Sie gab einen kleinen Teigklumpen hinein, wechselte den Einsatz je nach Nudelsorte, drehte die Kurbel, und heraus kamen Makkaroni, die sie dann kappte, Spaghetti oder Spaghettini, manchmal einen halben Meter lang, geriffelte Rigatelli, Sternchen, Gnocchiknubbel ... Rigatelli, Sternchen, Gnocchiknubbel ...

»Alì, jetzt weiß ich, was wir machen müssen! Die Luft in der Lunge ist der Teigklumpen, der Mund ist der Einsatz, mit dem die Form gemacht wird! Wir nehmen zum Beispiel mal Triaà, was ›Ja‹ heißt, ja? Es kann ein Spaghetti-Triaà sein oder ein Penne-Triaà oder ein Tortiglioni-Triaà, je nachdem, ob das Wort gerade-fröhlich, schräg-fröhlich oder so mittel sein soll oder du gar nicht einverstanden bist, sozusagen ein ironisches Ja, verstehst du? Wie findest du das?«

Schon klar, das ist unmöglich, weil Beos einen Schnabel haben, und der ist steif, aber ich bin überzeugt, dass Alì gegrinst hat, und ich bildete mir ein, ich wüsste, was er wirklich sagen wollte, und es war nicht der Mist, den Alfredo Zonzo von ihm hören wollte.

Und so endete das Gespräch mit Nocella:

»Nächsten Sonntag trete ich in Lacedonia auf, ein Abend zu meinen Ehren, weil ich in ganz Italien und in Amerika so erfolgreich bin. Das wäre eine gute Gelegenheit, ich stelle dich vor, und wir machen ein Stück zusammen. Was hältst du davon?«

»In Ordnung, aber ich muss erst mit meinem Manager reden.«

»Wer ist denn das? Quirino? Ich rede mit ihm.«

»Nein, es ist Alì, der Beo aus Indolesien«, sagte ich ernst.

Nocella sah mich an, dann prustete er los.

»Haha, Kleiner, du bist vielleicht 'ne Nummer! Sogar einen ausländischen Manager hat er!«

Er wunderte sich nicht darüber, dass der Manager ein Vogel war, sondern dass er aus einem fremden Land stammte! Ich ließ mich an der Piazza absetzen und sagte, ich würde allein nach Hause laufen, aber ich ging zu Alì.

»Szääää-ssssjööö-kriii«, sagte er, »f-ssssst.«

»Klar hätte ich Lust, Alì, aber ich hab nicht ganz verstanden, was ich eigentlich tun soll. So ungefähr schon, ich soll ein paar Lieder auf meine Art pfeifen, die wir zusammen einüben, und er begleitet mich auf dem Akkordeon. Aber danach soll ich den Leuten unseren Beo-Pfeifwortschatz beibringen, damit sie miteinander pfeifen und Sachen sagen können, die die Kapitalisten nicht verstehen, und dann organisieren sie die Revolution und erringen ein für alle Mal das Glück ... warte ... wie war das noch mal ... die Freiheit, ach ja, genau, das Glück in der Freiheit von Not, und das mit der Freiheit und so sagt Papa auch immer.«

»Tsaaa-auauau-immmm. Praa-sjee. Tuu-hun-te!«

»Tunte? Wieso Tunte?«

Ich hatte nicht gemerkt, dass Alfredo Zonzo schon eine ganze Weile in der Tür stand, er beobachtete uns von oberhalb seiner Hosenträger und seines Bauches mit einem Zahnstocher im Mund. Von fern war die Silhouette von Giggino zu erkennen. Zonzo würgte an seinem ölig klebrigen Lachen und verzog sich wieder in den Laden.

»Was hast du gesagt?«

»Sz-oon-cht. Kut-t-rrr praa-sjee ree-kjeee.«

»Es wäre schön, wenn es eine Reichen- und eine Armensprache gäbe? Wozu denn?«

»Ts-iii praa-sjee wiii-tiko.«

Wenn man es sich recht überlegte, sagte er, waren es vielleicht sowieso schon zwei verschiedene Sprachen, denn sie dienten dazu, von verschiedenen Welten zu sprechen. Auch er als Beo, erklärte er, finde es seltsam, dass einer gehänselt wurde und weinte, und ein anderer hänselte und lachte, wie bei Parodia und Zonzo. Er fand auch Nocellas Idee gar nicht schlecht, die Armen, alle Armen!, in Vögel zu verwandeln und ihnen eine eigene Sprache zu geben, die sie von den Reichen unterscheiden würde. Denn jetzt war es doch wie in der Kirche: Der Pfarrer (der Reiche) spricht die eine Sprache mit Gott und eine andere mit den Menschen (den Armen), damit klar ist, dass der Ewige Vater allen gehört, aber niemand außer dem Pfarrer sich direkt an ihn wenden kann, weil er heilig ist. Er macht den anderen weis, sie wären da, damit sie sich Gott nähern können, dabei entfernen sie sich von ihm.

Der Reiche macht es genauso. Er verwendet die eine Sprache, um mit dem Geld zu reden und mit den Leuten, die welches haben, und eine ganz andere Sprache, um mit den Armen zu reden, und so hat er sie im Griff. Der Gott der Vögel ist ein ganz normaler Vogel, er pfeift genauso und fliegt und macht sich einen Spaß daraus, anderen Tieren oder den Leuten auf den Kopf zu scheißen, und kein Vogel weiß, welcher Vogel es ist, aber jeder weiß, dass er da ist. Das sagte Alì.

Er sagte aber auch, dass ich aufpassen müsse, weil ich ein kleiner Bub bin und mir tatsächlich einbilden könnte, die Welt zu retten, und weil Kinderträume sofort Wirklichkeit werden, während die Wirklichkeit der Großen nie im Leben zum Traum dieser Wirklichkeit wird.

Den Kopf voller gepfiffener Gedanken, kehrte ich nach Hause zurück, dort küssten sich Mama und Papa, und Papa hatte beide Hände auf Mamas Pobacken gelegt, und Mama hatte zum Abendessen Hämmerchen-und-Sichelchen-Nudeln gemacht, aber als Suppeneinlage.

V

Was für Tage, diese Tage!

Für die beiden folgenden Sonntage hatten wir ganz besondere Pläne. Es sollten zwei unvergessliche, historische Sonntage werden: das Hochzeitsessen und das Konzert in Lacedonia.

Papa fragte mich, worüber Nocella und ich gesprochen hätten; vermutlich wollte er vor allem testen, ob missverständliche oder gar verkehrte politische Botschaften bei mir angekommen waren. Die Erziehung zum jungen Kommunisten, die er mir angedeihen ließ, »muss in ihren Grundzügen intakt bleiben!«, sagte er immer zu Mama.

Mama war auch Kommunistin, aber wahrscheinlich mehr aus Liebe zu Quirino als aus innerer Überzeugung. Sie war intuitiver als Papa, und sie war sanft, und sie hatte so großes Verständnis für das Schicksal anderer Menschen, dass sie Papa als Kommunistin galt, dem Pfarrer als Katholikin, Ecloida – der Tochter der Albaner, die ihre Freundin geworden war und hin und wieder zum Kaffee kam – als Muslimin, und so zupfte jeder sie am Jackenärmel und fand in ihr einen Menschen, den man einfach lieben musste.

Sie selbst sagte über sich nur: »Ich glaube, dass die Menschen, alle Menschen, gern etwas gelten.«

Papa antwortete darauf: »Aber denk dran, meine liebe Stella Dimare, welche Farbe der Seestern hat! Rot! Du bist die Rote Stella!«

»Na, hat Nocella dir erzählt, dass er in ganz Italien spielt?«

»Ja, er ist berühmt, er ist sogar in Amerika schon aufgetreten! Er hat gesagt, dass er Akkordeon spielt und ich ein Lied dazu pfeifen soll.«

»Das ist doch eine gute Idee, oder? Ihr könntet am Sonntag zum Essen spielen.«

»Nein, Mama, das ist nicht so leicht, wir müssen erst proben. Wir haben nämlich nicht nur ein Lied, sondern auch eine Überraschung. Die hört ihr dann beim Konzert in Lacedonia.«

»Und was hat er gesagt, wo er seine Konzerte gibt?«, fragte Papa mit einem leisen Grinsen.

»In ganz Italien und …«

»… in Amerika«, beendete Papa meinen Satz und lachte schallend, und Mama lachte mit.

»Maestro kann es einfach nicht lassen! Er sagt das so schnell, dass es für die Leute wie ›Amerika‹ klingt! Aber wenn du ihn bittest, es noch mal langsam zu wiederholen, heißt es nämlich ›in ganz Italien und im America‹. Ganz Italien soll heißen bis Avellino, und das America ist ein Lokal! Ein Schuppen in der Gegend, aus der er kommt, da probt er manchmal in der Garage.«

Ich pfiff darauf, meinetwegen konnte Italien getrost hinter Avellino enden und das Ausland sich in eine Garage verziehen und neben einem Traktor üben.

Alìs Worte hatten mich gepackt. Eine neue, gerechtere Welt war angebrochen, und ich war ihr Prophet, ich, der kleine Pfeifer der Armen! Ich war bereit, den Verfolgten eine Sprache zu geben, damit sie sich zusammentun konnten, miteinander reden, sich organisieren, sich verteidigen! Sie würden den Dingen andere Namen geben, sie würden zu jeder Tages- und Nachtzeit mit simplen Pfiffen Geheimbotschaften austauschen, endlich würde die Gerechtigkeit siegen, und das alles dank eines einzigen Menschen: Hier steht er, unser Pfeifer, der das neue Wort unter den Massen verbreitet! Der Traum war schon Wirklichkeit geworden.

Ich wollte ins Bett und mir beim Einschlafen ausmalen, wie das sein würde mit dem Konzert, dem Erfolg, den Leuten, die sich gerührt in den Armen lagen. In meiner Vorstellung, die ein einziges Pfeifen und Zwitschern war, ging der Direktor der größten Fabrik im Dorf nach dem Konzert zu Carlo Zimbardi, genannt Pumpe, der nicht ganz dicht war, wie es hieß, und der als Landstreicher mal auf der Piazza, mal in den Bergen lebte wie Ligabue, dieser Maler, über den sie sogar einen Film gedreht haben. Zu seinem Spitznamen war Carlo Zimbardi gekommen, weil er zu Leuten, die er blöd fand, sagte: »Ich hau dir den Schädel mit einer Ppumpe ein!«, mit drei p, damit es richtig wehtat, dabei tat er keiner Fliege was zuleide, höchstens sich selbst. Jedenfalls ging der Reiche zum Armen, bat ihn pfeifend um Entschuldigung für das Privileg seines Reichtums und überreichte ihm den Schlüssel seines nagelneuen Mercedes, den Pumpe mit einem dankbaren glatten Cannelloni-Taa-keee! entgegennahm, einem sehr würdevollen Pfiff.

Wie gut ich mit solchen Gedanken eingeschlafen wäre! Aber ich musste noch Hausaufgaben machen. Mama erinnerte mich daran, strich mir über den Kopf und versprach mir eine kurze Gutenachtgeschichte. Mit viel Geduld und Fleiß schrieb ich den Aufsatz für den nächsten Tag, und ich finde ihn ziemlich gut.

Thema: Beschreibe deinen besten Freund

Mein bester Freund sind zwei Freunde. Gerardo Raggiola, der auch mein Cousin ersten Grades ist, und die liebe Marella Fallamore. Mit ihnen verbringe ich meine Freizeit, wir spielen oder erfinden irgendwas zum Spielen. Manchmal machen wir auch zusammen Hausaufgaben, denn wir sind in derselben Klasse, aber das passiert nur selten, weil wir dann immer lachen und Idioten spielen, vor allem Gerardo, dem fällt das besonders leicht. Eines unserer Lieblingsspiele ist, dass wir zum Brunnen an der Straßengabelung von Mattinella gehen und uns mit Wasser bespritzen, bis wir pitschnass sind, und dann gehen wir nach Hause und kriegen zu Recht einen Anschiss von unseren Eltern. Gerardo Raggiola, mein Cousin, hat seinen Namen geändert. Wir sollen ihn jetzt Ardo nennen, weil es mal einen König mit diesem Namen gegeben hat und er der Größte von uns dreien ist. Mein Vater hat ihm erklärt, dass das wirklich ein schöner Name ist, weil er »brennen« bedeutet und ein Mensch mit diesem Namen voller Leidenschaft stecken kann. Marella heißt immer noch Marella, was ich auch einen schönen Namen finde. Ich denke sehr gern an den letzten Sommer, da haben wir ganz oft in der Zisterne von Pasquale Durelli gespielt, die er uns als Schwimmbad überlassen hat.

»Maaamaaaa! Fertig!«

»Komme gleich! Geh schon mal ins Bett, ich erzähl dir gleich eine Gutenachtgeschichte. Dir fallen ja jetzt schon die Augen zu.«

Ich legte mich ins Bett und hörte den Anfang einer tollen Geschichte, die ich dann noch ganz oft hören wollte. Aber eigentlich habe ich nie mehr als den Anfang mitbekommen, weil ich immer eingeschlafen bin. So hieß die Geschichte, und Mama sagte den Namen immer ganz, bevor sie anfing:

Im Anfang war der Pfiff,
und der Pfiff war bei Gott,
und der Pfiff war Gott.

»Als Gott den Himmel, die Erde, das Meer, die Tiere und alles Übrige machte, weißt du, wie er sich da konzentrierte? Er pfiff. Ich glaube, dass er zuerst, also ganz am Anfang, bevor er all diese Sachen machte, den Tag, die Nacht, den Mond und alles, eine Pfeife gebastelt hat. Es muss eine kleine Pfeife gewesen sein, du weißt schon, so eine Lockpfeife für Vögel. Er drehte seine Runden und genoss die frische Luft im Paradies, die nach Zitronen duftete, Pfeife im Mund, Hände hinter dem Rücken, und spazierte so vor sich hin. Aber er war Gott, und eines Tages machte er zum Beispiel ...«

»... die Grashüpfer!«

»... eben, die Grashüpfer, die sind mühsam mit dem kleinen Hüpfmechanismus und so, die sind wirklich ein Sonderformat von allem, was ein bisschen komplizierter ist, und darüber vergaß er, dass er die Pfeife zu Hause auf dem Nachtkästchen hatte liegen lassen, und er pfiff trotzdem, aber ohne was im Mund zu haben! Und er sah, dass es gut war, dass es schön war. Dann musste er die Frau machen – denn was fängt ein Mann schon allein an, so ohne Frau? –, und als Adam und Eva schlafend vor ihm lagen, machte er, bevor sie sozusagen aufwachten, beiden den Mund auf und blies hinein, aber er hauchte ihren Körpern nicht das Leben ein, wie es immer heißt, nein ... Er gab ihnen ein Musikinstrument ein, ein Instrument, das spielt, ohne die Stimmbänder zu belästigen, ein Instrument, das du lernst und nicht mehr verlernst, ein Instrument, das dich begleitet, wenn du traurig bist, ein Instrument, das du nicht erst kaufen musst, um es spielen zu können, weil der Ewige Vater es dir höchstpersönlich geschenkt hat. Das Pfeifen.«

Ich schlief. Ich atmete tief ein, unbeschwert, stieß die Luft heftig aus und pustete, ohne es zu wollen, ein Fiepen durch die Nase, und auf seine Art war es auch ein Pfeifen.

VI

Zweiter Liebesbrief aus dem Badezimmer

Isido'!

Denk immer dran, dass Du ein ganz besonderer, außergewöhnlicher Mensch bist. Die Leute sollen bloß nicht auf die Idee kommen zu behaupten, Du seiest normal. Sollte das mal jemand zu Dir sagen, irgendwelche Deppen gibt es ja immer, dann antwortest Du: »Für mindestens zwei Menschen auf der Welt, aber es sind bestimmt mehr als zwei, ist es das Wichtigste im Leben, mich lachen zu sehen, sie schauen mir begeistert zu, wenn ich nur esse oder laufe, und wenn ich ihnen erst von Sachen erzähle, die ich ganz allein erlebt habe, dann schäumen sie über vor Glück. Also von wegen normal, das ist Quatsch.«

Die Welt ist traustig, Isido' sie ist wie die Wippe auf dem Spielplatz, die du so gern magst. Einer setzt sich auf die eine Seite, der andere auf die andere Seite, und dann geht es rauf und runter, rauf und runter. Ich will Dir einen Rat geben, ach was, mehrere, vielleicht hebst Du diesen Liebesbrief aus dem Badezimmer ja auf.

1. Such Dir einen Menschen, der Dich rauf- und runterwippen lässt, such Dir jemanden, der sich freut, wenn Du oben bist, und genauso andersherum. Wenn Du runtermusst, drück Dich mit ganzer Kraft nach unten, lass den anderen rauf, lass ihn rauf und freu Dich! Weißt du, warum? Stell Dir vor, wie ihr auf der Wippe sitzt: Klar, ihr beide seht euch an, aber Du kannst auch sehen, was hinter dem anderen ist, und der andere kann sehen, was hinter dir ist. Und wer raufgeht, muss dem anderen beschreiben, was der nicht sehen kann, die Welt hinter ihm, sozusagen

die Welt, aus der er kommt, und das ist eine wunderbare Sache, die man Liebe oder Freundschaft nennen kann.
2. Bis Du diesen Menschen gefunden hast, sitzt Du am besten mittendrin in der Traustigkeit der Welt. Bemüh Dich nicht, nur auf der einen Seite zu sitzen, wie das alle machen, dabei verblödet man nur.
Wenn alle mit ihrem ganzen Gewicht auf der einen Seite sitzen, dann rutsch langsam auf die andere Seite, auch wenn Dir das zuerst Angst macht. Du wirst ganz viel entdecken, das verspreche ich Dir. Heutzutage werden die Leute immer alle auf die eine Seite geschoben, weil sie dann leichter dazu zu bringen sind zu tun, was man von ihnen will, und sie lassen es gern mit sich geschehen. Wer sich aber allein auf den Weg macht, kann nicht so leicht gegängelt werden. Und wenn dir dann doch ein paar Leute folgen, Simsalabim!, bewegt sich der Hebel ein bisschen, und schon geht es in Richtung Gleichgewicht.
Du weißt, was traustig heißt, oder?
Klar weißt Du das, Du bist doch das klüllste Kind, das ich kenne!
Quirino

VII

Wählt KPI!

Der Frühling in Mattinella ließ sich durch nichts mehr aufhalten.

Überall fingen die Knospen an zu blühen, sogar die Münder der Menschen, die im Winter vor Kälte und Schnee die Zähne zusammengebissen hatten, blühten auf einmal auf. Jetzt lachten die Leute so schön, worüber wiederum ich mich halb totlachte: Da waren Zonzos abwechselnd gelbe und braune Zähne, Santaniellos Zahn hing einsam in seinem schwarzen Mund und musste allein ein ganzes Lachen bestreiten, was ihm bestens glückte; das Gebiss der Schulhausmeisterin führte ein Eigenleben und lachte weit ab vom Mund, in einem Glas, das diskret oben auf dem Badezimmerschränkchen stand.

Ich hatte nur noch das Konzert im Kopf und fieberte den Proben mit Nocella entgegen. Auf dem Rad sauste ich nach Pisciolo, ich hatte solche Lust, den Abend vorzubereiten, bei dem ich die Hauptperson sein sollte. Aber erst mal gab es in den nächsten Tagen noch jede Menge Überraschungen.

Nocella erklärte, dass wir zwei Lieder vorbereiten würden. Im ersten Lied, *Die unglückliche Amsel,* wäscht sich ein Mann an einem berühmten Brunnen in Neapel die Hände und trocknet sie mit den Blättern eines Baumes, auf dem eine Amsel singt, und er sagt, wie schön der Gesang des Vogels ist und dass er Lust bekommt, ebenfalls zu singen, und so weiter und so fort, eben alles, was in neapolitanischen Liedern so vorkommt: wie schön es hier ist und wie schön es hier ist und wie schön es hier ist. Papa sagte immer: »Ich mag Neapel überhaupt nicht, wo soll denn diese ganze Schönheit sein? Dort gibt's doch bloß Schlägereien, Übergriffe und leeres Geschwätz.«

In der Originalversion des Liedes imitiert eine Flöte den Gesang der Amsel, sie tirilliert ein bisschen und macht ein paar muschelnudelige Schnörksel, die ich mit meinem kehligen Pfeifen perfekt hinbekommen würde. Außerdem wollten wir noch ein anderes, bekannteres Stück proben, das ich komplett pfeifen sollte. Das war schwierig. Bei schmalen, schnellen, schreiähnlichen Pfiffen brauchte ich nur wenig Luft; aber bei den langen, offenen Melodien der neapolitanischen Lieder war es sehr anstrengend, zu atmen und den Ton zu halten. Doch Nocella war ein sehr guter Lehrer mit einer etwas eigenen, aber unfehlbaren Methode.

»Schau dir das Akkordeon mal an. Jedes Tonloch macht einen Ton, sozusagen einen Pfiff. Aber der Kniff für einen guten Pfiff steckt hier, im Balg. Wenn du nicht genug Luft holst, kommt der Ton schlecht oder gar nicht raus. Du holst ordentlich Luft mit deinem Balg, also der Lunge, und legst den Ton auf die Luft. Wenn du dann anfängst zu krähen, brauchen wir gar nicht erst zu üben.«

»Schon gut, Noce', ich glaube, ich hab's verstanden. Wir probieren es mal.« Das Lied hieß *Das undankbare Herz* und besang eine gewisse Catarina.

»Kennst du das Lied?«

»Den Text nicht.«

»Vergiss den Text, nein, nein, du singst doch nicht! Du musst die Melodie mit deiner Methode pfeifen! Ca-ta-rì, Ca-ta-rì ...«

»Ach so, ja! Dann los.«

Er spielte die Einführung, ich konzentrierte mich auf den

Atem, als müsste ich gleich ganz lang tauchen. Doch kurz bevor ich zum Pfeifen ansetzte, fiel mir etwas auf. Maestro hatte das Akkordeon auf seinem enormen Bauch platziert. Er schnaufte ein, wenn er den Balg auseinanderzog, und stieß, wenn er ihn zusammenschob, die Luft durch die geschlossenen Lippen wieder aus, und da stellte ich mir vor, dass er die Luft aus der Ziehharmonika zum Atmen benutzte. Oder dass die Luft aus dem großen Balg durch einen Geheimschlauch in seinen Riesenwanst gelangte und dabei in sämtliche Eingeweide, Därme, verborgene saftige Winkel seines Bauches floss, dieses dicken Suppentopfes mit soßiger Innereiensuppe, und Magen, Speiseröhre und Lunge füllte. Und ich stellte mir vor, dass diese luftgefüllte Haut, gespannt wie die Flanken einer Kuh, dass diese Trommelhaut nur eines bedeuten konnte: Fürze! Endlose, melodische, hämmernde, pralle, ballige Fürze in Gestalt eines Volksliedes mit sehr, sehr persönlicher Note.

Natürlich hätte ich genau in dem Moment, in dem ich mir das vorstellte, pfeifen müssen; ich hatte das Atmen vergessen, öffnete den Mund, und heraus kam ein grässliches Gekläff. Da setzte es allerdings was von Nocella!

Er knallte mir eine auf den Hinterkopf, und dann spielte er gleich noch mal die Einführung, als wäre nichts geschehen, als hätte er gerade mal eine Fliege geklatscht oder eine ganz normale Rhythmusübung. Mir war die Spucke weggeblieben, er aber spielte und zwinkerte mir grinsend zu, mit leicht schwachsinnigem Gesicht, als wäre nichts gewesen. Beim zweiten Mal setzte ich richtig ein, ein bisschen zögerlich, aber richtig, die beiden ersten »*Catarì*« gelangen auch toll, und ich hatte schon das Gefühl, die Sache zu beherrschen. Ich atmete richtig, auch zwischen dem ersten und dem zweiten »*Catarì*«, und Nocella riss so erstaunt und zufrieden Mund und Augen auf, dass er aussah wie ein Zirkusclown. Auch nach dem zweiten »*Catarì*« atmete ich nach allen Regeln der Kunst, doch dann wurde die Sache komplizierter. Das Lied geht nämlich so: »Warum sagst du solch bittre Worte?«, und die Melodie verrenkt sich dermaßen, dass keine Zeit bleibt, mittendrin Luft zu holen, und zack! Noch eine Klatsche. Und wieder das lächelnde Gesicht, wieder ein Augenzwinkern, die Ziehharmonika pumpt weiter, und der Kopf nickt ermutigend.

Es war ein sehr schöner Hau- und Probennachmittag. Zum Schluss schafften wir das Lied komplett an einem Stück, Nocella war ganz aus dem Häuschen und rief immer wieder: »Geschafft! Fertig!«, und ich wollte ihn ärgern und rief zurück: »Spülen nicht vergessen! Spülen nicht vergessen!«

»Morgen um die gleiche Zeit. *Die unglückliche Amsel* kriegst du schon gut hin, du musst nur zu meiner Melodie ein bisschen improvisieren und vor dich hinpfeifen, musikalisch bist du ja. Bravo. Aber ich sag's dir, *Das undankbare Herz* musst du noch üben! Wirst schon sehen, damit machen wir richtig Eindruck!«

Und er furzte ungefähr so, wie ich es mir vorgestellt hatte.

Ich setzte mich aufs Fahrrad und fuhr über die Felder zurück nach Mattinella. Unterwegs kam ich an allen Blättern vorbei, denen ich schon einen Namen gegeben hatte, weil sie die ersten fünf oder sechs waren, die in dem Jahr gesprossen waren, und wie mein Lehrer rief ich: »Geschafft, Giuseppi'! Geschafft, Perzeche'! Das Konzert kann stattfinden!«

Aber wie ich so fuhr und mit den Blättern redete, merkte ich nichts von den dicken schwarzen Wolken hinter mir und auch nichts von dem Wind, der gedreht hatte und inzwischen scharf blies. Jetzt färbte sich der Himmel innerhalb von fünf Minuten schwarz, aber bis nach Hause brauchte ich noch eine Viertelstunde, immer bergauf. Von wegen Konzert! Das ganze Wasser dieses verrückten Frühlings prasselte auf mich herunter, eimerweise traf es mich kalt im Gesicht, es schmerzte, als hätte mich noch der Eimer selbst erwischt, in zehn Sekunden war ich pitschnass, viel nässer als nach hundert Nachmittagen mit Marella und Ardo am Brunnen. Ich konnte nirgends unterschlüpfen, es ging bergauf, da blieb ich einfach stehen und heulte.

Ich weiß auch nicht, warum, vielleicht war es das aufreibende Üben, das Pfeifen, das ich voll und kräftig in der Kehle spürte, die Angst, es zu verlieren. Nocella hatte nämlich gesagt: »Pass auf, dass du nicht abwechselnd schwitzt und frierst. Wenn du krank wirst, kannst du den Abend vergessen!« Und jetzt war genau das passiert, ich war völlig verschwitzt Fahrrad gefahren, und dann diese eiskalte Dusche. Jetzt war alles verloren. Ich stand breitbeinig im Regen und heulte. Ich wusste nicht, was ich tun sollte, ich hatte nichts, um mich zu schützen, ich wurde nass bis auf die Haut, die Tränen liefen mir mitsamt dem salzigen Rotz in den Mund. Dabei hatte mich der Regen schon oft erwischt, im letzten Sommer hatte es mir Spaß gemacht, im Regen auf der Piazza zu spielen, aber jetzt war alles anders. Ich hatte eine Verantwortung, man erwartete etwas von mir, ein wichtiger Abend stand auf dem Spiel, der mich vielleicht noch durch ganz Italien und in Maestros Heimatdorf führen würde, Mama und Papa würden glückliche Gesichter machen, wenn ich auf der Bühne stand und die Menschen klatschten und »Bravo, Isidoro!« schrien, und jetzt war womöglich alles futsch, bevor es überhaupt angefangen hatte. Ich fuhr mir mit der Hand über den Mund, schnäuzte mich amerikanisch (ich schlenzte den Rotz auf den Boden und drückte die Nasenlöcher mit zwei Fingern zu, um die letzten Reste rauszuholen und an die nasse Hose oder an den Reifen zu schmieren) und beschloss, meinen Hals schön warm zu halten, dann würde alles wieder gut.

Ich atmete zwei- oder dreimal tief, umklammerte fest den Lenker und stieß zum Aufwärmen meine Triaàs aus. Im prasselnden Regen stand ich kleine graue Gestalt kerzengerade und zu allem entschlossen vor dem schwarz-violetten Himmel oben auf dem Hügel.

»Tiruiiii krittiiii! Skrijooo! Kitjitjuu-tjjju-tjjju!«

Als Antwort gab es noch mehr Windböen, noch mehr Donnerschläge, das Geprassel des Regens und wieder eimerweise Wasser ins Gesicht. Als ich nach ein paar Minuten ein leises Brennen im Hals spürte – ich hatte ja auch den ganzen Nachmittag gepfiffen und gezwitschert und Haue gekriegt und war vielleicht ein bisschen müde –, hörte ich hinter mir, immer näher, ein langsames, rhythmisches »ooh ohh«.

Ich drehte mich um. Ein Esel, mit Brokkoli beladen, drei Ziegen, die im Vorwärtsgehen am Wegrand fraßen, und vorneweg ein riesiger schwarzer Herrenregenschirm als Schild gegen den Regen, aufgespannt vor den Beinen einer alten Frau, die darunter hervorlugten.

Es war Ginetta Campolattano auf dem Heimweg von der Feldarbeit. Sie wunderte sich nicht, dass ich im Regen auf der Straße stand und pfiff, was mich sehr freute. Sie sagte nur: »Wie geht's, Kleiner?«

»Lass mich mit unter den Schirm, Ginè«, sagte ich.

»Freilich«, antwortete sie, und das hieß mehr als Ja, es war ein doppeltes Ja, noch mehr Ja als »selbstverständlich«.

Ginetta nahm mich unter ihren Schirm; sie war klein, der Schirm lehnte an ihrer Schulter, und ich war ein Kind, wir waren gleich groß, es passte also bestens. Aber es war unbequem, so zu laufen und dabei das Fahrrad zu schieben, außerdem führte sie den Esel am Seil, richtig laufen war unmöglich.

»Wir warten hier«, sagte sie, »wir haben ja keine Eile. Das ist ein jugendlicher Tobsuchtsanfall, der ist in zehn Minuten vorbei.«

Da standen wir also oben auf dem Hügel unter dem Schirm im Gewitter, Ginetta, ich, das Fahrrad, der Esel und die drei

Ziegen, und warteten, dass sich der Himmel über Mattinella austobte. Ich räusperte mich immer noch, aber hauptsächlich, weil ich mir solche Sorgen machte.

»Kratzt dir der Hals?«, fragte sie.

»Ein bisschen, Ginè.«

Sie hatte ein schwarzes Tuch wie einen zweiten Rock um ihren eigentlichen, ebenfalls schwarzen Rock geschlungen, und jetzt fischte sie aus irgendeiner unsichtbaren schwarzen Falte des Tuches, an dem der ganze Dreck der Erde aus der ganzen Umgebung hing, ein kleines Messer und einen Annurca-Apfel, es war wie ein Zaubertrick, keine Ahnung, wo sie die Sachen versteckt hatte. Sie schälte den Apfel, ohne den Griff des Schirms loszulassen, der ihr zwischen Hals und Schulter klemmte, als wäre das schon ewig sein Platz gewesen, und gab die Schale Giggino, dem Esel. Dann reichte sie mir die kleine, weiße, süße Kugel, die in der schwieligen braunen Hand noch immer wunderschön war.

»Iss. Damit wird alles wieder gut.«

Ich fühlte mich schon ein bisschen besser, als ich völlig durchnässt zu Hause ankam, der Hals tat nicht mehr so weh, und ich pfiff wie ein Beo in einem Unterwasserkäfig. Ich ließ das Fahrrad auf den Boden fallen und rannte nach drinnen. Am runden Knettisch in der Küche saßen Papa und – ihm gegenüber – zwei junge Männer mit schwarzem Bart, einer rechts und einer links, und Papa sah alle beide an, jeden mit einem Auge.

Der eine, in einem orange-braun gestreiften Pullover, war dünn und hatte große Augen; der andere war fett und trug eine dicke Brille. Der eine redete und wurde beim Reden immer finsterer; der andere nickte, ein halbes Grinsen saß ihm fest im Gesicht, wie auf eine Pappmaske gemalt. Der eine hatte viel zu sagen, er redete ohne Punkt und Komma und war dermaßen stinkig, dass ihm die Luft schief zwischen den Wörtern hing und er immer wieder durchschnaufen musste, um einen Satz zu Ende zu bringen, und da hakte dann der andere ein und sagte immer nur ein einziges Wort: genau. Im Stillen dachte ich: Wahrscheinlich hat ihm seine Mama eine Geschichte erzählt, die hieß *Im Anfang war Genau, und Genau war bei Gott, und Genau war Gott.*

Als sie mich bemerkten, was aber erst nach gut fünf Minuten der Fall war, weil ich nicht stören wollte und ganz still in einer Ecke stehen geblieben war, machten sie eine Pause.

»Alles klar, Isido'? Wie war's bei Maestro?«, fragte Papa lächelnd.

»Gut.«

»Bist du bibbernass?«

»Ziemlich.«

»Stella!«, rief Papa und gab den beiden ein Zeichen, sie sollten weitermachen, aber sie wiesen mit den Augen auf mich, anscheinend fanden sie, dass die Sache nicht für meine Ohren bestimmt war. Da sagte Papa: »Wenn ihr was zu verbergen habt, ist das euer Problem und nicht seines.«

Die beiden wechselten einen Blick, und meiner Meinung nach hatte Papa ins Schwarze getroffen, denn sie drückten das Kreuz durch, als wollten sie sagen: »Wir? Wir haben doch nichts zu verbergen.«

»Wir wollen Transparenz, Quirì, deswegen sind wir ja hergekommen. Wir haben also, wie gesagt, deinen Vortrag in der Versammlung letzte Woche sehr aufmerksam angehört. Wir haben über die ganze Frage mit der sozialen Gerechtigkeit nachgedacht …«

»Genau.«

»… und darüber, was du gesagt hast von wegen kulturelle Nivellierung und Verteidigung unserer Wurzeln und unserer lokalen Kultur, die wir stolz als Bollwerk gegen den Abgrund von Massenkultur und Konsumgesellschaft errichten, in den wir stürzen.«

»Genau.«

»Und wir glauben, dass schöne Worte allein nichts nützen. Außerdem folgt die Gewerkschaftspolitik in letzter Zeit nicht den Vorstößen aus der Basis …«

»Welche Basis denn?«, fragte Papa. »Wir sind im Ganzen zwanzig Leute, und da soll es eine Basis und eine Führung geben? Ich bin euer Delegierter, aber ich gehöre natürlich zur ›Basis‹, wie du das nennst.«

»Schon gut, Genosse, jedenfalls schmecken manchen von uns die Vereinbarungen nicht, die mit dem Direktor getroffen werden sollen. Und wir haben nicht vor, da schweigend zuzuschauen. Wir wollten dir sagen: entweder mit uns oder gegen uns.«

»Aber das sage ich ja immer, ihr müsst reden und nicht schweigen. Und jetzt?«, drängte Papa, immer noch lächelnd, aber er war auf der Hut. »Was wollt ihr jetzt machen?«

Die beiden sahen sich an, und der Fettsack grinste nicht mehr.

»Wir müssen es ihm sagen«, sagte der Dünne.

»Genau«, sagte der Dicke.

Der Dünne stand vom Tisch auf und ging zwei Schritte aufs Fenster zu, da bemerkte er einen schnurgeraden Mehlstreifen auf seiner braunen Cordhose. Wenn man sich bei uns an den Tisch setzte, versaute man sich unweigerlich mit Mehl, wir wussten das und lehnten uns mit dunklen Kleidern nie an. Da löste sich auch der andere mit einem Ruck vom Tisch, und ihm lief ebenfalls ein Strich schnurgerade quer über den Bauch, wie ein Kreidestrich, den der Schneider zieht, bevor er einen Stoff zuschneidet. Die beiden fingen an, aufeinander einzuschlagen, als wären sie voller Wespen, denn sie hatten für das Gespräch mit Quirino ihre guten Hosen und

Pullover angezogen, die nicht ruiniert werden durften. Papa grinste und zwinkerte mir zu, ohne dass die beiden es merkten, denn sie waren ihm eigentlich sympathisch, er sagte immer: »Mir sind Leute lieber, die für etwas brennen und auch mal irren, als solche, die im Wasserbad vor sich hindümpeln.«

Als die beiden sauber und braun wie Ostereier an den Tisch zurückkehrten, machten sie wieder ihr hartes Gesicht und das Grinsen, und der Dünne sagte schnell: »Wir wollen Scannellis Sohn kidnappen.« Dann setzten sie sich ganz ruhig hin und warteten auf eine Antwort, als würden sie an der Bar auf den Schuss Anis im Kaffee warten.

Papa war schon vorher klar gewesen, was die beiden wollten, deshalb hatte er mir zugezwinkert. Er holte tief Luft und dachte über den Vorschlag nach. Er fuhr sich mit der Hand übers Gesicht und machte dann eine Faust um sein Kinn, als hätte er einen Bart. Ich glaube, er wollte damit ihren Worten Bedeutung verleihen, ihnen zu verstehen geben, dass er sie nie wie Kinder behandeln würde. Dann redete er auf diese spezielle Art, die ich so an ihm mochte, wenn es um ein schwieriges oder wichtiges Thema ging: Er redete klar. Er versuchte, wenige Dinge mit fester Stimme zu sagen, und wenn er mittendrin merkte, dass er doch nicht so klar redete, sagte er ehrlich: »Entschuldigt, da habe ich selber nicht richtig verstanden, was ich eigentlich denke. Ich weiß nicht, was ich zu dem Thema sagen soll.« Und zu mir sagte er immer lächelnd: »Ich fühle mich ganz verknäuelt.« Aber das war jetzt nicht der Fall, diesmal wusste er, was er sagen wollte.

»Ich verstehe euch«, fing er an, »ich verstehe, warum ihr gekommen seid und was euch zu diesen Überlegungen treibt. Und ich frage euch auch nicht, warum ihr ihn kidnappen wollt, was ihr also für ihn haben wollt, denn das steht für mich nicht im Mittelpunkt.«

Der Dünne unterbrach ihn und ratterte los wie ein Automat: »Der Kapitalismus war hier in der Gegend immer schon …«, aber Papa stoppte ihn mit erhobener Hand.

»Warte mal. Ich will euch drei Gründe sagen, warum ich mit einer solchen Aktion nicht einverstanden bin. Der erste Grund ist etwas sehr Persönliches, bitte entschuldigt, wenn ich erst mal von mir ausgehe und nicht von euch. Als ich so alt war wie ihr, vielleicht ein paar Jahre jünger, habe ich mir geschworen, dass ich das Eigentum und den Menschen niemals auf ein und dieselbe Stufe stellen würde, dass ich auf eine Aktion gegen das Eigentum nie mit einer Aktion gegen einen Menschen reagieren würde. Und bisher habt ihr nur etwas von Eigentum gesagt, also von Geld, das euch letztendlich zusteht, das ihr aber nicht bekommen habt. Anders ausgedrückt: Wenn jemand mir etwas stiehlt, dann will ich mich nicht an ihm als Person schadlos halten, weder physisch noch psychisch, sondern höchstens an seinem Eigentum, aber auch das nur im Einklang mit dem Gesetz. In diesem Gelöbnis steckt für mich noch etwas Wichtiges, nämlich dass man einen Menschen nie danach beurteilt, was er hat oder nicht hat. Ich will an einen Menschen weiterhin als Mensch denken, nicht als Eigentümer.«

»Genau, Scannelli ist ein Scheißtyp, auch wenn ihm die Kohle zu den Ohren rauskommt«, sagte der Fettsack, und kurz verschwand sein Grinsen.

»Und Miele? Was ist mit Miele? Er hat Geld, oder? Häuser, Grundstücke und so weiter? Und finden wir alle, dass er ein guter Mensch ist, der sich kümmert und Gutes tut?«

»Ja«, sagte der Dünne.

»Und Zonzo? Wie ist der, ganz ehrlich?«

»Reich und ein Betrüger.«

»Und Farinelli? Der ist bettelarm, und trotzdem hat er keinen Funken Mitgefühl für irgendjemanden, stimmt's?«

»Stimmt.«

»So weit sind wir uns also einig. Der zweite Grund hängt mit den Ideen zusammen, über die wir immer reden, und mit der größten Idee von allen, für die unser Herz schlägt: die Gleichheit von Arm und Reich, der Traum, den wir so weit wie möglich verwirklichen wollen, denn wir wissen längst, dass er eine Utopie ist. Man kann sich nur schwer vorstellen, dass der Zustand wirklich eintritt und dann auch bleibt, ohne dass er wieder zurückkippt in die Ungleichheit von – was weiß ich – Firmenchefs und Untergebenen oder von Leuten mit schwarzer Jacke und solchen mit weißem Hemd oder denen, die den Traum umsetzen, und denen, die an ihm teilhaben. Die ewige Ungleichheit zwischen den Starken und den Schwachen wird kaum je verschwinden. Wenn wir jetzt machen, was ihr vorschlagt, dann verbrauchen wir die große Idee von der Gleichheit, wir verschleißen sie, treiben sie zum Äußersten und lassen sie sterben in einem Akt der Gewalt. Und dazu haben wir kein Recht! Erstens weil wir mit der Idee nicht automatisch dieses Recht haben, schließlich können wir eine große Idee, die wir lieben, nicht einfach mit Gewalt durchsetzen, das wäre ja noch schöner. Zweitens wollen wir nicht nur konsumsüchtige Verbraucher sein, das habt ihr vorhin selbst gesagt, nicht wahr? Wir können Gebrauch machen von dieser großartigen Idee, wir wollen dafür sorgen, dass möglichst viele Menschen von ihr Gebrauch machen können, aber wir dürfen sie nicht aufbrauchen und damit auslöschen. Das ist die Grundlage des Konsumdenkens: Dieses Ding gehört mir, und ich behalte es, bis ich es vollständig aufgebraucht habe, und nur ich verbrauche es. Am Ende würden alle Menschen denken: Diese Idee hat sie zur Gewalt geführt, also ist die Idee ungesund, sie ist Unkraut. Verbrannt. Verbraucht.«

»Und der dritte Grund, Genosse?«

»Der dritte Grund ist, dass meines Erachtens schöne Worte allein eben schon helfen, sie sind genau das, was uns am meisten hilft, und sie sind in unseren Zeiten das, was am schwierigsten zu erlangen ist. Denn mittlerweile vermischen sich die schönen und die leeren Worte, dabei sind sie nicht das Gleiche! Die schönen Worte kommen von schönen Ideen, und schöne Ideen kommen von Menschen, die ihr Leben damit verbracht haben, sie sich auszudenken, für mein Wohl, für deines und seines, für das Wohl aller. Und jetzt treten wir die schönen Ideen in die Tonne, als wäre nichts gewesen? Nein! Was uns nämlich fehlt, sind die schönen Worte, wir richten uns jeden Tag noch ein bisschen bequemer in den hässlichen Worten ein, in den schnellen, dünnen Worten der Schlager oder des Fernsehens und in schmutzigen und überflüssigen Wörtern oder in pompösen Wörtern oder Modewörtern oder den alten Wörtern, die man hin und wieder abstauben muss, damit man nicht klingt wie eine Nippesfigur von vor zweihundert Jahren. Am schlimmsten ist das leere Geschwätz, diese Worte, die einem unter Umgehung von Hirn und Herz in den Mund fallen und sich vervielfältigen.«

Papa machte eine kurze Pause, um sich zu vergewissern, dass die beiden ihm noch folgten, und als er merkte, dass sie an seinen Lippen hingen, wandte er sich direkt an den Dünnen.

»Ist dir das Wort ›Gerechtigkeit‹ durch das Herz gegangen? Ist dir ›Regeln‹ durchs Hirn gegangen? Wenn sie dort nicht waren, dann sind sie leer, sie sind nur laut, nur dahingesagt. Jedes Wort muss in dir drinnen am richtigen Ort gewesen sein. ›Gerechtigkeit‹ muss mitten durchs Herz gehen, weil das eine Idee ist, die man lieben muss, sie darf nicht nur durch die Muskeln gehen, sonst verwandelt sie sich in Rache oder Gerechtigkeitswahn. ›Regeln‹ dagegen ist ein Weg, ein Pfad, auf den du im Kopf achtest und der dich auf den Berg der Gerechtigkeit führt, von dem aus du die Dinge anders siehst. Da musst du aber erst mal rauf. Du musst dich an sämtlichen Abzweigungen der Regeln zurechtfinden – an genau so einer Abzweigung steht ihr übrigens jetzt – und immer den richtigen Weg einschlagen, weil du sonst im Graben landest. Wenn das Wort ›Regeln‹ nicht durch die Vernunft, durch den Kopf, geht, sondern durch das Herz oder den Bauch, dann wird es zu Dumpfheit, Faschismus.«

»Du redest ja wie der Pfarrer, Genosse!«, sagte der Fettsack, der sich vielleicht ausgeschlossen fühlte.

»Ich weiß. Ich mag die Vorstellung, dass die Leute, die die Ungerechtigkeit wirklich hassen, alle gleich sind: Katholiken, Kommunisten, Fans von Juve oder Napoli.«

Er hatte sie überzeugt, aber das wollten sie gar nicht, überzeugt werden, erklärte mir Papa hinterher. Sie preschten einfach drauflos, sie waren jung und brannten darauf, etwas zu tun, egal, was, aber ohne nachzudenken, für sie war Nachdenken was für Schlappschwänze.

Er erwartete also, dass sie früher oder später etwas anstellten. Als sie gerade hinausgingen, fragte Papa mit einem leisen Lächeln: »Jungs, wisst ihr zufällig, wer *WÄHLT KPI* auf den Brunnen geschrieben hat?«

Der Dünne grinste den Dicken an, der konnte jetzt aber nicht einfach »genau« sagen, also prustete er los, dass Papa die ganze Spucke abbekam.

»Ich war's nicht! Ich war's nicht!« Er lachte und lachte. »Mann, das sind die Nerven«, sagte er zu dem Dünnen, »was schaust du mich so blöd an?«

»Reg dich ab«, antwortete der andere, »du hast doch gerade gehört, wie wichtig schöne Worte sind.«

Aber es klang stichelnd, und Papa ärgerte sich.

»Böse Worte gehen schon in Ordnung, wenn sie spontan kommen. Ich will zu euch ja auch sagen können, dass ihr zwei dämliche Trottel seid!«, rief er, als sie endgültig gingen, und wieder lachten sie.

Da kam Mama aus ihrem Zimmer und sagte: »Quirì, jetzt hast du so schön geredet, so dermaßen schön, dass ich eingeschlafen bin.« Ihr Blick fiel auf mich. »Du bist ja ganz nass!«, rief sie. »Himmel noch mal, du kriegst Fieber, komm mit, ab in die heiße Wanne.«

Es war herrlich, in der Badewanne zu liegen. Papa saß dabei und wollte alles über das Üben mit Maestro wissen, er hörte mit großen Augen zu, sie drifteten vor Staunen noch weiter auseinander, es sah aus, als würde sein Gesicht vor Glück richtig aufgehen. Anschließend las er mir einen Artikel von einem Mann vor, den er sehr schätzte; er hatte Bücher geschrieben und Filme gemacht, die Papa alle gesehen hatte. Und er schrieb Artikel über viele Themen, Papa las sie und las sie mir auch oft vor, obwohl ich oft überhaupt nichts verstand, aber ich lauschte gern seiner brüchigen Stimme, vor allem wenn ich in der heißen Badewanne lag und an den vergangenen Tag dachte.

Papa tauchte die Hand ins Wasser und schob sie, schuschu, hin und her und las mir vor, und ich genoss es, es duftete nach dem Abendessen, das Mama kochte, und ich hörte, wie sie Radio hörte und mitsang, *Sei bellissima* und die Lieder von Mia Martini. Der Artikel, den Papa mir an dem Abend vorlas, hieß *Das Machtvakuum in Italien.*

Ich aber dachte an Nocella, an den Regen, an Ginetta und ein bisschen auch an Marella.

VIII

Der Traum von einem Rennen

In letzter Zeit dachte ich immer öfter an Marella und anders als früher. Wenn ich abends ins Bett ging, hieß es immer, ich solle zum Einschlafen an was Schönes denken. Am liebsten dachte ich an die Spiele mit Marella und Ardo und an die vielen lustigen Sachen, die wir in der Schule zueinander gesagt hatten. Ich dachte also an die beiden und fühlte mich wohl, ich war gut gelaunt und musste manchmal mit geschlossenen Augen ein bisschen lachen, dann schlief ich fröhlich in anderthalb Sekunden ein und schlief die ganze Nacht, wie wahrscheinlich alle glücklichen Kinder. Aber seit einiger Zeit dachte ich speziell an Marella, für Ardo war in diesen zehn Minuten vor dem Einschlafen kein Platz mehr.

Ich dachte gern daran, wie sie manchmal lachte, mit so einem kleinen spitzen Schrei, wenn wir Verstecken spielten und ich sie fand oder wenn ich sie beim Kerkerball traf. Nach dem kleinen spitzen Schrei lief sie lachend mit geballten Fäusten und hochgezogenen Schultern auf mich zu, als ob sie mich schlagen wollte. Das war schön. Ich schubste sie, sagte: »Na, was willst du?«, aber es war schön. Vor dem Einschlafen dachte ich also an solche Sachen, wie das eine Mal, als wir gespielt hatten und wir beide gefangen waren und uns an den Händen hielten wie die anderen Gefangenen auch, aber nicht Hand in Hand, nein, sondern ganz fest, mit verschränkten

Fingern, und sie hatte damit angefangen, indem sie ihre schönen Finger zwischen meine schob.

Der andere glückliche Gedanke war die Sache mit der Hauptstadt von Frankreich.

De-Amicis-Schule
Klasse 4b, 10:10 Uhr

LEHRERIN DEL RE: Marella, steh auf. Wie heißt die Hauptstadt von Frankreich?
MARELLA: Ich weiß es nicht, ich konnte gestern nicht lernen, weil meine Tante krank war ...
LEHRERIN DEL RE: Komm, Marella, erzähl mir nichts, von wegen die Tante musste ins Krankenhaus, und die Oma hatte Wehen, wie letzte Woche. Deine Großmutter ist achtundsiebzig! Du bist so ein kluges und fähiges Mädchen, warum strengst du dich nicht ein bisschen mehr an? Du könntest die besten Noten haben, du bist gut, du bist helle, aber du zappelst nur und bist abgelenkt. Raggiola, steh auf, hilf ihr. Weißt du, wie die Hauptstadt von Frankreich heißt?
ISIDORO: Ja!
LEHRERIN DEL RE: Sag es Marella ins Ohr, los, dann kann sie mir gleich alles über Frankreich erzählen, was sie weiß.
ISIDORO *(Marella ins Ohr)*: Prag.
MARELLA *(Isidoro ins Ohr)*: Danke, Dünnbauch.
Marella wendet sich Isidoro zu und drückt ihm einen Kuss auf die Wange.

Das war eines Morgens wirklich passiert. Und diesen überraschenden Kuss vor der ganzen Klasse habe ich nie mehr vergessen. Sie hatte das so normal gemacht, aber für mich war es so besonders gewesen, dass ich mir ab da wünschte, wir würden miteinander gehen. Ganz wirr im Kopf, kehrte ich in meine Bank zurück, zu den anderen, die mich aufzogen, doch dann rief Marella glücklich: »Prag, Hauptstadt von Frankreich, weltberühmt für den Eiffelturm!«, und der Tag nahm eine andere Richtung, die Lehrerin zog sie und mich ein bisschen an den Ohren, und wir mussten nach hinten, in die letzte Bank, und hundertmal »Paris« schreiben, was ich mit Vergnügen tat, weil Marella manchmal zu mir rüberlächelte und flüsterte: »Schreib zu, sonst gibt's noch hundert Roms und Londons und Schanghaie!«

Ardo war mein Cousin und wirklich mein bester Freund, und das sollte er auch für immer bleiben. Er war mein liebster Spielkamerad, wir verstanden uns auch ohne Worte.

Als ich Papas Liebesbrief aus dem Badezimmer las (er schrieb die Liebesbriefe zum Zeitvertreib, in den letzten Minuten der Morgendämmerung, nach dem Eierbad: Duftend, die Haare nach hinten gekämmt, saß er auf dem Klo, das er Weißen Throooon nannte, mit vielen Oooos, und schrieb. Er stützte sich dabei auf eine hölzerne Unterlage, die er sich von einem befreundeten Schreiner extra hatte machen lassen, genau in der Passform seiner Beine. Daran klemmte eine Art Wäscheklammer für die weißen Papierbögen, die von einer größeren blauen Plastikfolie geschützt waren, und richtig befestigt war ein kleiner geschlossener Kasten mit den Stiften. So konnte Papa seine Utensilien zur Aufbewahrung zwischen Wand und Waschmaschine stellen. Er schrieb Briefe an jeden und alles. Vor allem an Mama und mich; er verfasste aber auch einen Liebesbrief an die Armen der Welt, einen Liebesbrief an die vier Elemente, einen Liebesbrief an die langweiligen Nachmittage fantasievoller Kinder, einen Liebesbrief an den Volkskardiologen Johann Sebastian Bach, einen Liebesbrief an Gandhis Idee von der Menschenwürde und einen Brief mit einer sehr schönen Überschrift: Liebesbrief an den Menschen und an Gott. Nicht getrennt voneinander zu lesen), als ich also Papas Brief las, in dem er über das Wippen schrieb und dass ich einen Menschen brauche, der sich freut, wenn ich auf der Wippe oben bin, dachte ich an Ardo. Wenn ich nämlich etwas gut machte, reckte er immer den Daumen zum Okay, und ich fand es wirklich schön, dass ich so einen Freund hatte. Wenn er etwas gut machte, hob ich ebenfalls den Daumen, aber irgendwie beneidete ich ihn ein bisschen. Ich glaube, er war ein besserer Mensch als ich, das bewies er mir, als er mal ein frisches Mortadellabrötchen dabeihatte. Ich liebte frische Mortadellabrötchen, und Ardo liebte frische Mortadellabrötchen auch, vielleicht noch mehr als ich. Jedenfalls hatte er in der Schule eines Tages eines als Pausenbrot dabei. Ich sah ihm beim Essen zu, und ich musste nicht mal »Lass mich mal abbeißen, Ardo!« sagen. Von sich aus, nur weil ich sein bester Freund war, hatte er mir schon ein Stück von seinem Brötchen in die Tasche gesteckt und eine lange, platt gedrückte Scheibe Mortadella in das karierte Heft geschoben, wo wir das schriftliche Teilen bis 1000 geübt hatten, sodass ein paar Rechnungen auf die Mortadella abgefärbt hatten. In der Pause aß ich mein Minibrötchen, und ich sagte nichts zu ihm, weil wir Freunde waren, und da macht man solche Sachen einfach, ohne danke und bitte.

Wir drei erzählten uns immer unsere Träume. Nach den Spielen am Brunnen, wenn wir pitschnass Fangen gespielt hatten und fix und alle waren, wenn wir Marella in die Mitte genommen und sie gekitzelt hatten und sie schrie: »Hört auf! Hört auf! Das gilt nicht! Zwei Jungs gegen ein Mädchen! Aber ich hab keine Angst! Ich bin besser als ihr beide zusammen!«, was ja auch stimmte, wenn wir also mit allem fertig waren, legten wir uns ins Gras und aßen, was wir in unseren Taschen hatten. Und erzählten uns unsere Träume. Wir hatten sie in zwei Sorten eingeteilt, in Wunschträume und Angstträume, und jeder von uns hatte von beiden Sorten einen Traum, der immer wiederkehrte. Ich träumte immer, dass ich von etwas runterfalle, einmal träumte ich sogar, dass ich von einem gigantischen Schirmständer herunterfalle, was eindeutig ein Angsttraum war. Aber in den letzten Nächten träumte ich, dass ich ein tolles Pfeifkonzert gebe und dass erst Nocella, dann Papa und dann Mama zu mir kommen und sagen: »Du bist sehr gut, wir wussten schon immer, dass du ein besonderes Kind bist, und jetzt wissen wir es erst recht!«

Ardo hatte einen Angsttraum von einem schwarzen Hund, der ihn einmal verfolgt und in den Knöchel gebissen hatte, und der Hund war im Traum an den merkwürdigsten Orten. Einmal kam er sogar mit gebleckten Zähnen aus dem Brunnen, während er selbst gerade eintauchte, und der Hund biss ihm ins Gesicht, ganz kurz bevor er aufwachte. Dafür war sein schöner Traum eine sichere Sache, da ging es immer ums Essen. Er träumte jeden Morgen vor dem Aufwachen von Casatiello-Ostergebäck, Milchsuppe, Windbeuteln mit Ricottacreme, *Zeppole*, Kringeln, Krapfen und Schokohörnchen, aber auch von Brot und Tomaten, Hühnchen mit Kartoffeln, Hühnchen ohne Kartoffeln und von Kartoffeln allein, ohne Hühnchen.

Marella hatte einen lustigen Wunschtraum: Sie flog über Mattinella, und alle winkten und warfen ihr gutes Essen rauf, hübsche Kleider, Blumen, Fahrräder, und sie musste nur die Arme oder auch nur die Hände ein bisschen bewegen, um durch die Luft zu steuern, und bei jedem kleinen Schlag mit der Hand sauste sie weiter. Zum Stoppen hielt sie sich an der Spitze des Glockenturms fest, und wenn sie landen wollte, hangelte sie sich kopfüber am Regenabflussrohr hinunter, wie ein Apnoetaucher.

Aber ihr Angsttraum war sehr traurig. »Heute Nacht habe

ich wieder vom Rennen geträumt«, erzählte sie. »Ihr beide wart auch dabei. Ardo rannte vor, und er lachte und rief: ›Kommt, wir schauen mal zu Alì!‹ Du, Isido', bist wie immer losgeprescht und hast dabei gepfiffen wie ein Zug, schlacksig und schlotterig, hast du deine dünnen Beine sausen lassen. Ich war die Letzte. Ich wollte euch hinterher, aber …«

An genau der Stelle fing Marella immer an zu weinen. Ich hielt es dann neben ihr nicht aus, weil sie mir so leidtat. Das war nicht nur ein Angsttraum. Der Traum packte sie im Herzen und versetzte sie in Angst und Schrecken, das sah man ihr richtig an. Papa hatte das ganz ernst einen Wahrtraum genannt, es war natürlich eine Fusion, aber wie eigentlich die beiden vermischten Wörter hießen, hatte ich in dem Fall nicht verstanden. Dann deutete er auf ein Buch in seiner kleinen Bibliothek von dem Schriftsteller und Regisseur, den er so mochte, und sagte: »Der Traum könnte *Der Traum von einem Rennen* heißen.« Das Ende erzählte Marella nicht, aber Ardo und ich kannten es schon, und es ging so: »Ich wollte hinter euch herrennen und machte den ersten Schritt. Dann bewegte ich das andere Bein zum zweiten Schritt, und plötzlich war es wie ein Sack Mehl, ich bewegte mich oben, aber unten ging nichts. Beim anderen Bein war es genauso. Ihr seid davongelaufen, und ich bin zurückgeblieben und habe versucht, mich zu bewegen, aber ich konnte nicht mal mehr gehen, meine Mehlbeine haben mich festgehalten. Dann bin ich aufgewacht.«

Am Brunnen waren schon zwei schlimme Sachen passiert. Erstens hatte Marella das Gleichgewicht verloren und war gestürzt. Aber von allein, niemand hatte sie geschubst oder so. Sie verlor das Gleichgewicht, als sie ganz normal ging, und dann lag sie am Boden und sah uns an und verstand es einfach nicht, es war schrecklich, wie wenn sie sich in ein Insekt verwandeln würde. Dann kam es noch schlimmer: Ein Bein wurde ganz steif, wie in einem starken Krampf, und wir wussten überhaupt nicht, was wir tun sollten. Sie lag am Boden, weinte vor Angst und Schmerzen und rief: »Das Bein, das Bein tut so weh, es ist ganz hart.« Wir versuchten, es ein bisschen zu massieren, aber wer weiß schon, wie man richtig massiert? Wir wollten ihr aufhelfen, aber keine Chance, sie sackte vor Schmerzen wieder zusammen. Ich machte Scherze, ich zwitscherte und tschilpte das verrückteste und komischste Zeug zusammen, über das man normalerweise lacht, aber keine Chance, sie hatte solche Angst, das Bein war wie aus Holz, sie brachte nur die Zehenspitzen auf den Boden, es war irre, sie konnte die Ferse nicht aufsetzen, und auch die Zehen, die aus den Sandalen rausschauten, waren ganz lang und gespreizt, wie wenn Ardo den Blöden spielte und den Fuß in den Mund steckte und dazu »Wetten, dass ich Zehennägel knabbern kann?« sagte und dann am großen Zeh den Nagel abknabberte und in der Luft schwenkte, und Marella konnte ihre Zehen jetzt nicht entspannen, diese schönen kleinen, bräunlichen Zehen voller Erde und Dreck.

Ich war völlig durch den Wind und setzte mich in meiner Angst neben sie und nahm ihre Hand – obwohl ich nicht wusste, was ich mit ihr anfangen sollte, und sie zog sie auch sofort weg, sie brauchte sie, um über ihre steinharte Wade zu fahren und den Fuß irgendwie wieder richtig hinzustellen –, ich setzte mich also neben sie und brachte in meiner Angst nichts anderes heraus als »Ich hab dich lieb, willst du mit mir gehen?«, da war Ardo schon ins Dorf gerannt, um Hilfe zu holen, ich hatte es einfach so gesagt, vielleicht um sie ein bisschen abzulenken.

Und sie schaffte es unter Tränen, aus ihren erschrockenen Augen mich anzulächeln und Ja zu sagen.

Ich wusste, dass sie wirklich besser war als wir. Sie war ein tolles Mädchen, mutig, hübsch, nett und übermütig, und wenn ich ihr ein Kompliment machen wollte, nannte ich sie »Mädchen aus Tollo«. Jedenfalls klapperte sie nach dem Krampf am Brunnen die Ärzte in ganz Kampanien ab, erst in Sant'Angelo, dann in Avellino, dann in Neapel, und sie erzählte mir alles, was sie von ihnen erfahren hatte, aber sie lachte dabei, sie scherzte, spielte absichtlich die Lahme, berichtete von schmerzhaften Untersuchungen mit besonders langen Nadeln, aber sie nahm sich dabei selbst auf den Arm, als wäre es jemand anderes gewesen, sie machte sich lustig über die Marella, die Schmerz empfunden und sich auf der Liege beim Doktor geniert hatte. Zu einem Arzt sagte sie sogar: »Wenn Sie mir wehtun, hol ich meinen Freund, und der pfeift Ihnen eine Ladung Ohrfeigen!«, und da musste der Arzt auch lachen und wollte wissen, wie das wohl war, so eine gepfiffene Ladung Ohrfeigen, und ich wäre sofort los, um es ihm zu zeigen, egal, in welcher Stadt.

IX

Dritter Liebesbrief aus dem Badezimmer

Ich verstehe nichts von klassischer Musik. Verzeih mir also, wenn ich Dich duze und Deinen Vornamen ins Italienische übersetze, denn es fällt mir nicht leicht, ihn auf Deutsch zu sagen. Mein lieber Giovan Sebastiano Bach, ich empfinde eine tiefe Liebe zu Dir als Mensch und zu dem, was Du hinterlassen hast, und ich würde Dir gern einen Gedanken von mir darlegen. Mag sein, dass Du einfach ein großer Musiker bist, wie es immer wieder heißt, aber meiner Meinung nach bist Du vor allem der größte Kardiologe, den es je gegeben hat. Du warst schon Kardiologe, als die Kardiologie noch gar nicht erfunden war, und allein das gereicht Dir zur Ehre. Denn während Deine Zeitgenossen ein Herz zu reparieren versuchten, als wäre es ein Fahrrad, hast Du verstanden, dass man es auf einem anderen Weg erreichen muss, dass man Werte normalisieren und alles wieder in Ordnung bringen muss, ohne jemals Hand anzulegen. Dieser andere Weg ist der Geist, und ich glaube, dass Du seit ein paar Hundert Jahren bei Millionen von Menschen über den Geist Herzinfarkte abwendest, Rhythmusstörungen bändigst und Arterien von ihren Fettablagerungen reinigst, und mein Herz hast Du auf jeden Fall in Schuss gehalten. Außerdem bist Du der Kardiologe für Menschen, die keinen Kardiologen haben, weil sie nachlässig sind und erst hingehen, wenn die Bratwürste in ihren Herzkammern herumspazieren und sie sich krank fühlen, und dann rennen sie zum Doktor und sagen: »Herr Doktor, retten Sie mich, geben Sie mir was!« Oder weil sie sich – und das ist ein weiterer Grund für meine Liebe – keinen Kardiologen leisten können. Ich schenke also allen diesen Leuten eine Schallplatte von Dir, die ich mir aus Neapel mitbringen lasse. Ich spiele ihnen die Platte ununterbrochen vor, bis sie sich besser fühlen, bis der Geist das ganze Fett gelöst hat, das sie auffrisst, das Fett des Geldes, das Fett des Individualismus, das Fett der Ellenbogen, und dann sagen sie: »Danke, Quirino, dieser Bacco ist ja echt klasse!« Ich selbst habe Dich zufällig entdeckt, Giovan Sebastiano, das einzige Mal, als ich in einer Kirche war, um mit einem Pfarrer zu reden, und da war über Lautsprecher eine Platte von Dir zu hören, und als ich fragte: »Was ist das für eine Musik«, antwortete er: »Kirchenmusik.« Kirchenmusik, Giovan Sebastià! Kann man alles, was du geschrieben hast, einfach so abtun? Ich rede schon mit Pfarrern, aber nicht in der Kirche, ich bin nämlich nicht gläubig, lieber Giovan Sebastiano. Aber ich bin sehr religiös, und das hat auch mit Dir zu tun. Denn als ich Dich hörte, versöhnte ich mich erst mit der Orgel und dann mit dem Pfarrer und ein bisschen auch mit dem, was Du »Mein Gott« nennst. Wir sind nicht unbedingt Freunde, aber wer weiß, das kommt vielleicht noch.

Danke, Giovan Sebastiano, denn während ich Deine Platten anhörte, hatte ich einige der schönsten Gedanken, die ich mir jemals gemacht habe, über mich, über den Ewigen Vater, über andere Menschen, über die Liebe und den Schmerz, Gedanken, die man sich mit Worten nie hätte machen können. Danke, Quirino

X

Die Sprache der Tiere

»Isidorooo … Isidorooo …!«

Jeden Morgen hörte ich die helle Stimme von Alì, der mich von seinem Käfig aus rief, jeden Morgen Punkt acht Uhr fünfundzwanzig, wenn ich in die Schule ging. Zur De-Amicis-Schule musste ich über die Piazza, und ich weiß nicht, ob Beos wie Hunde einen Geruchssinn haben, mit dem Alì mich von seiner Gasse aus roch, jedenfalls füllte sich die Luft, kaum war ich in die Piazza eingebogen, mit einem »*chii-ii-dro-oo*«, und ich wusste, das war Alì, der mich rief! Ich grüßte schnell zurück, mit einem flüchtigen »*tschi-puii*« oder ein paar eng geschnörkelten hellen Spiralnudeln, und wer um die Uhrzeit auf der Piazza unterwegs war, sah mir sprachlos nach, wie ich mit dem Ranzen auf dem Rücken vorbeilief und pfiff und zwitscherte und über Alìs Antworten lachte. Mehr war in den letzten Tagen nicht drin gewesen, weil ich abends vor Aufregung spät einschlief und am Morgen kaum aus den Federn kam, da hatte ich einfach keine Zeit, stehen zu bleiben und ein bisschen zu plaudern, und nachmittags musste ich Hausaufgaben machen und mit Maestro üben. Na ja, zugegeben, ich hatte Alì ein wenig vernachlässigt, und das ließ er mich spüren, indem er, wenn ich vorbeikam, mir nach Art eines armseligen Lasagnelappens »Zemmäää-mjuuu« nachrief, was »Und was ist mit mir?« bedeutete.

Armer Alì! Aber ich war schon fast zehn Jahre alt, und ich

erlebte dermaßen viel, dass in meinem kleinen Körper gar kein Platz für alles war. Dabei hatte ich Alì wirklich sehr gern, durch ihn hatte ich entdeckt, dass man alles, was einem im Herzen und im Kopf und in den Nerven herumflattert, pfeifend rauslassen kann, und eines Nachmittags würde ich bestimmt wieder zu ihm gehen und mit ihm quatschen.

Die Proben für das Konzert liefen mittlerweile richtig gut, Mama hatte gleich nach der ersten Probe eine Möglichkeit gefunden, um mit Nocellas Luft- und Haumethoden fertigzuwerden. Als ich eines Tages aus der Schule kam, nahm sie das rote Käppi mit dem Aufdruck MOZZARELLA ZARRILLI, das ich im Jahr zuvor geschenkt bekommen hatte und das mir ein bisschen zu groß war. Sie knetete rasch einen Klumpen Teig, so klein wie meine Faust, und ließ ihn gehen, während wir aßen. Anschließend fütterte sie das Käppi schön mit dem Teig aus, setzte es mir auf den Kopf und drückte es so sanft, wie nur sie es konnte, nach unten. Meine Segelohren standen zwar weiterhin ab und waren unbedeckt, aber mit dem gefüllten, festgedrückten Käppi konnte mich mein Lehrer hauen, so viel er wollte, ich würde nichts spüren!

Außerdem fiel Mama ein Mittel gegen die, wie Papa sagte, Aromuft ein (aromatische Luft, Quirinisch für Stall- und Furzgestank). Ab und zu sorgte Maestro nämlich immer noch für Druckausgleich, wie bei einem Autoreifen, rief dazu: »Rhythmus!« und machte das Gesicht mit dem ausgeleierten Hasenzahngrinsen und den hochgezogenen Besenaugenbrauen. Das Problem war natürlich nicht der Gestank an sich, klar, daran waren wir in einem Bauerndorf gewohnt. Aber wenn es zu sehr stank, konnte ich nicht entspannt und tief atmen, wie es mein Lehrer verlangte. Gepresst und nervös holte ich mitten im Lied Luft, ich schrie nur, anstatt kehlig zu pfeifen, und zack!, Klatsche, Grinsen und hochgezogene Augenbrauen, wie gehabt.

Stella pflückte vor der Tür ein paar Blätter Zitronengras, schnitt sie in gleich große Stückchen und nähte sie in ein Taschentuch, »mit einem einzigen Stich«, wie sie sagte. Sie machte zwei Reihen mit Blättchen, und sie machte das so gut, dass sie wie auf den Stoff gemalt aussahen. »Bei zu viel Aromuft«, sagte sie, »nimmst du das Taschentuch und tust so, als würdest du dich schnäuzen. Aber du wischst dir nur drüber, mein Schatz, dann hast du den Zitronenduft in der Nase.«

Schon nach drei Tagen Üben waren die Fortschritte sensationell. *Die unglückliche Amsel* stand wie eine Eins, ich begann mit einem lachenden »Pa-ta-ta!« und machte dazu eine kleine Bewegung mit den Händen, die Maestro sehr komisch fand. Auch *Das undankbare Herz* war seiner Meinung nach schon ganz brauchbar; daran musste zwar noch gearbeitet werden, aber es war ja noch eine volle Woche hin, wir hatten genug Zeit, um dann in Lacedonia die berühmte gute Figur abzugeben. Doch an diesem Samstagnachmittag hielt er plötzlich inne, er hörte einfach auf zu spielen, als ich mich gerade zu »Du hast mir das Leben genooohoommmmen« hinaufschraubte, sah mich fest an und sagte keinen Ton. Ich dachte, er konzentriert sich schon mal vor einer seiner Rhythmusübungen, und fischte schnell das Taschentuch aus der Tasche, aber Maestro wurde ernst, er schloss seinen Mund, der immer lachte, Tag und Nacht, und schaute mich nur an. Ich wusste nicht, was ich tun oder sagen sollte, und sagte nichts. Er bemerkte meine Verlegenheit und fragte ernst: »Warum?«

»Was warum, Noce'?«

Er machte eine lange Pause, vielleicht schwieg er auch einfach, aber mir kam es vor, als würde er gleich anfangen zu weinen, ich verstand überhaupt nicht, was los war.

»Warum bringst du mir nie was zum Essen mit?«

»Mensch, Noce', tut mir leid, da habe ich überhaupt nicht dran gedacht, Montag frage ich Mama, ob sie mir …«

»Hahaha, ich mache doch nur Spaß!«, rief er, wieder ganz der Alte. »Ich wollte sagen: Warum machen wir das? Weißt du es noch?«

»Na ja, weil du gesagt hast, dass meine Art zu pfeifen schön ist und dass …«

»… und was?«

»… und dass die Leute es lustig finden …«

»… und?«

Scheiße, was soll denn das?!, hätte ich am liebsten gerufen. Er machte mich ganz nervös mit der Ausfragerei, es reicht doch, wenn man in der Schule Fragen beantworten soll, auf die man nur in den seltensten Fällen eine Antwort weiß, oder?

»Vergiss nicht, Kleiner, wir haben eine höhere Aufgabe, wir müssen eine Botschaft überbringen. Wenn es nämlich nur darauf rausläuft, dass die Dörfler sich amüsieren, während sie ihr x-tes Kotelett verschlingen und Wein trinken, dann braucht es keinen Isidoro Raggiola, oder?«

»Ach ja, Maestro, ganz vergessen, entschuldige. Klar, die Sache mit dem Glück und der Freiheit von Not, oder?«

»Genau, man merkt, dass du der Sohn eines großen Mannes bist. Also, jetzt lassen wir das mit dem Lied erst mal und überlegen, wie wir den Armen die Sprache der Vögel beibringen können.«

Nocella packte die Ziehharmonika ein und holte noch einen Strohballen, damit ich mich auch setzen konnte, und da fiel mir ein, was Alì gesagt hatte, als ich das letzte Mal mit ihm in seiner Eigenschaft als mein Manager geredet hatte: »Vielleicht gar keine schlechte Idee, die Armen in Vögel zu verwandeln, alle armen Leute!«

Ich lachte leise in mich hinein, als ich mir vorstellte, wie das Konzertpublikum in Lacedonia nach mir langsam zu zwitschern und zu pfeifen anfing und den Leuten unter den Achseln und um die Arme herum Flügel wuchsen, eine Feder, noch eine Feder und noch eine, dann spitzte sich der Mund zu einem Schnabel, die Beine wurden dünn und schoben sich zusammen, und in jedem Schuh, der abfiel, blieben zwei Zehen, die sich vom Fuß gelöst hatten, denn aus den Riesenschuhen kamen nur dreizehige Füße, wie die Füße von Alì, und dann schrieben sämtliche Zeitungen am nächsten Tag in Riesenbuchstaben:

PAPRIKAFEST
PUBLIKUM FLIEGT DAVON
Nur die Reichen bleiben auf der Erde

»Pfeifen zu lernen ist der erste Schritt, um fliegen zu lernen«, so der blutjunge Bandleader Isidoro Raggiolo aus Mattinella.

»Und wie stellen wir das an?«, fragte Nocella. »Jetzt bist du der Lehrer.«

»Also, Maestro, du brauchst Papier und Stift, um das Pfiffibular anzulegen.«

»Pfiffibular? Stammt das von Quirino?«

»Nein, das hab ich mir selber ausgedacht! Du musst die Pfiffsorten aufschreiben. Am besten machst du daneben eine kleine Zeichnung, dann weißt du immer, wie sie ausschauen.«

»Aber hast du nicht gesagt, dass sie wie Nudelsorten sind?«

»Ja.«

»Dann kannst du ganz beruhigt sein. Die Nudelsorten sind mir ins Fleisch gestempelt. Wenn ich ein Tattoo hätte, hätte ich auf jeder Arschbacke einen Topf Nudeln mit Bohnen.«

Aber er tat mir den Gefallen und schrieb alles auf, und er kapierte wirklich den Unterschied zwischen den Formen, er ließ sich sogar darüber aus, welchen Gewinn die geriffelten Rigatoni, geschnörkelten Fusilli oder mützigen Scoppelle in der Kauphase erbrachten, und außerdem war er gut darin, die Zunge in die richtige Position zu bringen, wie ich es ihm zeigte.

Als er dann einen Ton von sich geben wollte, war es allerdings die totale Katastrophe. Es klang nach viel zu dicken Wangen und einem Wanst sogar in der Kehle, die Stimme verhedderte sich hinter der Zunge, wie wenn beim Reden die Spucke weder rauf- noch runtergeht. Ich konnte mich nicht beherrschen. Beim ersten Entenpfiff, den Maestro von sich gab, knallte ich ihm eine auf den Hinterkopf, dass es »tok!« machte, dumpf, wie wenn ein Tisch umkippt, ich sah ihn übertrieben lächelnd an und hob zwinkernd die Augenbrauen, genau wie er bei mir.

Er platzte fast vor Lachen, und wir schafften es trotz seiner windbeutelgepolsterten Stimme, eine Überraschung für das frischgebackene Ehepaar einzuüben.

Auf dem Heimweg machte ich bei meinem Manager Alì halt, und wir besprachen den Stand der Dinge. »Schön, dich zu sehen«, sagte er, »vergiss nicht, dass ich zeen-atzrrrr-piiii!«

»Ja, ich weiß, dass du mein Manager bist! Das vergesse ich doch nicht! Entschuldige, dass ich ein paar Tage nicht hier war, aber es passieren gerade Millionen Sachen! Wenn der dich rauslassen würde, würde ich dich überallhin mitnehmen, du könntest dich bei mir auf den Fahrradlenker setzen und mich begleiten, dann würdest du selber sehen, was alles los ist!«

»Könnt ihr vergessen.«

Das war die ölschmierige Stimme von Zonzo. Der war natürlich sofort zur Stelle gewesen, als er das kurze Gespräch zwischen mir und Alì mitbekam, er knallte uns nur kurz seinen Spruch hin und rannte gleich wieder mit seinem berühmten »Was ist« hinter einem Kunden her, der eben den Laden betreten hatte. Dabei zog Zonzo ein angewidertes Gesicht, und zwar – das war mir völlig klar – weil er mich gesehen hatte und dazu als Botschaft an Papa. Mein Manager hatte mir nämlich erzählt, dass Zonzo, wenn ich wieder weg war, immer über Papa herzog, über diesen »Kotzbrocken von Quirino, der sich einbildet, dass er die Welt rettet mit den beschissenen paar Büchern, die er liest. Der versteht doch einen Scheißdreck, wenn ein Auge liest und das andere zum Fenster rausschaut!«.

Kein Mensch im Dorf mochte Zonzo, aber er hatte viel Geld gemacht, weil er mit einem Politiker verschwägert war. Der hatte ihm geholfen, für einen Haufen Geld ein Grundstück zu verkaufen, auf dem der Parkplatz für ein Krankenhaus gebaut werden sollte, und da taten alle, als würden sie ihn mögen, nur um auf seiner Seite zu sein. Das Geld hatte er bekommen, aber aus dem Parkplatz wurde nichts, und auch das Krankenhaus wurde nicht gebaut, und das Grundstück verkam zu einer Müllhalde, auf der er selbst sein Dreckszeug entsorgte, sogar zwei Landwirtschaftsmaschinen und einen Traktor, die total verrostet waren und scheußlich aussahen.

Eines Tages war Papa mit seinem tragbaren Plattenspieler und einer Platte von Bach in Zonzos Laden erschienen, ich glaube, es war die h-Moll-Messe, er drehte die Lautstärke voll auf und stand ganz friedlich da. Zu den himmlischen Klängen sagte er: »Wir müssen reden«, während der ganze Laden vom *Kyrie eleison* widerhallte, und Papa kam mir vor wie Charles Bronson in *Ein Mann sieht rot*. Sie stritten sich lautstark, Papa sagte zu Zonzo, dass er ein Dieb sei und unanständig und dass er und sein Schwager ins Gefängnis gehörten, weil ihm, Zonzo, das Stück Land nur zum Gewahrsam überlassen war, es aber allen gehört, weil Land allen gehört, die es sehen und sich dort aufhalten und in der Nähe wohnen, und es gehört auch den zukünftigen Menschen, und sie, Zonzo und der Schwager, haben schamlos gelogen und betrogen und mit einem Stück

Land spekuliert, auf dem seine Eltern und seine Großeltern geschuftet hatten.

Derweil gaben die Sänger von der Platte alles, ihre Stimmen kletterten höher und höher und rauschten wieder in die Tiefe, alles dröhnte von der Musik, die sich für mich anhörte wie das Geschrei der ganzen Hölle, die ins Paradies will. Aber die ganze Mühe schmälerte Zonzos Egoismus und »Meinscheißismus« – dieses Wort stammte von Mama – um keinen Millimeter, er entgegnete nur ein paarmal »Leck mich am Arsch« und »Du gehst mir auf den Sack«, und das war's dann schon. Da sagte Quirino, schon im Hinausgehen: »Ich hab dich im Blick, vergiss das nicht!«, und deutete auf sein abgedriftetes Auge.

»Und du vergiss deinen Plattenspieler mit der Scheißmusik nicht«, entgegnete Zonzo und deutete mit dem Zahnstocher im Mund darauf.

»Alì, du siehst traurig aus«, sagte ich. »Was ist los? Bloß weil ich drei Tage nicht da war?«

»Crii-cuu-käzzzz«, antwortete er. »Njanaa.«

»Echt? Leguan hat dir heute Nacht seine Geschichte erzählt? Erzähl sie mir auch! Ist sie traurig?«

Er antwortete mit vier glatten Lasagneplättchen – *sehr-sehr-trau-rig* – und einer Muschelnudel – *aber-auch-lustig* – und willigte dann ein. Ich setzte mich auf die Schwelle und spürte zwar den nach Krokodil riechenden Giftzahn im Rücken, aber das war mir egal, ich war ja mit meinem Freund und Manager zusammen, der mir – natürlich mit leicht indolesischem Akzent – folgende Geschichte erzählte.

Njanaa-crii-cuu-kkaja-too

(Ein Leguan in Caianello)

Zonzo war schon lange mit Rohr-Angioletto befreundet, dem faschistischen Klempner aus Marcianise, einem Dorf bei Caserta. Den Spitznamen trug er weniger berufshalber, sondern weil er zu jeder Schlägerei ein anderthalb Daumen dickes Rohr mitnahm, um es irgendeinem armen Kerl »auf die Nieren zu schweißen«, wie er das nannte. Angioletto machte ab und zu mit der Familie einen Ausflug in die Gegend, und so waren die beiden mit der Zeit Freunde geworden.

Angioletto kannte Zonzos Leidenschaft für exotische Tiere und rief ihn eines Tages an.

»Was ist.«

»Sonso, hier ist Ansoletto.«

»Wie geht's, mein Lieber?«

»Gut. Ich hätte was Sönes für dis.«

»Was denn?«

»Eksotise Sauna.«

»Eine exotische Sauna?«

»Nein, so Tiere, die du toll findest.«

»Ah, exotische Fauna ...«

Angioletto hatte einen Sprachfehler, musst du wissen, und er versuchte manchmal, sich dafür wenigstens gewählt auszudrücken.

»Is war gestern in einem Haus in Caianello, wegen eines neuen Klos ...«

»Aha. Und dann?«

»Wie is die sehr söne neue Klosüssel montiere, mit so einem Blau, das sehr hübs zu den Sliesen im braunblauen Sasbrettmuster passt, wirklich sehr sön und sick, da kommt plötzlis diese Rieseneidekse rein, ein abseulises Tier, mit so Punkten ...«

»Ein Leguan!«, rief Zonzo und sprang vom Stuhl auf, die weit aufgerissenen Augen auf die gegenüberliegende Wand geheftet.

»Ja, genau! Willst du ihn haben?«, erkundigte sich Angioletto. »Is bin allein, die Leute sind verreist.«

Auf der Stelle organisierten sie den Transport. In der folgenden Nacht fuhren sie mit dem Auto nach Caianello und entwendeten den Leguan aus dem vorübergehend unbewohnten Haus. Als Erstes biss der Leguan Zonzo, der das aus Tierliebe kommentarlos hinnahm – »Die sind nicht so neidisch und böse wie wir Menschen«, sagte er immer –, allerdings folgte auf den Biss ein kräftiger Schlag mit dem Schwanz in Angiolettos Eier. Angioletto schrie: »Dreckskerl, sinesiser!« und versuchte, dem Leguan das Rohr auf die Nieren zu schweißen. Weil er aber weder wusste, wo ein Leguan herkommt, noch wo er seine Nieren hat, zertrümmerte er ihm mit dem Rohr bloß den Schwanz.

Ich bat Alì nicht, mir auch seine eigene Geschichte zu erzählen; ein bisschen was hatte er mir ja schon am Anfang gesagt, als wir uns kennenlernten. Aber wenn ich recht überlege, war ich da noch sehr klein gewesen, erst zwei oder drei, und diese Geschichten habe ich in schönster Erinnerung, vielleicht hatte Alì sie mir zuliebe auch ein wenig ausgeschmückt. Er berichtete von unglaublichen Gegenden, er stammte aus Indolesien, soweit ich verstanden hatte, vielleicht war das auch ein Papa-Wort, nicht weit von Malaysia, wo Sandokan herkommt. Seine Familie lebte auf einem Berg, von dem aus man in der Nähe eine Art Kirche sah, ganz spitz und riesig hoch und besonders schön am frühen Morgen, wenn sie aus dem Nebel und dem Dunkelgrün der Bäume hervorschaute, und in der Ferne sah man das blaue Meer, und er war auf eigene Faust weggeflogen, weil er ein neugieriger Vogel war und wissen wollte, wie die Welt auf der anderen Seite der Erde aussah, und auch weil er wusste, dass es einen ganz besonderen Menschen gab, dessen Freund er werden sollte, nämlich mich.

Ich weiß nicht, ob Alìs Geschichten stimmten, aber er erzählte gern, das Gepfeife war hell und ging immer nach oben. Aber als er mir jetzt die Geschichte vom Leguan erzählte, war er ein bisschen traurig; endlich wusste ich, warum der Schwanz so krumm war, und ich sah noch mal kurz hin, bevor ich nach Hause ging.

XI

Der Apfel fällt nicht weit vom Stamm, aber er fällt

Es war ein richtiger Geschichtensamstag. Nach Alìs Geschichte hatte auch der Abend noch eine Überraschung für mich parat, vielleicht die schönste. Als ich nach Hause kam, waren lauter Leute da: Signora Ieso und vier weitere Freundinnen von Mama halfen ihr, die ganze Sternenpasta für das Festmahl am nächsten Tag vorzubereiten, und ihre Männer saßen mit Papa im Esszimmer und spielten Karten. Kaum war ich in der Küche, pflanzten mich die vier zusammen mit Mama an den Tisch, legten ein einmal gefaltetes Tuch über die eine Seite des Tischs, weil sie auf der anderen noch arbeiten mussten, und setzten mir innerhalb von fünf Minuten ein »paar Kleinigkeiten« vor; ein richtiges Abendessen hätten sie nicht gekocht, sie selbst hätten sich auch »so beholfen«, mit ein bisschen Salami, Schinken, Presssack, Caciotta, scharfem Provolone, Brot, Tomatensalat, ein bisschen gebratener Paprika, Auberginengemüse mit Tomaten, gegarter Endivie mit Rosinen und einem Stück Crostata, aber nur einem, mit Marmelade.

Es war schön, am Tisch zu sitzen und zu essen, das Haus voller Menschen, vom Kartenspieltisch her abwechselnd Gelächter und laute Kommentare, dazu die fünf Mamas in der Küche, die kreuz und quer liefen, ohne jemals zusammenzustoßen, die rund und dick, aber federleicht waren und liebevoll miteinander umgingen, in ihrem Ballett mit den Tabletts, und immerzu lachten. Auch wenn ich keine Eltern mehr hätte, dachte ich, müsste ich in unserem Dorf nicht allein sein, aber ich war ja noch ein Kind, und der Abend kam mir vor wie ein außerplanmäßiger, geschenkter Weihnachtsabend.

Nach dem Essen legte ich meinen Kopf mitsamt dem teiggefütterten Helmkäppi MOZZARELLA ZARRILLI auf den Tisch und schlief ein. Mama hob mich hoch, trug mich in mein Zimmer, zog mir den Schlafanzug an und wollte mich gerade ins Bett legen, als ich sagte: »Keine Geschichte heute, Mama?«

»Die Mamageschichte ist zum Einschlafen da, mein Schatz, und du hast schon geschlafen!«

Das stimmte, die Augen fielen mir fast zu, aber ich wusste, dass ich Mama den ganzen nächsten Tag keine Sekunde für mich allein haben würde, also bettelte ich, obwohl ich todmüde war, bloß damit ich sie noch zehn Minuten bei mir hatte.

»Na gut, dann erzähle ich dir eine Geschichte, die ›Trennen und Verstehen‹ heißt.«

Ich legte meinen Kopf aufs Kissen und schloss die Augen, und während sie redete, ließ ich wie immer meine Gedanken frei, und Mamas Worte sausten in tausend Richtungen, vervielfältigten sich, wechselten die Farbe, ließen Ideen und andere, neue Erlebnisse aufblühen; kleine Träume wanderten mir durch den Kopf, bevor ich einschlief, Träumchen, die noch am Tag hingen.

»Alles, was wächst, trennt sich: Die Birne fällt vom Baum, an dem sie gereift ist, das Hundekind verlässt die Hundemama, die es geboren hat, und so weiter. Wenn du genau hinschaust, merkst du, dass eigentlich das ganze Leben wie ein Baum ist. Da ist der Stamm, und vom Stamm trennen sich die Äste, von den Ästen und Zweigen die Blätter, von den Blättern trennen sich die Blüten, dann trennen sich die Samen und fliegen fort. Familien zum Beispiel sind auch so, das ist ganz leicht: Da sind die Großeltern, dann die Eltern, dann die Kinder, dann die Enkel, dann die Urenkel …«

»Der Stammbaum …«

»… ja, genau! Wenn du also mal was nicht verstehst, dann denk an die Regel: trennen und verstehen. Wenn jemand sagt: ›Das ist so und so. Oder dieser Mensch ist so und so‹, dann glaub es nicht, versuch die Sache oder den Menschen von innen her zu sehen und trenne, trenne einen Ast vom anderen, ein Blatt vom anderen, dann verstehst du allmählich. ›Das ist eine schlimme Familie!‹, heißt es. Na gut, kann schon sein, aber innerhalb dieser Familie sind unterschiedliche Menschen, jeder hat seinen eigenen Kopf, wer weiß, ob sie sich immer einig sind … Trenne, und du wirst verstehen. Ich gebe dir noch ein Beispiel. Ich bin nie viel gereist, aber wie du weißt, höre ich sehr gern zu, wenn jemand von einer Reise erzählt. Wenn jemand sagt: ›Amerika ist schön‹ – was unsere Landsleute, die dorthin ausgewandert sind, immer sagen, wenn sie im Sommer hier sind, stimmt's? –, na ja, dann heißt das für mich gar nichts. Aber wenn sie sagen: ›In Amerika ist diese Stadt, und in dieser Stadt ist diese Straße, und in dieser Straße steht an einer bestimmten Stelle eine Bank, und auf dieser Bank sitzt immer Mister Johnny, und Mister Johnny – der immer so komische rote Hosen anhat – winkt mich jedes Mal zu sich, und dann essen wir zusammen etwas und unterhalten uns, und er erzählt mir die Geschichte von einem Mädchen, das er immer geliebt hat, das ihn aber gar nicht kennt, und dieses Mädchen ist seine Tochter.‹ Ja, dann verstehe ich schon, ich trenne die Bank und Mister Johnny vom übrigen Amerika und verstehe Amerika. Vergiss nicht, mein Schatz: Alles, was man im Kopf versteht, und alles, was wächst, muss man trennen. Wenn man das nicht tut, entsteht nie etwas Neues. Alles im Leben funktioniert so, und wenn du das hinnimmst, bist du ein glücklicherer Mensch.«

»Warum habt ihr dann geheiratet, du und Papa? Wenn sich alles trennt, was wächst, dann müsstet ihr doch umso weiter auseinander sein, je mehr ihr euch liebt.«

»Warum wir geheiratet haben, ist nicht wichtig, wir haben geheiratet, weil wir zusammen mit dir und allen anderen ein Fest feiern wollten, und weil dieses Fest überall Hochzeit heißt, heiraten wir eben! Eigentlich lautet die Frage: Warum habt ihr euch zusammengetan? Das kann ich dir beantworten.«

Ich weiß nicht, ob ich die Antwort auf meine Frage wirklich verstanden habe, der Schlaf war schon da und sorgte dafür, dass mir seltsame Gestalten durch den Kopf wanderten, die aus Mamas Stimme herauskamen, sie redete von einem glücklichen Spiel mit Alleinsein und Zusammensein, davon, wie schön es ist, wenn du jemanden hast, der dich allein lässt, weil er dich liebt; wie sie und Quirino auf einem Feldweg einmal aufeinander zurannten, sich im Vorbeilaufen zum ersten Mal küssten und weiterrannten. Aber wenn ich mich nicht täusche, endete die Geschichte ungefähr so: Nur wer weggeht, kann sich dafür entscheiden zurückzukommen, und es ist sehr schön, jemanden zu vermissen, der wiederkommt.

Aber dann war die Nacht merkwürdig, die schönen bunten Träume vom Anfang, die wie Rahm von Mamas Stimme getropft waren, die wie Torte geschmeckt hatte, verwandelten sich ein paar Stunden später. Menschen schrien, Mama und Papa fuhren mit dem Auto in die Berge, und ich blieb allein zurück, im Dreck, und versuchte sie einzuholen, aber keine Chance.

Um halb sechs stand ich auf, ich wollte ein Glas Wasser und ging in die Küche, wo die zehn Mamahände schon alles vorbereitet hatten, sie hatten bestimmt bis spät gearbeitet. Aber auf mich wirkte alles wie lebloses Zeug, ich weiß nicht, warum, vielleicht lag es an dem dunkelgrauen Licht, vielleicht auch an meinen Träumen, dass ich im Esszimmer ein scheußliches Gefühl von Beerdigung hatte, mit diesen vielen weißen Tüchern, die die Nudeln bedeckten, als wären es Tote.

Ich lief ans Fenster, von dem aus man direkt auf die Gasse vor unserem Haus sah. Eine schwarze Katze, »Kätzchen«, wie Mama sie nannte, fraß etwas aus einer zerknüllten Papiertüte und ruckte dabei mit dem Kopf, wie es alle Katzen beim Fressen machen. Ich öffnete das Fenster, um nach ihr zu rufen, sie kannte mich, sie mochte mich und ließ sich immer streicheln, aber als ich »Kätzchen!« rief, drehte sie sich um, sah mich an und sprang davon. Ich war traurig. Ich ging wieder ins Bett, und weil ich sowieso nicht mehr schlafen konnte, las ich ein Mickymaus-Heft mit gelbem Umschlag, in dem Onkel Dagobert sauer ist und die Panzerknackerbande verfolgt, und irgendwann merkte ich, dass Papa mich zudeckte und die Nachttischlampe ausknipste.

Wenige Gäste waren eingeladen, nur fünfzig, und sie füllten das Haus bis in den allerletzten Winkel, den man sich vorstellen konnte. Papa hatte diesmal nicht nur wie sonst zwei Wörter zusammengestöpselt, sondern sich ein anderes System ausgedacht: »Glücklich die Eingeladenen, denn sie werden alle sitzen« oder auch: »Die Vermehrung von Pasta und Plätzen am Tisch.«

Er hatte von seinem Schreinerfreund einen Haufen Bretter zuschneiden lassen, und ich half ihm an diesem Sonntagvormittag, sie zu einer Endlostafel zusammenzubauen, die vom Esszimmer über die Küche, den Flur, mein Zimmer, Mamas und Papas Schlafzimmer bis ins Bad reichte. Als Tischbeine nahmen wir Wandborde, die Nähmaschine, das Bügelbrett, zwei zwischen zwei Schränke gespannte Seile, einfach alles, Holzscheite, Spielzeug und Zeitungsstapel, alte gebündelte Klamotten, den Wäscheständer und leere Blumentöpfe.

Die Gäste durften sitzen, wo sie wollten: auf den Betten,

auf dem Badewannenrand, in den offenen Schränken, auf dem Boden, auf der Arbeitsfläche neben dem Herd, in den Fenstern, überall.

Wie schön das aussah! Das ganze Haus war auf den Kopf gestellt, das ganze Haus war voll, das ganze Haus war fröhlich, die Bauernfreunde füllten mit ihren breiten Rücken die Fenster aus, sie saßen zu zweit auf den Fensterbänken und ließen die Füße in den polierten Schuhen baumeln, die elegant gekleideten Damen aus dem Dorf ließen sich lachend rücklings aufs Bett fallen wie fünfzehnjährige Mädchen – mit vollem Mund, die Hände vors Gesicht geschlagen –, die drei vollbärtigen Gewerkschaftsfreunde saßen im Schrank, man sah sie kaum, sie waren ganz schwarz, zur Feier des Tages im dunklen Anzug, die Gesichter behaart und braune Locken. Aber wenn sie lachten, zeigten sich drei Münder mit weißen Zähnen, das war lustig, sie waren jung und sahen gut aus, und »ihrem Lachen merkt man an, dass sie gute Ideen haben«, sagte Quirino.

Für ihn selbst war der Ehrenplatz bestimmt: der Weiße Throooon, den er später Mama überließ. Alle lachten, als er erklärte: »Das war mein Platz, mein Abtritt, den ich jetzt an Stella abtrete: Ich trete ab!« Er zog aufs Bidet um, dessen Keramikschüssel sich nach Jahren des Eierbadens längst der Form seines Hinterns angepasst hatte. Von überall im Haus war Gelächter zu hören, und immer wieder wurde irgendwo ein Toast ausgebracht, der sich über die ganze Tafel fortpflanzte, oder jemand stimmte im Schlafzimmer ein Lied an, und als es die Küche erreichte, war es ein ganz anderes geworden.

Wie ich es mir gedacht hatte, bekam ich den ganzen Tag ab und zu von fern gerade mal ein Lächeln von Mama und Papa, aber ich muss sagen, das Fest war wirklich spektakulär, und ich hatte großen Spaß, schon von Anfang an, als die Gäste eintrafen, denn sie zogen mich auf, sie spielten mit mir, als wäre ich die Hauptperson des Tages. Und als Maestro kam, wurde es erst recht lustig, denn er sagte immer wieder im Brustton der Überzeugung: »Der ist gut!«, ungefähr so, wie Papa über Berlinguer im Bad »Der ja, der ja« sagte.

»Der Junge ist begabt! Er pfeift sehr gut, er ist musikalisch, hält den Takt und arbeitet ernsthaft und konzentriert, und auch wenn er eine gescheuert kriegt, beschwert er sich nicht!«, rief er, und Mama und ich dachten an das Helmkäppi und zwinkerten uns zu.

Papa ließ ihn zuerst draußen warten und sagte: »Warte, Maestro, du gehst ganz zum Schluss rein und setzt dich ans Tischende direkt an der Tür. Du bist zu dick, und wenn du jetzt schon reingehst, kommt keiner mehr durch!«

Die Tischregeln waren:

- Niemand geht mehr durch die Tür rein, sonst müssen alle aufstehen.
- Wer aufs Klo muss, klettert durchs Fenster und geht zu den Nachbarn.
- Wer neben dem Essen sitzt, füllt die Teller auf und gibt sie nach Stellas Anweisung weiter, auf dem gleichen Weg wird nach dem Essen das schmutzige Geschirr abgetragen. Gilt auch für Wein und Nachtisch.
- Wenn ihr die Spülung hört, müsst ihr still sein, dann kommt eine Rede.

Papa rief die Regeln mit lauter Stimme vom Bad aus, dann sprach Mama.

»Ich habe mithilfe meiner lieben Freundinnen fünfzehn verschiedene Pastasorten vorbereitet« – »Mmmmmmhh! Guuut!«, ertönte es von überallher –, »die mit fünf verschiedenen Saucen gegessen werden« – »Oooooooh!« –, »außerdem zwei Spezialsorten für meine geliebten Männer: die

Spaghedeli Vive-l'Amour für den schönsten Silberblick der bekannten und der unbekannten Welt« – es folgte ein Freudenschrei, denn diese Nudeln hatten alle noch in Erinnerung und im Bauch – »und eine Neukreation, Trillerli mit Tomaten, Basilikum und Parmesan für dieses mit Musik gefüllte Dingelchen namens Isidoro, meinen Liebling, der mir, wenn er rennt und dabei pfeift, immer vorkommt wie ein Haufen Knallfrösche, die gleich in ein Feuerwerk ausbrechen. Ihr müsst beim Essen eine Trillerli nehmen, in der keine Tomatensauce ist, und reinblasen. Man kann wirklich darauf pfeifen!«

Gegen Ende des Nudelspektakels, bei dem Papa auch fünf oder sechs neue Wörter erfand und die Leute sehr lustige Toasts ausbrachten und dann noch mit den Nudeln, die Mama mir gewidmet hatte, ein kleines Pfeifkonzert veranstalteten, präsentierten Maestro und ich unsere Überraschung; sie war ebenfalls ein voller Erfolg, zu dem die Tischordnung viel beitrug, weil wir beide uns nämlich gar nicht sahen. Es lief folgendermaßen ab: Auf mein Zeichen betätigte Papa die Spülung, und alles verstummte. Ich stellte mich auf mein eisernes rotes Dreirad von früher, holte den Zettel aus der Hosentasche, den Maestro und ich geschrieben hatten und den Alì korrigiert hatte, und rief: »Allen Leuten einen schönen Sonntag und unzählige Glückwünsche für Stella und Quirino, die meine geliebten Lieblingseltern sind. Wie ihr alle im Dorf wisst, bin ich nicht sehr kräftig, ich bin auch in der Schule nicht der Beste, aber ich kann etwas anderes richtig gut.«

»Chjiiiii!«, pfiff jemand an der Tafelstrecke im Flur.

»Genau!«, rief ich. »Ich kann nämlich ganz speziell pfeifen! Und deshalb nutze ich die Gelegenheit für die Demonstration eines neuartigen Vokabulars, das ich mir mit meinem Freund Alì ausgedacht habe, dem Beo von Zonzo …«

»… dem Dorfarsch …«, ergänzte dieselbe Stimme aus dem Flur, und diesmal bekam sie einen Applaus.

»Ich bitte kurz um eure Aufmerksamkeit. Ich sage meinem Tischnachbarn das Wort, das ich pfeife, ins Ohr, und er flüstert es wie bei Stille Post weiter. Nur Nocella darf es nicht hören, er muss es erraten!«

»Ja, los, toll!«, schrien alle. »Bravo, Dünnbauch!«

»Kann es losgehen, Nocella?«

»Triiaa!«, antwortete der, gefolgt vom ersten Gelächter. Als es wieder still war, flüsterte ich meinem Tischnachbarn ins Ohr: »Das Wort ist ›Liebe‹, aber ehrlich gemeint.« Begleitet von Lachern und Kommentaren ging die Flüsterpost los; dann machte ich mich ans Zwischern und Pfeifen, und alle waren still, einer schaute auf die Wand, ein anderer aufs Waschbecken, der Nächste auf eine Jacke oder das Glas in seiner Hand, und alle spitzten die Ohren.

»Pfff-iiiii-hi-jeee!«, pfiff ich eine Rigatoni, ganz gerade geriffelt.

Nocella stand auf, alle Blicke wandten sich von der einen zur anderen Seite, aber nicht sonderlich weit, denn die Leute konnten ihn genauso wenig sehen wie mich.

»Das Wort ist … das Wort ist …«

»Los, Noce', jetzt sag schon!«

»Das Wort ist … Liebe, so wie man es immer sagen sollte …« – es wurde schon gemurmelt – »ehrlich!«

Du lieber Himmel, was für ein Applaus! Alle grölten fröhlich, gaben mir Küsse und Klapse und klopften mir auf die Schulter. Ich pfiff noch mal. Papa spülte, und wieder war alles still.

»Wer sagt denn, dass das nicht abgekartet war?«

»Aber wir glauben dir!«, rief Mama und schickte mir einen Luftkuss.

»Signora Ieso, denken Sie sich ein Wort aus. Schreiben Sie es auf einen Zettel, und geben Sie ihn mir rüber, Nocella darf ihn nicht lesen, die anderen schon.«

Da niemand einen Stift zur Hand hatte, tunkte Signora Ieso die Spitze einer Makkaroni in Sauce und schrieb auf eine Serviette: »Es lebe das Brautpaar!« Das machte sie einfach so, dabei hatte ich nur um ein Wort gebeten, ich wusste gar nicht, ob Nocella schon in der Lage war, zwei Wörter voneinander zu unterscheiden.

»Das sind aber vier Wörter, Signora Ieso!«

»Ach ja, entschuldige«, antwortete sie, »mach nur eines!«

»Nein, schon gut, ich versuche es trotzdem, ich muss nur Nocella vorher noch was sagen. Hörst du mich, Nocella?«

»Triiaaa!«

»Ich pfeife dir jetzt vier Wörter, und zwischen den Wörtern klatsche ich in die Hände, ja? Und du setzt sie dann zusammen!«

»Ja, mach zu, *auf zum Gefecht!*«, rief er zurück und hob die Faust, und aus dem Schrank erscholl: *»Völker, hört die Signale ...«*

»Pfff-zz-teee / *Klatschen* / tzz-ppaa!«

Nocella sagte erst mal nichts, und alle sahen in seine Richtung. Dann nahm er das Pfiffibular mit den Nudelsorten aus der Hosentasche und fragte mich: »Moment mal ... Ist der Anfang des zweiten Wortes eine Tortellini?«

»Triiaaaa!«, antwortete ich.

Papas Gesicht stand sperrangelweit offen, ein Auge schaute durch die Klotür und das abgedriftete glücklich ganz allein zu mir.

»Dann bitte ich alle, aufzustehen, das Glas zu erheben und sich den Worten von Signora Ieso anzuschließen: ES LEBE DAS BRAUTPAAR!«

Das Haus stürzte fast ein vor Gelächter, Geschrei, Händeklatschen, es war laut wie bei einem Erdbeben. Zum Glück war unser Haus aus Stein, es war fest und alt, seit fast dreihundert Jahren stand es auf seinem Platz, das stürzte nie ein.

XII

Vierter Liebesbrief aus dem Badezimmer

*Herr Staatspräsident Alessandro Pertini, genannt Sandro,
ich schätze und bewundere Sie. Ich empfinde eine wahre Bruder- und Kindes- und marxistische Liebe zu Ihnen, und vor allem glaube ich Ihnen, wenn Sie etwas sagen. Ich schreibe Ihnen diesen Brief, weil ich finde, dass es im Leben eines Menschen sehr wichtig ist, die Personen auszuwählen, mit denen man verkehren will, abgesehen natürlich von den Menschen, mit denen man zu tun hat, weil sie zufällig im selben Ort leben oder wegen der Eltern, die einen gezeugt haben. Ich habe mir Sie und einige andere ausgesucht, aber das brauche ich nicht näher zu erklären, ich werde diesen Brief nämlich nicht abschicken.
Unter »verkehren« verstehe ich nicht, dass man etwa zusammen in die Bar geht, auch wenn ich mich geehrt und glücklich fühlen würde, wenn ich Sie in unserem Dorf zum Essen oder zu einem Kaffee einladen dürfte.
Unter »verkehren« verstehe ich, dass ich Ihnen zuhöre, dass ich einen Teil meiner Zeit Ihnen widme anstatt jemand oder etwas anderem und dass ich über das, was Sie sagen, nachdenke und mir etwas dazu überlege, denn ich glaube Ihnen, wie oben erwähnt, wenn Sie etwas sagen. Vielen Ihrer Kollegen glaube ich nicht, weil man gleich merkt, dass sie Dinge sagen, die ihnen nicht aus dem Kopf und auch nicht aus dem Herzen kommen, sondern aus ihrer Privatpolitik, die das Gegenteil ist von Politik, die für alle sein muss, für die Schönen und die Hässlichen, die Starken und die Schwachen (aber besonders für die Schwachen und die Hässlichen).*

Ich weiß natürlich nicht, wie es in Zukunft um unser schönes Land bestellt sein wird, jetzt haben wir Frühjahr 1980, und immer noch gibt es viele Ungerechtigkeiten und viel Unerträgliches um uns herum, besonders hier im Süden, in dem Winkel des Südens, den ich kenne. Nun möchte ich Sie um einen persönlichen Gefallen bitten, auch wenn ich das nicht direkt tun kann, aber eigentlich ist er Ihnen schon bekannt, sozusagen durch Ihr Mandat.

Ich möchte Ihnen meinen Sohn anvertrauen, Isidoro Raggiola, neun Jahre alt, wohnhaft in Mattinella, Provinz Avellino. Dies ist ein Liebesbrief, und darin um etwas zu bitten ist ein bisschen merkwürdig, aber eigentlich geht es darum, zwei Personen zusammenzubringen, die ich liebe. Sollten Sie vor mir sterben, werde ich sehr um Sie weinen. Falls es anders sein sollte – denn das Leben ist kurz und merkwürdig –, dann bitte ich Sie, meinen Sohn zu leiten, so wie Sie es mit mir getan haben. Seien Sie bitte weiterhin die Person, der man glauben kann, die Person, die nicht Politiker und auch nicht Staatspräsident ist, sondern Mensch. Entschuldigen Sie, Herr Präsident, wenn ich das sage: Ich verabscheue die Macht zutiefst, ich habe die Mächtigen nie geliebt, und deshalb mag ich Sie. Sie schicken nicht die Macht voraus, damit sie Ihnen als schwänzelnder Schleimscheißer servil die Türen öffnet. Ich mag das Wort »Macht« nur, wenn es Möglichkeit bedeutet, die Möglichkeit, etwas zu machen. »Macht« kommt von »machen«, und das ist übrigens ein schwaches Verb, wie mir Isidoros Lehrerin erklärt hat. Ich mag Mächtige nur, wenn sie ihre Macht nutzen und ernsthaft fragen: Was kann ich tun?

Lehren Sie meinen Sohn weiterhin, ein Mensch zu sein, Herr Präsident.

In Liebe, Quirino

XIII

Von Mattinella zu Mittag nach Mattinatella

Italien hat massig Meer, es ist ein langes Land in Form eines Stiefels, der tausend und abertausend Kilometer im Wasser watet, außerdem gibt es kleine, große, mittelgroße Inseln mit langen, schmalen, breiten, krummen Stränden und solchen, die schnurgerade sind und platt wie die apulische Tiefebene. Es gibt Buchten, Höhlen, Golfe, Meerbusen, Fjorde und Gegenfjorde, Spaghetti mit Meeresfrüchten und Algen in Spaghettiform, hässliche, fette, dünne Fische, Mauerblümchen und Fußballhelden, Drachenköpfe, Seeigel und Landratten, schimmernde Goldbrassen und Matrosen mit leuchtenden Wangen, jede Menge Matrosen, die den Anker lichten oder in See stechen oder einlaufen und sagen, »wie schön ist die Welt, aber hier ist es am schönsten«, und es gibt frittierte Calamari und gegrillte Oktopusse und zuckriges Zitroneneis und Kinder, die mit einem Köpfer ins Wasser springen.

Ich bin noch nie mit einem Köpfer ins Wasser gesprungen, auch noch nie anders, Mattinella ist nämlich sozusagen der Knöchel des Stiefels, wir nennen ihn »Knöchelchen«. Von da aus ist das Meer nicht zu sehen, obwohl es ringsum liegt, denn das Knöchelchen ist mitten im Land und gerade dort, wo der Fuß anfängt.

Am Samstag vor dem Konzert – nach einer Woche harter Proben mit Maestro, die sowohl unter »rein musikalischen«

wie auch »revolutionstechnischen« Gesichtspunkten »exzellente Ergebnisse« gebracht hatten – erlebte ich nun endlich selbst, wie es sich anfühlte, ganz im Wasser zu sein und zu laufen, zu springen, zu spielen, zu tun, als würde man schwimmen, oder in die Badehose zu pinkeln, und um dich herum ist so viel Platz und so viel Meer, nicht wie bei Durelli in der Zisterne, wenn da einer pinkelt, springen alle raus. Marellas Vater Rosario hatte mich eingeladen, sagen wir mal so, aber ich weiß, dass Marella zu Rosario, der mit meinem Vater befreundet war, sagte: »Fahren wir am Samstag zusammen mit Isidoro ans Meer? Der war da noch nie.« Ich war dabei, vor dem Schultor. Er antwortete, dass er es noch nicht wisse, »mal schauen«, aber am nächsten Morgen brachte sie mir eine Zeichnung mit einem Sonnenschirm und einem Rettungsring und der Überschrift *SAMSTAG*.

Mama und Papa erlaubten mir, einen Tag die Schule zu schwänzen. »Klar«, sagte Mama, »viel Vergnügen!« Um das Vergnügen komplett zu machen, backte sie das legendäre Makkaroni-Omelett. Und weil sie schon mal dabei war, kaufte sie ein rundes Brot, schnitt es quer durch, füllte es mit dem Makkaroni-Omelett, groß wie der Reifen eines Kleintransporters, und schnitt es in fast pfundschwere »Schnitzchen« – »so kriegt jeder was«. Wir fuhren um Viertel vor acht in Mattinella los und erreichten Mattinatella – eine Bucht am Gargano, am Stiefelsporn – um halb elf, nach über hundert Kurven und zweimal Speien, einmal ich und einmal Marella. Es war noch Frühling, man konnte nicht baden, das Wasser war kalt, aber die Luft nicht, die Luft war warm und duftete nach Brot und Omelett, nach Blumen, Pinien und dem warmen Motor und nach dem Kölnisch Wasser von Viola, Marellas Mama.

Wie verzaubert schaute ich vom Parkplatz auf das Meer. Wir stiegen ein paar Holzstufen hinunter, unten zogen wir uns sofort aus und rannten am Strand hin und her, hin und her, eine frische Brise ging, und wir hatten den ganzen Strand für uns allein. Ich spielte Fangen mit Marella und fing sie immer, und sie wollte nie hinter mir herrennen, »du rennst zu schnell, da kriege ich dich nie!«, auch weil es ein Kieselstrand war und es anstrengend war, obwohl wir in Schuhen rannten. Dann tauchten wir die Füße ganz langsam ins Wasser, es war wirklich sehr kalt, aber wie das so ist, ich spritze dich ein bisschen an, du spritzt mich ein bisschen an und ein bisschen weiter oben und ein bisschen am Rücken, jedenfalls waren wir am Ende von Kopf bis Fuß pitschnass. Und ich schaute wie verzaubert aufs Meer. Wir trockneten uns ab und setzten uns müde hin.

»Fragen sie dich auch, was du mal werden willst?«, wollte ich von Marella wissen.

»Ja, schon, aber ich weiß es noch nicht. Und du?«

»Musiker. Morgen habe ich ein Konzert in Lacedonia, wusstest du das?«

»Echt? Was spielst du denn? Du spielst doch kein Instrument!«

»Nein, ich pfeife. Also, ich pfeife auf meine Art, aber richtig.«

»Ah ja? Machst du den Beo?«

»Ja, aber ich pfeife nicht nur ein bisschen vor mich hin, wie wenn wir mit Ardo oder auf dem Schulhof spielen. Sondern richtige Lieder, zwei Lieder mit Akkordeonbegleitung. Und dann machen wir noch ein Sprachexperiment, wie Nocella das nennt.«

»Und wer ist Nocella?«

»Der mit dem Akkordeon.«

»Und was macht ihr da?«

»Ich bringe den Leuten, die ins Konzert kommen und die alle ziemlich arm sind, ein paar gepfiffene Wörter bei. Sie sollen eine Art Sprache lernen, die nur sie kennen, dann können sie in Zukunft miteinander reden, ohne dass man sie versteht, und eine andere Welt organisieren, ohne dass die Reichen das mitkriegen, und diese Welt ist natürlich gerechter als die jetzige, da lachen und weinen nicht immer dieselben, sondern jeder lacht mal und weint mal.«

»Oder niemand weint, und alle lachen!«

»Ja, noch besser!«

»Sind wir zwei noch ein Paar, in dieser Welt?«

»Klar!«

»Los!«, rief sie und stieß einen kurzen Schrei aus und machte eine Bewegung wie eine Flamencotänzerin, die ihr seltsamerweise gelang, dann blickte sie mir einen Moment lang fest in die Augen, ganz still. Das war schön, und wenn ich mich nicht irre, hat sie ein bisschen geschielt. Als sie aufstand und zu ihrer Mutter ging, blieb ich sitzen und schaute wie verzaubert auf das Meer, aber vor meinen Augen war immer noch Marella.

»Da, nimm, iss dein Omelett«, sagte sie, reichte mir mein Stück und setzte sich wieder neben mich. Rosario und Viola machten »mmm, mmmmm«, weil das Brot mit dem Omelett wirklich köstlich schmeckte. Ich biss von meiner Schnitte ab und drehte mich zu Marella um; sie saß da, weit nach hinten gebeugt, damit ihre Eltern nichts merkten, und lachte.

»Was ist denn?«, fragte ich mit dem Omelett im Mund, aber sie brachte kein Wort heraus und schlug sich auf die Brust, um nicht zu ersticken.

»Was lachst du denn?«, fragte ich wieder, und sie lachte und lachte mit vollem Mund und deutete auf mich. Ich kapierte nichts, ich sah mein Brot an, aber mit dem war alles in Ordnung, Brösel waren auch keine an mir, mein Mund war sauber, hm, keine Ahnung.

»He, ich will auch lachen!«

Sie beruhigte sich ein wenig, und bevor sie aufstand, um einen Schluck Wasser zu trinken, weil sie wirklich nicht mehr konnte vor Lachen, sagte sie ganz schnell und mit Tränen in den Augen: »Dir hängt ein Ei aus der Badehose!«

Um fünf Uhr sammelten wir unsere Sachen zusammen. Rosario klappte den Sonnenschirm ein, Viola packte die Kühltasche, Marella und ich legten die Handtücher zusammen. Am Strand waren bloß sieben oder acht andere Leute, ein Pärchen mit einem Hund, drei Jungs, die Bier tranken, und ein älteres Ehepaar, die Luft war klar, das Meer ruhig und dunkelblau. Ach, am liebsten würde ich die Stunden zwischen fünf und elf mit einem schnellen Bleistiftstrich aus meinem Leben tilgen.

Marella hatte einen Anfall wie damals am Brunnen, als wir ein Paar wurden, aber diesmal war es richtig schlimm. Als wir die Handtücher zusammenlegten, fiel mir auf, dass sie sich schief bewegte, sie konnte die Tücher, die sie in der Hand hielt, nicht richtig zusammenlegen, weil die rechte und die linke Hand nicht übereinstimmten, und sie stand auch nicht fest auf den Beinen, sondern schwankte hin und her. Ich sagte etwas zu ihr, aber sie antwortete nicht gleich, wie man es normalerweise macht, sie überlegte immer erst, bevor sie redete.

»Was ist los, Marè?«

»Nichts, Isido', mir ist nur komisch.«

Sie waren in verschiedenen Krankenhäusern gewesen, sie machte reihenweise Untersuchungen und Kontrollen, und die Eltern waren darüber informiert worden, was auf sie zukam. Marella war Spastikerin. Sie hatte während der Geburt unter Sauerstoffmangel gelitten, die Nabelschnur hatte sich um ihren Hals geschlungen, und sie hatten sie nicht schnell genug lösen können, Marella war – wie ich – mithilfe der Dorfschwester zu Hause auf die Welt gekommen. Bei dieser schlimmen Entbindung hatte sie einen Hirnschaden davongetragen, der damals noch nicht richtig bemerkt worden war, aber jetzt zeigten sich allmählich die Folgen. Als Viola hörte, wie Marella »Mir ist nur komisch« sagte, ließ sie alles stehen und liegen und sprang zu ihr. Marella machte komische Bewegungen und wurde ganz steif, ließ das Handtuch fallen und stürzte in dem Krampfanfall zu Boden.

Um elf kam ich zu Hause an. Wir waren noch nach Foggia ins Krankenhaus gefahren, und ich hatte auf dem ganzen Rückweg vorn neben Rosario gesessen, weil Marella bei ihrer Mama sein wollte. Es war seltsam gewesen: Sie war gleich nach dem Anfall eingeschlafen und hatte die ganze Zeit bis zum Krankenhaus tief geschlafen. Dort konnte sie sich an nichts erinnern, und sie erschrak, als der Arzt mit dieser Prozedur mit der Nadel am Fuß anfing. Sie wusste nach so vielen Behandlungen genau, was passierte, verstand aber nicht, warum ausgerechnet jetzt, nach einem Tag am Meer, ohne dass ihr jemand was gesagt hatte.

Mama und Papa waren schon in Sorge, weil sie nichts von uns gehört hatten, sie hatten uns spätestens um acht, halb neun zurückerwartet. Ich erzählte Mama, was passiert war, während sie mir beim Ausziehen half und mich ins Bett brachte.

»Bist du erschrocken?«, fragte sie.

»Ein bisschen, es war furchtbar, wie sie hingefallen ist und ich ihr nicht helfen konnte, und die Eltern waren ganz blass, die anderen Leute sind auch hergekommen, weil Viola so geschrien hat, einer ist schnell los und hat eine Telefonzelle gesucht, um den Krankenwagen zu rufen. Die arme Marella hat um sich geschlagen, wir konnten sie gar nicht festhalten.«

Mama streichelte mich und sagte, ich dürfe nicht vergessen, dass Marella ein ganz besonderes Mädchen sei, intelligent und stärker als die anderen, man müsse nur in ihre wunderschönen schwarzen Augen sehen, dann wisse man das gleich.

»Sie hat übrigens ein bisschen geschielt, bevor es ihr schlecht ging.«

»Ein bisschen geschielt? Oje ... Aber wenn sie ein bisschen geschielt hat, dann ist sie ganz sicher nicht wie die anderen Kinder. Du weißt doch, ich habe eine besondere Vorliebe für schielende Menschen!« Sie zwinkerte mir zu und deutete mit dem Kopf zum Schlafzimmer, wo Papa auf sie wartete und so lange für die Extraschächtelchen Sätze aus Zeitungen ausschnitt.

»Schlaf jetzt, die letzten Tage waren ein bisschen viel für dich. Und morgen hast du auch noch dein Konzert ...«

Sie streichelte mich, gab mir einen Kuss auf die Stirn und knipste das Licht aus.

Papa rief aus dem anderen Zimmer: »Isidoro!«

»Ja, Papa?«

»Wie heißt die Hauptstadt von Frankreich?«

»Prag!«

»Gut! Und wer ist richtig glücklich?«

»Wer das Glück des anderen genießt!«

»Sehr gut! Es pfeift der Wind ...?«

»Es krrroo-oo der Sturm!«

»Kaputt sind die Schuhe ...?«

»Aber wir müssen marschieren!«

»Bravo, mein Schatz! *Bonnuì*!«

»*Bonnuì*, Papa!«

Ich knipste das Licht aus, und als ich schlief, träumte ich, wir hätten an den Wänden im Esszimmer lauter Fliesen aus durchsichtigem Meer.

XIV

Am siebten Tage ruhte er

Am nächsten Morgen befolgte ich die beiden Ratschläge, die Papa mir gegeben hatte.

Ich stand spät auf, um kurz vor neun, das war der erste Ratschlag, und während ich frühstückte, telefonierte Mama mit Viola. Viola erzählte, dass Marella eine ruhige Nacht verbracht habe, sie habe gut geschlafen und sei wie immer gut gelaunt aufgewacht. Sie würde aber nicht wie versprochen nach Lacedonia kommen, denn im Krankenhaus hatte es geheißen, man solle sie jetzt nicht allein lassen und ein bisschen aufpassen, denn die Anfälle könnten sich wiederholen. Ich fand es schade, aber ehrlich gesagt war ich auch erleichtert, denn wenn sie gekommen wäre, hätte ich von der Bühne aus immer nur sie angeschaut, dabei wollte ich mich doch auf den Auftritt konzentrieren.

Papas zweiter Ratschlag war, mir ein schönes Eierbad zu machen, das heißt, er wollte es mir machen, die Bläschen würden alle schlechten Gedanken wegspülen und dazu das Salz von dem Meerwasser, das noch an mir klebte. Ich zog mich aus und machte es mir auf dem Bidet bequem, während Papa die Sprudelflasche vorbereitete. Papa hatte seine Unterhose an und übergoss mich immer wieder mit einem Glas warmem Wasser, er wusch mir den Kopf, ließ mir das Wasser über den Rücken rinnen und kratzte mich hinterher mit seiner schwieligen Hand, das war schön!, dann wusch er mir die Brust, wusch mich hinter den Ohren und überall, nur das Eierbad ließ er mich selber machen.

Ich kam mir vor wie ein Boxer im Ring, der Wasser ins Gesicht kriegt und massiert und wieder einsatzbereit gemacht wird. Anschließend machten wir beide in Sonntagshosen einen Spaziergang durchs Dorf. Papa kaufte die Zeitung, und ich traf Ardo und sagte zu ihm:

»Sag, kommst du heute eigentlich? Ich trete in Lacedonia auf!«

»Tut mir leid, Isido', ich kann nicht ...«

Ardo wollte das Fußballspiel sehen, was sonst. Dann gingen wir nach Hause, wir aßen zu Mittag, und Mama und Papa machten, wie immer am Sonntagnachmittag, ein Nickerchen, und dann hörte man immer Geräusche aus dem Zimmer, ich wusste echt nicht, wie sie das mit dem Nickerchen machten.

Die Abreise war für vier Uhr geplant, mit dem Auto von Maestro, der pünktlichst kam, mit den Worten: »Ist ein Käffchen zum Mitnehmen für mich drin? Ich trinke es unterwegs ...«

Ich setzte mich also wieder ins Auto, und wieder kurvten wir über die Landstraße, allerdings mit dem Unterschied zum Vortag, dass Maestro völlig bescheuert fuhr, aber nicht weil er gerast wäre, sondern weil er immer die gleiche Geschwindigkeit fuhr, vielleicht vierzig in der Stunde, aber immer vierzig, geradeaus, in der Kurve, bergauf, bergab, egal, ob die Straße leer oder voller Autos war: vierzig.

Mama und ich saßen hinten, die Männer vorn. Kurz vor Bisaccia musste ich wieder speien, das zweite Mal innerhalb von zwei Tagen. Aber es lag ehrlich nicht an mir, dass wir so viel Zeit verloren. Es lag an Nocellas Auto, einem himmelblauen Fiat Ritmo, der nicht wieder ansprang, als wir, nachdem ich gespien hatte, alle wieder eingestiegen waren – auch die Männer hatten die Gelegenheit genutzt, sich »zu erleichtern«.

Bei der Abfahrt hatte Nocella noch gesagt: »Als Musiker kann man doch gar kein anderes Auto fahren, oder? Einen himmlischen Ritmo!«

Sie versuchten alles, sie versuchten zu schieben, sie versuchten herauszukriegen, ob irgendwas am Motor war, ob man etwas machen konnte, aber es half nichts, der Ritmo rührte sich nicht von der Stelle. Dazu war auch noch Sonntag, und wo findest du sonntags um halb sechs schon einen Mechaniker, der dir einen himmelblauen Ritmo repariert? Nach Bisaccia war es ein Kilometer, der Tag war schön, uns blieb nichts anderes übrig, als einen zu suchen.

Da kam wie immer Papa mit einer Idee: »Nach Lacedonia sind es noch acht Kilometer. Zu Fuß brauchen wir zwei Stunden, das geht schon, dann sind wir um sieben, halb acht da, gerade rechtzeitig zum Konzert. Zurück können wir per Anhalter fahren.«

Fast fünf Minuten lang sagte keiner ein Wort, als würden wir ernsthaft über Papas Vorschlag nachdenken. »He, seid ihr eingeschlafen? Gehen wir nun zu Fuß oder nicht?«, polterte er in das Schweigen hinein.

»Ach, du meinst das ernst?«, fragte Maestro. »Entschuldige! Aber ich muss das Akkordeon tragen und außerdem … na ja … ich hab's da nicht so leicht«, sagte er und tätschelte seinen Bauch. Ich sagte, ich würde ganz außer Atem ankommen, und dann könnte ich nicht pfeifen, aber in Wahrheit hätte ich am liebsten geheult, weil ich solch ein Lampenfieber hatte, ich wollte sofort hin, im Auto brauchte man keine halbe Stunde, ich hatte echt keine Lust, zwei Stunden zu laufen. Mama hob nur den Finger und deutete auf ein Schild zum nächsten Ort: *Calli 1 km*. Papa sah das Schild mit seinem abgedrifteten Auge, er musste sich nicht mal umdrehen.

»Schon gut, verstehe. Komm, Maestro, wir laufen ins Dorf. Ich kenne da jemanden, vielleicht kann er uns helfen.« Sie machten sich auf den Weg, von hinten sahen sie aus wie Dick und Doof.

Ich blieb mit Mama allein zurück. Der Sonntag hatte schöne Farben, gelb, braun, grün, blau, und dann der himmelblaue Ritmo vor unserer Nase. Dazu kam das Weiß von zwei Dutzenden Schafen, die über die Wiese hinter uns liefen. Wir saßen inzwischen am Straßenrand auf einer lila geblümten Tischdecke aus Wachstuch, die Mama im Auto gefunden hatte.

Auch der Schäfer kam, er blieb stehen und sah uns wortlos an wie vorher schon die Hirtenhunde, er stützte sich auf seinen Stock, eine Hand in der Seite, Zigarette im Mund, er trug ein T-Shirt, das früher mal weiß gewesen sein musste und jetzt richtig gut zu der braunen Schiebermütze passte. Kein Wort hat er gesagt. Er sah uns eine ganze Weile schweigend an und trottete dann in Zeitlupe weiter.

»Oh Maria hilf!«, stöhnte Mama.

»Und Josef schieb!«, ergänzte ich.

Eine halbe Stunde später waren vorbeigekommen: ein R4, ein Cinquecento, ein Alfa Romeo Alfetta, ein Alfa Romeo Giulietta, ein Fiat 124, die ungefähr zwei Dutzend Schafe, der Schäfer mit den Hunden und eine alte Frau mit Stock. Ich langweilte mich und verzog mich querfeldein, sprang herum und übte dabei die beiden Konzertstücke.

»Krutttjjoo – fzjii-zjii-zjii!«

Mama sah mir zu mit ihren wunderschönen schwarzen Augen, die sanft und traurig zugleich waren, schon fröhlich, aber fröhlich tief unten, hinter den Mühen des Alltags, denn wenn in der Fröhlichkeit gar nichts Trauriges ist, dann ist sie nicht so schön. Aber wenn Mama mich oder Papa ansah, mischte sich in ihren Augen immer alles, wie wenn der Zucker im Milchkaffee beim Umrühren aufwirbelt und alles süß wird, und dann trat das Fröhliche vor, und das Traurige überließ ihm den Platz in der ersten Reihe. Wir waren praktisch das Löffelchen, das den Kaffee in Mamas Augen umrührte. In solchen Augen verlieren sich die Leute, sie können sich nicht abwenden; Mama wusste, wenn sie jemanden fest ansah, konnte sie bitten, worum sie wollte.

Sie winkte mich zu sich.

»Gib mir einen Kuss«, sagte sie.

»Nein, Mama, lass mich.« Ich wehrte sie ab, und gleichzeitig wollte ich.

»Warte, komm mal her. Weißt du eigentlich, woher die Babys kommen?«

Neeeein, bitte nicht, Papa, Maestro, beeilt euch!, hätte ich am liebsten geschrien. Ich will jetzt nicht mit Mama darüber reden, es ist peinlich, verdammt, wo steckt ihr!

Aber ich wand mich wortlos, fasste mir an die Ohren und schaute hin und her …

»Na ja … aus dem Bauch …«

»Und wer tut sie da hinein?«

»Da … also … wenn …«

Während ich herumdruckste, weil ich sagen wollte, ja, Mama, ich weiß es, ich weiß es aus der Schule, und zwar von Ardo, und als Marella und ich sieben waren, haben wir uns gegenseitig in die Unterhosen geguckt, um den Unterschied zwischen Mädchen und Jungen zu sehen. Während ich krampfhaft versuchte, aus der Sache rauszukommen, hörten wir hinter uns eine seltsame Bewegung im Gras, ein Rauschen, ein Schieben, ein Huschen, wir sprangen erschrocken auf, was war das?, eine Natter, ein streunender Hund, vielleicht eine Maus. Aber von wegen …

Uns stockte der Atem bei dem Anblick, und ich habe in Mamas Augen etwas glitzern gesehen, ganz bestimmt, aber es waren keine Tränen, sondern eher winzige Sternchen.

Als ich zuvor auf der Wiese herumgesprungen war, hatte ich auch ein paar improvisierte Stücke gepfiffen, die ich immer von Alì gehört hatte, aber sie bedeuteten nichts, zumindest hatte ich keine Ahnung, was sie bedeuteten, es gehörte nicht in unser Pfiffibular, es klang wie »leer schwätzen«, um mit Papa zu reden. Aber in der Sprache der Beos und sonstiger Vögel bedeutete es eben doch etwas.

Denn hinter uns im struppigen Gras saßen bestimmt an die zweihundert Vögel: Spatzen, junge Falken, Feldtauben, Turteltauben, Milane, Schlangenadler, Schwalben, sogar weiße und schwarze Schwäne. Ich hatte immer gedacht, sie wären fort, in Afrika, dabei standen sie hier vor unseren Augen, groß, herrlich, vielleicht mehr von Mamas Fragen angelockt als von meinem Gepfeife, wer weiß.

Alle standen reglos da, mit ihren Tänzerinnenköpfchen, die Flügel angelegt, alle betrachteten uns ruhig und aufmerksam. Wenn ich mich nach rechts beugte, drehten sie die Köpfchen nach rechts. Wenn ich hochsah, sahen sie hoch. Wenn ich mich hinkniete, gingen sie ebenfalls in die Knie. Mama hielt die Luft an, eine Hand am Mund, es war einfach nicht zu fassen.

Ich hatte an dieser Pfeifgeschichte nie etwas Besonderes gefunden, nein, für mich war das ganz normal, ich hatte erst gepfiffen und dann geredet. Aber ich war ein Kind, und ich redete so, weil ich angeben wollte, weil ich den Großen spielen wollte, dabei weiß man ja, wie Kinder in ihrem Herzen sind, sie müssen unbedingt an etwas glauben können. Alì hatte gesagt: »Kinderträume werden sofort Wirklichkeit, während die Wirklichkeit der Großen nie im Leben zum Traum dieser Wirklichkeit wird.«

Wir blieben noch eine Weile sitzen, Mama streichelte mir mit einer automatischen Muttergeste den Kopf, ohne den Blick von dem wunderbaren Spektakel zu wenden.

»Sag was zu ihnen! Sie warten doch nur darauf, dass du was sagst!«

Ich nahm meinen ganzen Mut zusammen, holte Luft und fing an. Sogar das kehlige Pfeifen klang zittrig.

»Wahrscheinlich habe ich euch gerufen, ohne es zu wollen«, sagte ich, »aber danke, dass ihr gekommen seid. Ich heiße Isidoro Raggiola, genannt Dünnbauch. Mögt ihr ein bisschen Brot? Es ist gutes, selbst gemachtes Brot.« Ich schwenkte das Brot in der Luft.

Alle zweihundert Vögel schüttelten gleichzeitig den Kopf, aber man merkte deutlich, dass es ein Nein war und nicht so ein Vogelgeruckel.

»Sie wollen kein Brot«, sagte Mama. »Sie warten darauf, dass du zu ihnen sprichst.«

Ich überlegte. Ich war doch nur ein Kind, keine zehn Jahre alt, und kam aus einem Kaff namens Mattinella, ich war ein ganz normales Kind, ich liebte meine Eltern und ein Mädchen, ich war ein Kind, und basta, ich mochte Musik und rannte gern, was sollte ich zweihundert Vögeln, die eine Rede von mir erwarteten, schon sagen? Ich machte den Mund auf und sagte einfach, was mir gerade einfiel, ich konnte ja nichts dafür, dass ich sie auf die Erde runtergerufen hatte, jetzt fiel mir wirklich nichts Bedeutendes ein, was ich diesem Publikum aus Schnäbeln, Flügeln und Füßchen hätte sagen können.

»Kiii-szeei-hrriii-kiii-preee-kiii-tjjeeee ... Ich wäre gern wie ihr«, rief ich, »ich wäre gern leicht, ich wäre gern klein, ich wäre gern den ganzen Tag am Himmel, hätte gern, was ich jeden Tag zum Leben brauche, mehr nicht, und ich würde mir gern neue Federn wachsen lassen können, wenn die alten nicht mehr so gut sind.«

Ein winziger Spatz in der dritten oder vierten Reihe, vielleicht der kleinste von allen, rief: »Du bist schon wie wir!«, und darüber freute ich mich sehr.

Ich breitete schnell die Arme aus, wie um alle zu umarmen, bis ganz hinten.

»Danke!«

Und wie auf Kommando erhoben sich sämtliche Vögel, sie schlugen mit ihren vierhundert kleinen und mittleren und großen Flügeln, alle gleichzeitig, ein schwarz-weiß-braunes Feuerwerk aus kleinen und großen Funken und langsamen Flämmchen, Schwalben sausten davon, Schwäne mit riesigen Schwingen, weiß wie Mamas Hände, wenn sie viel Mehl in den Teig knetete, Falken mit gelben Augen und Schlangenadler mit Zebrastreifen unter den Flügeln, und alle pfiffen und schrien und zwitscherten dermaßen, dass die Luft Mama und mir die Haare zerzauste, und Mama rief: »Ciao, ihr Vögel! Ciao! Ciao!«

Dann war es wieder still im irpinischen Land, wir sahen uns wortlos an, und Mama hatte wieder Sternchen in den Augen, aber ich glaube, diesmal hatte ich auch welche.

»So werden die Kinder gemacht«, sagte sie nach einer Weile.

»Wie meinst du das?«

»Man muss an etwas Unmögliches glauben.«

Ein lauter Kleinlaster holte uns aus der Verzauberung, ein alter Lupetto, aus dem Papa, Maestro und ein Mann ausstiegen, der sich Mama mit seinem Familiennamen vorstellte: »Angenehm, Colizzi.«

»Er hilft uns zum Glück!«

Am Steuer des feuerroten Lupetto saß schweigend der dünne Bärtige, der mit seinem dicken Freund bei uns gewesen war, um mit Papa über Revolution und Entführung zu reden.

»Mir ist eingefallen, dass der Freund hier in Bisaccia wohnt«, sagte Papa und lächelte dem Fahrer zu. »Er hat uns zu Signor Colizzi gebracht, der uns netterweise hilft, obwohl Sonntag ist.« Colizzi holte seinen Werkzeugkoffer, öffnete die Motorhaube des Ritmo, redete ein bisschen mit dem Motor – jedenfalls mehr als mit uns –, verfluchte ein Teil, das sich nicht abschrauben ließ, und genau zwanzig Minuten später gab der himmelblaue Ritmo wieder einen Ton von sich.

»Was sind wir Ihnen schuldig, Signor Colizzi?«, fragte Nocella.

Colizzi antwortete nicht, er wischte sich mit einem dreckigen Lappen das Öl von den Händen und drehte sich zu dem Dünnen am Steuer hin. Der sagte durch das Seitenfenster: »Schon gut, macht euch keine Umstände, er ist mein Onkel. Ihr könnt uns heute Abend beim Konzert auf eine Bratwurst und ein paar gefüllte Paprika einladen, in Ordnung?«

Ich glaube, Signor Colizzi hätte schon gern Geld gehabt, fünfzigtausend Lire hätte er bestimmt genommen, und ich glaube nicht, dass er der Onkel von dem Typen war, denn er hatte ein spöttisches Gesicht gemacht, als der es sagte. Auch Papa fühlte sich verpflichtet nachzufragen.

»Sicher?«

»Ja, klar«, sagte der Dünne, ähnlich nervös wie bei uns zu Hause. »Bis später in Lacedonia!« Sie fuhren wieder los mit ihrem Laster, der wie ein Hammer ratterte.

Wir kletterten in den Ritmo, und im Wegfahren warf ich einen letzten Blick auf diese seltsamen Wiesen.

Es war sieben vorbei, als wir ankamen, die Bühne war noch nicht fertig aufgebaut, es war also keine Eile, und Maestro schlug vor, noch eine Runde zu drehen, während die Bühne mit schwarzem Stoff verhängt und der Schriftzug des Festes angebracht wurde. Noch hatten nicht alle Stände offiziell geöffnet, aber Maestro trieb trotzdem für Mama, Papa und ihn irgendwo drei Brötchen mit eingelegter Paprika und Kotelett auf, was allerdings nicht dem Geist des Paprikafestes entsprach, auf dem es gefüllte Paprika gab und man natürlich so ein Brötchen hätte essen müssen.

»Um die gefüllte Paprika kümmern wir uns nach dem Konzert«, sagte Maestro grinsend, »mit einer gefüllten Paprika passt die Ziehharmonika nicht mehr auf den Bauch.« Aber was für ein Glück, dass die drei die Brötchen gegessen hatten, denn hinterher war ihnen der Appetit vergangen. Ich verputzte eine ganze Portion Zuckermandeln, mein Liebstes auf jedem Dorffest. Wir halfen noch, Stühle aus dem gegenüberliegenden Pfarrhaus zu holen und aufzustellen, und als die Bühne fertig aufgebaut war, war es fast halb neun.

Lampen und Mikrofone wurden installiert, und allmählich trudelten die Leute ein. Mama und Papa bekamen zwei Plätze in der ersten Reihe, und Quirino bat, auch dem Dünnen und Signor Colizzi Plätze zu reservieren. Sie bekamen zwei Plätze direkt hinter ihnen, denn die ganze erste Reihe war für den Bürgermeister, den Pfarrer, den Präfekten von Avellino, der sein Kommen zugesagt hatte, für Referatsleiter und Stadträte reserviert. Ich bekam einen Stuhl hinter der Bühne zwischen ein paar Transportkisten mit der Aufschrift *ElectriCity Donato Campeggi & Söhne*. Nocella saß neben mir und übte auf seinem Akkordeon, aber ohne Ton, nur das Tastengeräusch war zu hören. Ich hätte unsere Stücke gern noch mal geübt, aber es liefen zu viele Leute herum, auch ein paar Mädchen aus einer Tanzschule waren da, die vor uns ein Tanzstück aufführen sollten, da genierte ich mich; außerdem war mir das peinlich – so geschniegelt und gekämmt wie ein Erstkommunionkind und mit der Krawatte zum weißen Hemd und dem blauen Jackett bis unter den Hintern.

Um einundzwanzig Uhr fünfunddreißig begann die großartige und verrückte Aufführung, die ich immer noch nicht ganz begriffen habe, weil zu viel Aufregendes und Erschreckendes passiert ist.

»Liebe Mitbürgerinnen und Mitbürger von Lacedonia« – der Bürgermeister hatte das erste Wort –, »der heutige Abend ist so wichtig für unsere Gemeinschaft …« Und der Pfarrer: »Liebe Brüder und Schwestern, heute feiern wir den Jahrestag …« Und der Kulturreferent: »… Stunde des geselligen Beisammenseins …« Und der Vorsitzende des Fremdenverkehrsamtes: »… unser Land mit den ganz besonderen Möglichkeiten …« Und schließlich die Moderatorin Patrizia Cecere, Miss Irpinisches Lächeln 1979, zweiundzwanzig Jahre alt, aus Serrapreta! Ein paar Jungs schrien: »Ausziehn! Ausziehn!«, kaum dass sie den Fuß auf die Bühne gesetzt hatte, und sie rief zurück: »Hey, guten Abend!«, und die Aufführung begann. Die Tanzschule tanzte zu dem Lied *Su di noi* eines Sängers mit Namen Pupo, vielleicht extra wegen *Sagra del Puparuolo,* des Paprikafests. Der junge Gennaro Campochiaro aus Rionero in Vulture bot seine Imitationen dar, von denen keine einzige der imitierten Person ähnelte, aber er redete mit einer cremegefüllten Zeppola im Mund und brachte die Leute zum Lachen. Der Pfadfinderchor sang zwei Lieder, und dann kündigte Miss Irpinisches Lächeln endlich den Höhepunkt des Abends an: »Das große Konzert zur Feier von zwanzig Jahren Musikerkarriere eines geliebten Sohnes von Lacedonia, des Akkordeonisten Augusto Nocella!«, und sie lächelte ein wirklich sehr irpinisches Lächeln.

Maestro stand auf und sagte auf dem Weg zur Treppe: »Mann, ich bin doch nicht Pink Floyd!« Er setzte sich auf der Bühne zurecht und stimmte nach einem schnellen und zu nah am Mikro gesprochenen »Ich danke euch« ein unbekanntes Lied an und pries es noch als »revolutionäres Stück, das gerade erst nach Italien gekommen ist«. Nach den ersten vier Tönen hatten alle das revolutionäre Stück erkannt und sangen mit: »O soleee, o sole miooo …«

Ich war kurz davor einzuschlafen.

Maestro spielte fast eine Stunde nur neapolitanische Lieder und traditionelle irpinische Stücke, und als das Akkordeon um zehn nach elf endlich verstummte, hörte ich, an eine Kiste gelehnt, im Halbschlaf Folgendes:

»Meine lieben Lacedonier, ich bin heute Abend nicht nur hier, um diese schöne zwanzigjährige Karriere zu feiern. Ich möchte euch jetzt einen Jungen vorstellen, wartet nur, ihr werdet euren Ohren nicht trauen! Ich habe ihn erst vor zwei Wochen entdeckt, er ist der Sohn eines sehr lieben Freundes, den viele von euch als engagierten Gewerkschafter kennen: Quirino Raggiola, den ich zusammen mit seiner Frau Stella begrüße, sie sitzen hier in der ersten Reihe. Dieses Kind ist eine Sensation: Isidoro Raggiola, genannt Dünnbauch!«

Applaus brandete auf, ich betrat sehr aufgeregt die Bühne, musste mir aber noch die Augen reiben und mir leicht an den Kopf hauen, um den Rest Müdigkeit zu vertreiben, und die Leute lachten schon, weil ich so einen verschlafenen Eindruck machte, dabei war ich schrecklich nervös, und mein Magen war wie zugeschnürt.

»Guten Abend, Dünnbauch!«, rief Nocella.

»Guten Abend, Maestro!«, antwortete ich, aber die Leute verstanden offenbar Moppelpo, weil mein Mikro noch nicht angeschaltet war, und lachten.

»Was für ein hübsches Paar!«, rief Nocella. »Dünnbauch und Moppelpo!«

Die Leute klatschten und rückten sich auf den Stühlen zurecht, wahrscheinlich hatte diese Neuheit auch sie aus der schwierigen Paprikaverdauung geweckt.

»Also, Dünnbauch, bist du bereit?«

»Klar«, antwortete ich, »vorhin wäre ich zwar fast eingeschlafen ...«, und als sie jetzt wieder lachten, gingen meine

Augen auf. Das Gelächter spornte mich mächtig an, und ich fühlte mich richtig wohl, ich fand es toll.

»Denk ja an die Luft!«, sagte Maestro ernst. Ich konterte sofort: »Du auch, Maestro, denk ja an die Luft!«, und ich sagte es extra, damit die Leute lachten, aber ein bisschen war es ja wahr, und die Leute klatschten, und Nocella zwinkerte ihnen zu.

Ich wurde ernst, holte zwei- oder dreimal tief Luft, und wir stimmten *Die unglückliche Amsel* an. Es lief wie am Schnürchen, bei den ersten Pfiffen sahen sich die Leute ungläubig an, und Mama und Papa machten mir aus der ersten Reihe Zeichen: Gut! Gut!

»Trijooo-zjriii-triiaa!«

Zwischen den beiden Liedern trank Maestro einen Schluck Wasser, und ich sah von der Bühne aus jetzt erst, dass sich der Dünne und der Fettsack hinter Mama und Papa setzten, die beiden jungen Männer, die bei uns zu Hause gewesen waren, und sie waren genauso gekleidet wie damals, bloß ohne weißen Strich auf dem Bauch.

Als Maestro fertig war, sagte ich ins Mikrofon: »Jetzt hört ihr das letzte Lied, mal sehen, ob ihr es erkennt. Es heißt *Undankbares Herz*. Ups, jetzt hab ich den Titel gesagt, ich Esel!«

Und wie sie lachten, Mamma mia, ich spürte etwas in mir, was ich überhaupt nicht begriff, es war eine Mischung aus Glück, Aufregung, Übermut, Begeisterung, Liebe, ja ich spürte die Liebe der Menschen, die da vor mir saßen; mit ihrem Lachen und ihrem Beifall überschütteten sie mich mit Liebe, als würden sie sagen: »Meine Güte, der Kleine lässt mich alles vergessen und bringt mich zum Lachen, ich liebe ihn einfach!«

Auch *Undankbares Herz* war ein Volltreffer, ich fühlte mich unbesiegbar, ich pfiff und zwitscherte mit vollem Einsatz, verpfiff mich kein einziges Mal und atmete immer richtig.

Doch an der schwierigsten Stelle sah ich, wie die beiden jungen Revolutionäre Papa etwas ins Ohr flüsterten. Der Dünne sagte etwas, und dem Fettsack konnte man von den Lippen ablesen, dass er »genau« sagte, woraufhin Papa eine beschwichtigende Handbewegung machte. Er stand mit sehr ernstem Gesicht auf und verließ seine Stuhlreihe, sah dabei aber mich mit seinem abgedrifteten Auge an und lächelte leise. Die beiden folgten ihm. Kaum hatten sie eine Stelle erreicht, wo etwas weniger Leute waren, nahmen sie Papa nach Carabinieri-Manier in ihre Mitte und bogen in die erste Gasse ein. Ich sah schnell zu Mama hin, ihr Gesicht war weiß, mich konnte sie nicht für dumm verkaufen, aber sie bedeutete mir mit der Hand: »Alles in Ordnung, mach nur weiter.« Wir spielten das Lied zu Ende, nahmen einen schönen Applaus entgegen, ich verbeugte mich rasch zweimal und wollte schon die Bühne verlassen, um zu sehen, was los war, aber Nocella ließ mir keine Zeit.

»Wir haben noch mehr Überraschungen auf Lager«, sagte er ins Mikro, »denn dieser kleine Junge mit dem schönen Lachen ist wie ein Osterei, in dem noch ein Osterei und zwei Überraschungen stecken. Ihr glaubt also, er pfeift die Lieder, bringt euch ein bisschen zum Lachen, *Undankbares Herz* und so weiter. Von wegen! Wisst ihr, was der kann? Er redet mit den Vögeln. Er hat nämlich einen Freund, der ist sogar sein Manager, ein Beo, sie sind von klein auf Freunde und reden miteinander …«

Ich lächelte ins Publikum, ich spielte meine Rolle auf der Bühne, schaute aber dauernd zu Mama, und sie schielte – auch wenn sie es mich nicht merken lassen wollte – alle drei Sekunden in die Gasse, in der die beiden mit Papa verschwunden waren.

»… aber das ist nicht nur so dahergesagt! Sie reden wirklich miteinander, sie unterhalten sich! Und wisst ihr, wie sie das machen? Sie haben ein Vokabular aus Pfiffen erfunden, und die Pfiffe tragen Nudelnamen.« Maestro zog das Pfiffibular aus der Hosentasche, das wir zusammen geschrieben hatten. »Man kann wie glatte Penne oder geriffelte Penne oder Spaghetti pfeifen, aber auch spiralig wie Fusilli, öhrchenförmig wie Orecchiette, propellerartig wie Eliche oder muschelig wie Conchiglioni! Davon gibt's jetzt eine Kostprobe, nicht wahr, Isido'?«

Ich machte mir Sorgen wegen Papa.

Was taten die bloß in der Gasse, und warum hatten sie ihn untergehakt? Mama war jetzt auch aufgestanden, sie bedeutete mir jedoch zu warten und ja auf der Bühne zu bleiben.

Ich gab ein paar meiner Pfiff- und Zwitscherbeispiele zum Besten, um den Unterschied zwischen den Formaten und all so was verständlich zu machen, und die Leute lauschten sehr aufmerksam, ganz beeindruckt von der Attraktion des Abends, die am Ende ich war und nicht Maestro. Sie sahen mich an wie etwas Geheimnisvolles und Lustiges, wie einen Zauberer, der merkwürdige Sachen macht. Als das Publikum richtig angestachelt war, gab Maestro mir das Startzeichen für die revolutionäre Rede, die wir zusammen vorbereitet hatten. Ich zog meinen Zettel aus der Hosentasche und fing an. Längst hatte ich die Piazza in Lacedonia für mich gewonnen, ganz still war es geworden, alle wollten mich hören, es kam mir vor, als wären noch mehr Leute da als zuvor, als hätten sich alle leeren Stellen gefüllt.

»Wenn ihr mit jemandem redet, redet ihr dann nur mit Worten? Wenn ihr euren Kindern oder eurer Mama oder eurer Oma sagen wollt, dass ihr sie lieb habt, braucht ihr dann unbedingt Worte, um ›ich hab dich lieb‹ zu sagen? Oder sagt man Sachen nicht auch oft mit einem Lächeln oder indem man den Kopf abwendet, weil einem so ein Gefühl peinlich ist, und der andere merkt es? Man sagt es also trotzdem, auch ohne zu reden, nicht wahr?«

Sie starrten mich mit offenem Mund an, die meisten waren Tagelöhner, dazu ein paar Arbeiter aus den kleinen Fabriken der Umgebung, viele Handwerker, Kinder, Alte, sogar die Fünfzehn- bis Zwanzigjährigen, die nie jemandem zuhören, hörten mir zu.

»Und wenn ihr mit den Toten reden wollt? Wenn ihr eine halbe Stunde an einem Grabstein sitzt, redet ihr dann? Ja, ihr redet, aber nicht mit Worten.«

»Hört nur, was er sagt!«, mischte Maestro sich ein, wahrscheinlich fühlte er sich ausgeschlossen.

»Ich möchte euch heute Abend zeigen, wie man ohne Worte reden kann. Mit dieser Art zu reden darf man aber niemals unrechte Sachen sagen, man darf sie nie benutzen, um die Rücksichtslosen zu unterstützen. Man darf sie nur benutzen, um Por ... Pro ... Porpa ...«

»Propaganda!«, sagte Nocella. »Das ist das Gleiche wie Werbung, los!«

»... Porpaganda«, fuhr ich fort, »für den Klassenkampf zu machen, für den Kampf der Armen, der kleinen Leute, der Gedemütigten gegen den Kapitalismus und seine heutigen Auswüchse, die ...«

Die letzten Sachen nudelte ich so herunter, weil ich sie eigentlich nicht verstanden hatte. Ich sah zu Maestro, und er gab mir ein Zeichen, sie wegzulassen.

»Um diese Sprache zu lernen, müsst ihr bereit sein zu spielen, wie die Kinder und die Künstler. Habt ihr heute Abend ein reines Herz wie die Kinder und die Künstler, abgesehen von der Paprika im Bauch?«

Alle schrien »Jaaa!«, denn auch für sie war der Abend mittlerweile ein Spiel, das sie allerdings ernsthaft spielen wollten, und jetzt vermisste ich Marella und Ardo, die dieses ganze Spektakel eigentlich miterleben müssten.

»Dann sprecht mir nach: Tri-i-i-aaaà!«

Bestimmt vierhundert Menschen folgten meiner Hand, die den Takt vorgab, alle riefen etwas ohne jeden Sinn: »Tri-i-i-aaaà.«

»Diese Buchstaben aus unserem Vokabular, das Pfiffibular heißt, bedeuten ›ja‹. Jetzt sagen wir es noch mal, aber ein bisschen besser. Erstens lauter, außerdem müsst ihr das a am Ende ganz nach oben hieven, so: triiaaaaaaà!«

Sie machten es wirklich gut, sie hatten längst Vertrauen zu mir, zu diesem fast zehnjährigen dünnen Kind mit den Segelohren, das ihnen eine neue Sprache beibrachte, mit der man jenseits der Wörter sprechen konnte.

»Jetzt gebe ich euch ein Beispiel. Wir sagen in unserem Leben ja nicht immer das gleiche Ja, oder? Wir können ein begeistertes Ja sagen, ein fröhliches oder ein trauriges Ja oder sogar ein Kummer-Ja, nicht wahr?« Alle riefen zustimmend »triaà, triaà«, nachdem in der ersten Reihe eine nette Frau in einem grünen Kleid, vielleicht eine Lehrerin, damit angefangen hatte.

»Und jetzt kommen die Nudelsorten. Welche Art Ja wollt ihr denn mal ausprobieren?«

»Das fröhliche!«, schrien alle. Sie kamen mir vor wie eine Grundschulklasse mit lauter Erwachsenen, und ich als Kind war der Lehrer, verkehrte Welt.

»Gut, dann brauchen wir einen muscheligen Conchiglioni-Pfiff. Habt ihr im Kopf, wie Conchiglioni aussehen? Man macht eine Drehung und geht dann nach oben, so: triii-aaaaaaaà! Seid ihr bereit? Jetzt tief Luft holen …«

Ich hob die Hände, allen glitzerten die Augen vor Konzentration, sogar Maestro, der schon seine Augenbrauen hochzog und große Augen machte, wie wenn er mich beim Üben haute. Die Leute waren gut, das muss ich wirklich sagen, sie waren eine tolle Klasse Pfeif- und Zwitscherschüler. Nach dem Ja gingen wir zu etwas komplizierteren kurzen Wörtern über,

Wörtern mit zwei Silben, ich brachte ihnen »essen« und »schlafen« bei, sogar »Lacedonia« probierten wir, und sie machten mir vergnügt alles nach, sie sahen sich an, ein altes Paar unterhielt sich mit den beiden Pfiffen, die ich ihnen beigebracht hatte, sie waren wie diese Papageien, die immer zusammenbleiben, Unzertrennliche, die beiden waren auch klein und elegant und hatten runde Köpfe.

Fast eine Stunde verbrachten wir mit Pfeifunterricht.

»Jetzt bringe ich euch für heute die letzten Wörter bei, und dann gehen wir alle heim und ins Bett. Wir probieren noch folgenden Satz: WIR HALTEN ZUSAMMEN! WIR SIND STARK! WIR SIND FREI! WEDER HERREN NOCH KNECHTE!«

Maestro hatte gesagt, dass wir damit den Abend beschließen sollten, und ich sah in dem Moment das aufmerksame Gesicht des dünnen Revolutionärs, und hinter ihm kamen erst der Dicke, dann Mama und Papa. Gott sei Dank, ich hatte mir schon Sorgen gemacht und, ehrlich gesagt, nur darauf gewartet, endlich schauen zu können, was in der Gasse los war. Die ganze Piazza fing auf mein Kommando mit dem Pfeifen und Zwitschern und Tschilpen an, ich kam mir vor wie ein Chorleiter, es mischten sich dicke und dünne Stimmen und hohe Stimmen von Kindern und Frauen und tiefe Stimmen von Alten, heisere Stimmen und schrille Stimmen, es war die Piazza von Lacedonia, es war der sechsundzwanzigste Mai neunzehnhundertachtzig, es war ein Riesenspektakel, einfach unglaublich, wie vorhin mit den zweihundert Vögeln, aber jetzt war es noch überwältigender, jetzt verwandelten sich Hunderte Menschen in Vögel, sie fingen an, ihre Herzen leicht zu machen, und wer weiß, vielleicht würden sie auch ihre Köpfe leicht machen und dann die Bäuche und die Beine und die Wangen, die runden, wohlgenährten Wangen oder die ausgemergelten Hängebacken, und sie würden sich von den Stühlen erheben und losfliegen, hinauf in den reinen irpinischen Himmel voller Sterne.

Nach dem Satz klatschten sie mir wortlos Beifall, ein schweigender Beifall, nur die Hände waren zu hören, sonst nichts, wie Regen. Das war schön, weil ich das Gefühl hatte, dass alle sich wirklich vereint, stark und frei fühlten, als wären vorher die Wörter ihr Käfig gewesen, den sie mit ihren Pfiffen endlich aufgebrochen hatten. Nach dem Applaus waren die Menschen auf der Piazza ganz still und ruhig, sie warteten noch auf etwas. Da flog pfeifend ein kleiner Vogel am Himmel vorbei, ich weiß nicht, ob es eine Schwalbe oder ein Spatz war oder ein Vogel, den ich nicht kannte, ja, ich kannte ihn bestimmt nicht, es war dunkel, und die Lichter blendeten mich, aber der wieder und wieder gezwirbelte, unglaublich laute Pfiff dröhnte uns allen in den Ohren. Und wie seltsam, denn kein Vogel fliegt nachts um halb eins pfeifend über eine Piazza.

Aber dort flog einer vorbei.

XV

Das echte Leben

Die Heimfahrt nach diesem tollen Abend in Lacedonia war ähnlich wie am Tag vorher die Heimfahrt vom Meer, als Marella am Strand den Anfall gehabt hatte.

Wir hatten uns von allen verabschiedet, die Organisatoren – das »Gefüllte-Paprika-Fest-Komitee« – waren begeistert und baten uns, im Jahr darauf wiederzukommen, Leute drängten sich um uns, alte Frauen berührten mich fast liebkosend, allerdings nur mit den Fingern, sie wischten mir mit den Fingern über den Kopf und küssten sie dann, wie bei den Prozessionen, wenn sie sich recken und die Füße der Heiligenstatue berühren und um Gnade flehen.

»Isido'! Isido'!«, riefen sie. »Komm bald wieder!«

»Es lebe Dünnbauch!«, schrie ein Mann mit einer schönen schwarzen Schiebermütze und hob sein Glas, und ein Dutzend Leute wie er, im Gegensatz zu mir dickbäuchig, kräftig und von der Feldarbeit sonnengebräunt, hoben ebenfalls ihre Gläser und schrien: »Er soll leben!« Alle pfiffen, alle wiederholten, was sie gelernt hatten, um mich herum war ein einziges Gewusel und Lärmen und Pfeifen.

Maestro hatte mir stolz lächelnd seine Hand um die Schultern gelegt, und ich verschwand fast in seinem Fett. Mama und Papa standen hinter mir, aber sie waren nicht so gut gelaunt, wie Maestro und ich es erwartet hatten, und ich hatte ein mulmiges Gefühl, als ich sah, dass sie sich an den Händen hielten. Ich freute mich sonst immer, wenn sie sich umarmten und küssten und solche Sachen machten, ich musste lachen, wenn Mama morgens Papa zwischen die Beine fasste und »Na, alles wieder schön frisch?« sagte, es machte Spaß, wenn Papa Mama umarmte und dabei immer mit beiden Händen ihre Pobacken packte, aber jetzt? Warum nahmen sie mich nicht in ihre Mitte und drückten mich? Warum waren sie nicht fröhlich und stolz wie Nocella? War ich etwa nicht ihr einziges Kind, hatte es nicht gerade einen unglaublichen Auftritt gehabt und vierhundert Leute zum Pfeifen gebracht, als wären sie plötzlich vierhundert Kinder oder vierhundert Vögel?

Und hatte ich nicht eine revolutionäre Botschaft überbracht mit dem Satz, den ich sie hatte pfeifen lassen und der doch wirklich in Papas Sinn war, eine Botschaft »stolzen Arbeiter-, Bauern- und Proletarierbewusstseins«, wie er und Maestro es nannten, wenn sie unter sich waren?

Wir stiegen ins Auto, und wie Marella tags zuvor schlief ich nach der dritten Kurve schlagartig ein. Ich lag halb auf Mamas Schoß, jetzt streichelte sie mir endlich den Kopf, und ich hörte noch, wie Maestro immer wieder »wirklich ganz ungewöhnlich« sagte, und Papa sagte nur »oh ja, oh ja«, und ich schlief ein, während ich Mamas Mund von unten betrachtete, oberhalb des Busengebirges, von schwarzen Haaren eingerahmt wie das Stück Himmel im Seitenfenster.

Am anderen Morgen war das Leben wieder wie immer, echt, normal, ohne Wunder, und trotzdem konnte ich, als Papa zu seinem Eierbad und seinen Wassergüssen und zum Radiohören ins Bad ging und der Bratwurstduft durchs Haus zog, nicht mehr einschlafen.

Mir schwirrten tausend Gedanken durch den Kopf, und sie klangen wie Vogelflügel. Die letzten zehn Tage, von Mamas und Papas Hochzeit bis zum Konzert, waren die zehn heftigsten Tage meines Lebens gewesen, aufregend und fürchterlich, mit den schönsten und den schlimmsten Sachen, alles zusammen. Außerdem mussten wir an dem Tag die Vulkane auswendig können, und ich hatte sie nicht gelernt.

Klar, wenn man klein ist, passiert so viel, dachte ich, und alles ist so spannend, keine Ahnung, laufen, rennen, dauernd fällt man hin, oder damals das Feuerwerk, bei dem ich vor Angst in die Hose gemacht habe, aber so was vergisst man, das weiß man doch alles nur, weil die Eltern es einem erzählt haben, oder? Aber die letzten Tage waren echt aufregend … Und was wollten die Vögel gestern Nachmittag eigentlich? Was hätte ich denn sagen sollen? Oder wollten sie mir was sagen, und ich habe sie nicht verstanden? Hatten sie vielleicht gewartet, bis Mama und ich allein waren, um mir was zu sagen? Nein, bestimmt nicht, Mama versteht das Pfeifen nicht … »Du bist schon wie wir«, hat der Spatz gesagt … Wer weiß, wie es Marella geht, vielleicht hat sie wieder einen Anfall gehabt. Jedenfalls erzähle ich heute in der Schule, was passiert ist, bestimmt kommen Fotos in der Zeitung, vielleicht mit meinem Namen in der Überschrift, bestimmt, nach so einem Abend erst recht … Papa wird sich freuen, hoffentlich, er hat noch nichts gesagt …‹

Um Viertel vor sieben stand ich auf und ging in die Küche.

»Isido', mein Schneck! Wieso bist du denn schon auf?«

»Ich kann nicht mehr schlafen.«

»Komm, setz dich, kriegst gleich deine Milchsuppe. Heute gibt's ganz viele Kekse rein, die hast du dir wirklich verdient.«

»Guten Morgen, Papa.«

»Guten Morgen, Isido'«, antwortete er ernst, ohne sich mir zuzuwenden. Kauend sah er mit einem Auge auf die Bratwurst auf dem Teller und mit dem anderen zum Fenster.

»Bist du sauer, Papa?«

»Nein.«

Mama stand hinter ihm und bedeutete mir, ich solle es gut sein lassen, ihn nichts fragen, aber es war schon komisch, er hatte seit dem Abend vorher nicht geredet, er hatte nicht gelacht, in dem ganzen Trubel hatte er dagestanden, still Mamas Hand gehalten und in die Ferne geschaut, als beschäftigten ihn Gedanken, die mit dieser Welt nichts zu tun hatten und deshalb freie Bahn brauchten, er betrachtete den Himmel, den Glockenturm, die Dächer, und er betrachtete ganz nahe Sachen, seine Hände, seine Jacke.

Schweigend aß ich meine Milchsuppe. Ebenfalls schweigend packte Mama das in die Serviette eingewickelte Besteck in den Beutel, den sie dann treffsicher in Papas Tasche beförderte – die Bewegung konnte sie im Schlaf –, und richtete die Mehlpackungen und die Eier her, damit sie nachher gleich mit dem Kneten anfangen konnte. Alles schweigend. Und ich hatte mir einen fröhlichen Morgen vorgestellt mit Umarmungen und Schulterklopfen und »toll gemacht, Isidoro« und all so was.

Als er das letzte Stückchen Bratwurst gegessen und den letzten Schluck Wein getrunken hatte und noch auf den Kaffee wartete, der aber schon duftete, also kurz vor dem Weggehen, redete Papa endlich. Aber er sah mich immer noch nicht an.

»Danke, Isidoro. Das war gestern etwas ganz Besonderes.«

»Dann hat es dir also gefallen, Papa?«, erwiderte ich erfreut mit vollem Mund.

»Ja, das Konzert war schön, du bist wirklich gut, du kannst pfeifen, und du bringst die Leute zum Lachen, was eine sehr schöne Gabe ist. Solange du die Leute zum Lachen bringst, mögen sie dich. Aber ich meinte etwas anderes Besonderes, von dem du gar nicht weißt, dass du es gemacht hast.«

Etwas anderes Besonderes? Mensch, jetzt freute ich mich endlich über einen normalen Morgen, einen Morgen mit

Komplimenten, das schon, aber eben normal, ohne Wunder. Aber nein, die Überraschungen in diesen zehn Tagen nahmen einfach kein Ende!

»Erst muss ich dir was Schlimmes erzählen. Im Januar letztes Jahr haben sie einen Mann umgebracht, einen Gewerkschaftsdelegierten, wie ich einer bin. Er hatte einen Typen dabei erwischt, wie er Flugblätter versteckt hat, verbotene sozusagen, und angezeigt. Und der Typ stand zwei oder drei Monate später mit ein paar Freunden vor seiner Haustür, und dann haben sie ihn erschossen.«

Papa konnte kaum weiterreden, ausgerechnet Papa, der immer so fröhlich war und lachte, Papa mit seinem Schielen, das ihn auf Anhieb sympathisch machte, und jetzt brachte er kaum ein Wort über die Lippen. Eine Weile sagte er gar nichts mehr. Dann winkte er mich zu sich, ich sollte mich auf seinen Schoß setzen, damit er fertig erzählen konnte, wahrscheinlich konnte er nicht reden, wenn ich so weit weg war. Und Mama setzte sich auf meinen Platz.

Die Angelegenheit war also wichtiger, als ich dachte.

»Erinnerst du dich an die beiden, die neulich hier waren? Und wie der Dünne gestern mit Signor Colizzi gekommen ist, damit er Maestros Ritmo repariert? Die beiden waren gestern im Konzert, aber sie kamen spät, ganz zum Schluss erst haben sie sich hinter mich gesetzt. Kurz danach haben sie mir ins Ohr geflüstert, dass sie Pistolen haben, ich durfte nichts sagen und musste ganz ruhig aufstehen und mitgehen, sie hätten mit mir zu reden. Ich habe ihnen zu verstehen gegeben, dass sie keinen Aufstand machen sollen, wegen der vielen Leute, und bin mitgegangen, mir blieb nichts anderes übrig. Wir sind in eine Gasse hinter der Piazza. Sie hatten wirklich Pistolen, und ich dachte schon, sie erschießen mich auf der Stelle. Vor ein paar Tagen haben sie in der Fabrik nämlich gesehen, wie ich mit Scannelli geredet habe, dem Direktor. Wir sprachen über alle möglichen Sachen, Organisation der Gruppen, Arbeitszeiten, Urlaub, Krankheitszeiten, das Übliche eben, aber sie dachten, ich erzähle, wovon hier die Rede gewesen war, dass sie nämlich seinen Sohn entführen wollten. Sie sind weitergegangen und haben nichts gesagt, aber mit meinem abgedrifteten Auge habe ich gesehen, dass sie in einer Ecke stehen geblieben waren und uns beobachteten. Jedenfalls sind am nächsten Tag zufällig die Carabinieri zu einer Kontrolle in die Fabrik gekommen, sie wollten alle Ausweise sehen, aber die beiden plus einen anderen haben sie ein bisschen ausführlicher kontrolliert und befragt, mit einem Wort, sie haben sich für sie mehr als für die anderen interessiert. Aber das war alles Zufall. Gestern in der Gasse haben sie zu früh gedacht, dass das das letzte Lied gewesen ist, du hattest das auf der Bühne gesagt, und ich sollte zum Schluss, wenn alle Leute aufstehen, zu unserem Auto gehen und dann aber bei ihnen einsteigen, zwei Autos hinter unserem, sonst hätten sie keine Hemmungen und würden irgendwann dich entführen. Sie dachten nämlich, ich hätte sie bei den Carabinieri angezeigt, und jetzt wollten sie mich entführen, als Spion und Verräter, und ich sah mich schon genauso tot am Boden liegen wie Guido Rossa, von dem ich dir erzählt habe, der letztes Jahr erschossen wurde ...«

Seine Augen wurden feucht und meine und Mamas auch.

Wir schwiegen eine Weile, es war wie das Beispiel, das ich auf der Bühne gemacht hatte, wenn man ohne Worte redet und die anderen trotzdem verstehen.

»Du hast mir das Leben gerettet, mein Schatz. Nach dem Lied sind wir aus der Gasse gekommen, und ihr hattet mit dem Pfeifen und dem Pfiffibular angefangen. Da wurden sie nervös, sie sagten: ›Was soll der Scheiß!‹, ich sagte ihnen, sie sollen ruhig bleiben, ich würde mitgehen, sobald alles vorbei war. Aber dann hast du die revolutionäre Botschaft vorgelesen. Als du ›Wir halten zusammen! Wir sind stark! Wir sind frei!

Weder Herren noch Knechte!‹ ins Mikro gerufen hast und vor allem als sie gesehen haben, wie vier- oder fünfhundert Leute sich bemühten, wie Vögel zu pfeifen, als sie ihre Mütter, ihre Tanten, ihre mit Erde verdreckten Großväter gesehen haben, die wie Kinder lachten, und die Kinder ganz ernst wie Spatzen zwitscherten, als die Piazza die Worte vergessen hatte und die Stimme Musik geworden war und es keine Bühne mehr gab und kein Publikum, weil alles wie eine große grüne Wiese voller Vögel war oder wie ein frischer blauer Himmel voller Schwalben, als Lacedonia vor ihren Augen einen Moment ganz rein war, ein kleines Kind, da senkten sie den Blick und gaben mir mit einem Nicken zu verstehen, dass ich verschwinden soll …«

Eine Träne löste sich aus seinem abgedrifteten Auge, dann rann ihm eine aus dem anderen Auge und über das Gesicht, und er drückte sich mit mir auf dem Schoß an Mama, und wir umarmten uns ganz lang. Ich war nicht glücklich, dass ich meinem Vater das Leben gerettet hatte, sondern traurig darüber, dass ich es verlieren konnte.

Ich fühlte mich traustig, so wie er mir in dem Brief geschrieben hatte.

XVI

Ein Sommer von Kommen und Gehen

Auch in diesem Jahr verschwand der Frühling irgendwann, und ihm folgte ein heißer Sommer; Mama trug meistens ein leichtes gelbes Kleid, das ihre Formen richtig gut zur Geltung brachte, und Papa zog sie auf, weil er eifersüchtig war.

»Deinetwegen schaue ich irgendwann noch geradeaus!«, sagte er.

Er selbst trug damals am liebsten eine braune Hose und ein kurzärmeliges Hemd, weiß, mit ganz feinen lila Streifen, die man nur von Nahem sah. Wir waren nicht reich, wir konnten nicht aus was weiß ich wie vielen Klamotten auswählen, aber es ist doch immer so, dass man eine bestimmte Hose oder ein Jackett oder ein Kleid ganz besonders mag und immer anzieht. Meine eigene Uniform bestand aus einer abgeschnittenen alten Hose, einem weißen T-Shirt und Plastiksandalen.

Alle drei wurden wir versetzt, Marella, Ardo und ich. Wir fuhren nicht in die Ferien, das machte damals niemand im Dorf. Aber Rosario und Viola nahmen mich noch drei- oder viermal mit ans Meer, nach Mattinatella. Ardo kam nie mit, sein Vater und Rosario waren sich nicht grün, seit sie sich wegen Fußballfragen zwischen Napoli und Juventus mal in die Haare gekriegt hatten, und ihnen fiel jedes Mal eine Ausrede ein, damit Ardo nicht mitfuhr. Marella hatte inzwischen Schwierigkeiten zu laufen, sie kreuzte die Beine und ging auf

Zehenspitzen, auch ihre Finger waren immer ein bisschen verkrampft. Sogar die Mundwinkel waren verkrampft, und sie spitzte zum Ausgleich die Lippen. Das Beste war, dass man über alles Witze machen konnte, auch darüber, vielleicht vor allem darüber, und sie vorneweg. Sie sagte: »Wenn die Leute mich sehen und tun, als wäre nichts, ärgere ich mich. Wenn sie so mitleidig schauen, ärgere ich mich. Wenn sie mit mir zusammen Witze machen, wenn sie sich über mich lustig machen, dann freue ich mich, denn wenigstens bringe ich sie zum Lachen!«

Da nannte ich sie nicht mehr »Mädchen aus Tollo«, sondern rief sie »Spitzmäulchen« oder »Ihre Hoheit«, weil sie auf Zehenspitzen ging. Wir spielten unter dem Sonnenschirm oder sonst wo unentwegt Karten, Rubamazzetto, Scopa oder Briscola, den ganzen Sommer über lieferten wir uns regelrechte Kartenspielschlachten. Hinterher badeten wir oder saßen am Ufer und ließen uns von den Wellen bespülen, aber Marellas Eltern ließen uns nicht mehr wie früher allein, weil sie immer fürchteten, sie könne wieder einen Anfall haben.

Am meisten fiel mir auf, dass sie uns ganz anders beobachteten. Früher hatten sie hin und wieder einen zerstreuten Blick auf uns geworfen oder eine ganze Stunde gar nicht zu uns hergesehen. Wir gingen auch mal weiter weg, kamen dann zurück und setzten uns abseits hin, und irgendwann fragten sie: »He, wo habt ihr denn gesteckt?«

Aber jetzt klebten sie mit dem Blick förmlich an ihrer Tochter, und in dem traurigen Blick lag eine einzige Frage: Warum? Warum so ein hübsches Mädchen mit solchen schwarzen Augen und dem tollen Lachen, warum?

Die Ärzte hatten gesagt, es sei noch eine leichte Form, sie konnten aber nicht sagen, was später passieren würde. Sie konnte noch allein laufen, aber wenn sich ihr Zustand weiter verschlechterte, bräuchte sie vielleicht einen Rollstuhl. All das veranlasste die Eltern zu einer wichtigen Entscheidung: Sie zogen nach Neapel.

»Hier können mich die Ärzte nicht so gut beobachten, und zur Poliklinik ist es jedes Mal eine Reise. Papa hat mit seinem Bruder gesprochen, Papa kommt nämlich aus Neapel, er hat Mama am Meer kennengelernt, hier am Strand. Deshalb fahren wir auch immer hierher. Und mein Onkel hat gesagt, er kann bei ihm arbeiten, er ist Installateur. Ende August geht es los, wir haben schon eine Wohnung und alles. Am ersten September ist der Umzug, und die fünfte Klasse mache ich in Neapel.«

»Schon gut, keine Angst, ich besuche dich. Vielleicht werde ich ja berühmt mit dem Pfeifen und gebe Konzerte, und du kommst. Dann begrüße ich dich wie ein Rockmusiker von der Bühne aus.«

So redete ich, dabei war ich todunglücklich, weil sie wegging, ich sah sie an und wusste, wie viel besser sie war als ich. Sie lächelte zum Dank für meinen Scherz und weil ich getan hatte, als ob nichts wäre. Und sie zeigte mir ohne Scheu, dass sie schon traurig war, sehr traurig sogar, weil wir nicht mehr zusammen sein konnten, und sie wirkte dabei viel älter, sie wirkte wie ein Mädchen, das mich immer würde beschützen können. Und ich hatte das Gefühl, dass ab September der Mensch fort war, mit dem ich immer glücklich sein würde, wie hier am Meer, aber auch auf einem Berg oder in einem Keller.

Juni und Juli war ich viel mit Maestro unterwegs, der seine Sommertournee »in ganz Italien und im America« machte und auf die Plakate für die Dorffeste KONZERT MIT DÜNNBAUCH UND MOPPELPO schreiben ließ.

Wir erweiterten unser Repertoire um drei oder vier Stücke und gaben zum Schluss aus voller Kehle eine kleine Pfeifkostprobe, immer mit großem Erfolg. Ich glaube, sie engagierten Maestro auch deshalb öfter, weil das Gerücht von diesem Kind umging, das Menschen in Vögel verwandelte. Maestro machte sonst sieben oder acht Abende pro Sommer, und jetzt traten wir vierzehnmal auf.

In den Lokalzeitungen war viel die Rede von mir, ich wurde fast in ganz Kampanien zur Berühmtheit, längst kannte man mich als den »kleinen Pfeifer«, weil ich in den Zeitungen so genannt wurde. »Der kleine Pfeifer heute Abend in Mirabella Eclano!« Oder: »Riesenerfolg für den kleinen Pfeifer in Calitri!«

Jedenfalls lief es mit meiner Karriere als pfeifender Musiker und Prophet einer neuen Sprache der Armen gegen die Reichen richtig gut. Jedes Dorf in der Gegend behauptete, auf seiner Piazza sei das »Wunder« der Verwandlung von Wörtern in Pfiffe am allerbesten gelungen. Das Publikum war vorbereitet, die Leute konnten schon ein paar Wörter pfeifen, die sich herumgesprochen hatten, und verlangten schwierigere Sachen, ganze Sätze. Manche Leute reisten mir sogar von Dorffest zu Dorffest nach, weil sie genauso gut pfeifen lernen wollten wie ich, aber das ging natürlich nicht, ich war ja so auf die Welt gekommen, als halbes Vögelchen. Einmal kam nach einer Vorstellung mit Papa auch der Ortsvorsitzende der Kommunistischen Partei in Lacedonia zu mir und erklärte im Parteigenossenton, wie stolz sie doch seien, dass »alles auf unserer Piazza angefangen hat, und wir werden dem kleinen Isidoro stets zur Seite stehen bei der Verbreitung der neuen Sprache, für die wir uns mit großem Engagement einsetzen werden«.

Nach dem Konzert gingen wir normalerweise essen, und im Auto schlief ich dann auf der Rückbank ein, den Kopf gegen den Akkordeonkoffer gelehnt. Eines Abends dachte Maestro auf der Heimfahrt wohl, ich würde schlafen, und redete vor sich hin. »Ich muss dir was gestehen, Isido'. Ich hab noch nie in Amerika gespielt, in Wirklichkeit sage ich immer ›in ganz Italien und im America‹, das ist ein Lokal, wo ich in der Garage üben darf, aber weißt du, ich sag's ganz schnell, dann klingt es, als würde ich in Amerika auftreten. Und alle haben mir immer geglaubt. Ehrlich gesagt, gibt's erst mit dir Feste und Jahrmärkte über die fünfzig Kilometer hinaus. Aber ich sag's dir – das muss ein Geheimnis zwischen uns bleiben. Und wer weiß, was noch aus uns wird, vielleicht kommen wir wirklich noch ins Ausland!«

»Ich weiß schon, Maestro!«

»Bist du etwa wach?«

»Ja, und ich verrate dir jetzt auch ein Geheimnis. Wir nennen dich nämlich nicht wegen der Musik Maestro.«

»Ach nein? Weswegen dann?«

»Es heißt eigentlich ›Mann, was für eine Essenstrophäe‹.«

So laut hatte ich noch nie jemanden lachen hören.

Maestro machte ein tiefes Geräusch in der Kehle und zitterte, und dann lachte er, bis er von innen her bebte, er wieherte vor Lachen und machte immer »jeeeehhhhhhh«, bevor er wieder loslachte, und dann landeten wir vor lauter Lachen an einem Baum.

»Mensch, Isido', bin ich ein Hornochse!«, rief er und stieg aus. Dem Ritmo war zum Glück nicht viel passiert, bloß der vordere Kotflügel war etwas ramponiert. Aber Maestro war mit dem Kopf ans Lenkrad geknallt, und als er sich an die Stirn fasste, hatte er ein bisschen Blut an den Fingern. Er betrachtete das Auto, seinen himmelblauen Ritmo, der den Baum küsste, und fragte mich, ob es mir gut gehe.

»Ja, alles in Ordnung«, sagte ich und stieg ebenfalls aus. »Aber ich verrate dir nie mehr ein Geheimnis!«

Maestro hörte gar nicht mehr auf zu lachen. Er zeigte mir das Blut und deutete dann auf den Ritmo und rief: »Jetzt hab ich den Rhythmus im Blut!«

Ich stieg wieder ein, Maestro ließ den Motor an, und da war mir alles klar. Aus dem Akkordeonkoffer neben mir lugte ein Flugblatt: Wir waren in Solopaca auf dem Rotweinfest gewesen. Nach zwei oder drei Kilometern hörte das Gelächter plötzlich auf, wirklich von einer Sekunde zur anderen, erst das Gebrüll und dieses Kaffeemaschinenprusten, das Maestro beim Lachen von sich gab, und dann vollkommene Stille. Er war kurz davor einzuschlafen.

Von hinten gesehen, saß Maestros Kopf wie ein Ball auf den Schultern. Fuhr das Auto nach links, kippte der Kopf nach rechts und andersherum. Irgendwann sagte er: »Schluss, ich kann nicht mehr.« Er blieb an einem Feldweg stehen und schlief so ein, wie er dasaß, Kopf auf der Brust. So, wie er das Auto ausschaltete, schaltete er auch sich selbst aus.

Was sollte ich machen? Ich schloss die Augen und schlief ebenfalls. Die Nacht war schön, es war nicht kalt, die Felder dufteten, und die Fenster waren heruntergekurbelt.

»*Missjöh! Missjöh!*«, hörte ich nach einer Weile, ich weiß nicht, wie viel Zeit vergangen war, aber viel konnte es nicht gewesen sein, es war noch dunkel. Der Jemand sprach leise, wahrscheinlich wollte er mich nicht wecken. Ich schlug die Augen auf. Durch Maestros Seitenfenster war ein Mann zu sehen, keine Ahnung, wie alt er war, vielleicht fünfzig, er hatte kurze Haare und einen weißen Bart und eine Brille, er sah aus wie ein Dominikanermönch. Er merkte, dass ich die Augen aufgemacht hatte, und lächelte mich an.

»*Bonsoà*«, sagte er.

Papa und ich sagten aus Spiel immer »*bonnuì, bonjù* und *bonsoà*«, deswegen sagte ich gleich »*bonnuì*«, und er ging darauf ein!

»*Parl tü fransé?*«, fragte er, es klang ein bisschen wie »Francé«, »Francesco«, ich dachte, er fragt, ob ich vielleicht Francesco heiße. Ich war müde, und dann das Konzert, der Unfall, der Wein, den Nocella mir aus Spaß ins Wasser goss – und er goss jedes Mal mehr rein –, jedenfalls verstand ich nur Bahnhof. Wer um Himmels willen war Francesco?

Ich stieg aus.

»Tü sprischt fransösisch?«, fragte er mich, und jetzt war alles klar, der Mann kam bestimmt aus Prag.

»Ah, nein, nein.«

In seinem halb französischen Mischmasch fragte er mich, ob alles in Ordnung sei, ob es mir gut gehe, ob dieser Herr, »dein Papa? dein *père*?« – so sagt man anscheinend auf Französisch, aber auf Neapolitanisch heißt das »Fuß« – ob also bei dem Herrn alles in Ordnung sei oder ob ihm etwas wehtue, weil er sich nicht bewege.

»Ah! Nein, er schläft«, antwortete ich, trat ans Fenster und weckte Maestro mit einem lauten zwitschernden Pfiff. Der Franzose sah mich verdutzt an, so etwas hatte er anscheinend nicht erwartet. Maestro wachte auf wie im Film, wie wenn der Hahn gekräht hätte und er zum Frühstück müsste, dabei war es erst ein Uhr nachts. Er schlug schon mit einem zufriedenen Gesicht die Augen auf und wandte sich uns zu, als hätte er sich vorher nur schlafend gestellt.

»Alles gut?«, fragte der Franzose.

»Wui!«, antwortete Nocella, der den Akzent erkannte, wie aus der Pistole geschossen. »Nur *un cap de* Schlaaf.« Ah ja, 'ne Mütze Schlaf.

»Ah gut. *Buona notte* also!«

Ich stieg wieder ein, der Franzose ging weiter und winkte mir noch zu und rief: »Bis bald!« Maestro ließ den Motor nicht an, sondern stieg aus, ging ein paar Schritte und rief: »Bin gleich wieder da, Isido', ich muss nur mal kurz.«

Der Frühling ging und machte dem Sommer Platz, auch Marella ging schon bald, und ich hörte mir mindestens eine Woche lang furchtbar traurige Lieder eines römischen Sängers namens Claudio Baglioni an und dachte dabei an sie und daran, dass ich sie nie wiedersehen würde. Besonders ein Lied hörte ich auf Papas Plattenspieler rauf und runter, es fing so an: »Geh nicht fort, mein Spatz!«, und es klang, als wäre es für mich geschrieben, auf meine Anweisung.

Aber in diesem ganzen Weggehen kam Renò zu uns, von dem ich meinen dritten Namen habe. Mitten in der Nacht, auf der Straße, war unsere erste seltsame Begegnung gewesen, wie eine Erscheinung war er aufgetaucht. Beim zweiten Mal, als er mich drei Wochen später zu Hause besuchte, sah ich ihn dann richtig.

Er war Ethnologe und bei uns in der Gegend, weil er sich für Dorffeste interessierte, er wollte wissen, wie die Tänze entstanden waren, und die Prozessionen studieren und all so was. Er machte eine Studie mit dem Titel *Ursprünge und Entwicklung von Mythos und Maske in der Volkskultur Süditaliens*, was ganz bestimmt ein tolles Buch werden würde, aber wer um Himmels willen sollte das denn lesen? Vielleicht jemand aus seiner Verwandtschaft, aber keine Ahnung, ob sich in Frankreich überhaupt jemand für so was interessierte, jedenfalls tauchte er eines Tages, das heißt eines Abends, bei uns zu Hause auf und erzählte Papa davon. Er berichtete, in vielen Dörfern, in denen er seine Interviews gemacht hatte, habe er von diesem »Wünderkind« gehört, das wie ein Vogel pfeift und alle Leute zum Pfeifen bringt.

Papa zeigte mit der offenen Hand auf mich: »Da steht es!«, sagte er hochzufrieden und dann zu Mama: »Ein Franzose ist extra zu uns gekommen, um mit Isidoro zu sprechen. Ich wusste ja, dass in dem Kind was Besonderes steckt.«

Er winkte mich zu sich, stellte mich erst vor und trat dann

beiseite, denn er respektierte mich und sagte immer: »Auch wenn du erst neun bist …«

»Fast zehn, Papa!«

»… stimmt, fast zehn, aber du bist trotzdem eine eigene Person, also anders als ich, mit deinen eigenen Gedanken und deinem Charakter. Wenn also von Isidoro die Rede ist, musst du selber reden. Ich mag diese Familien nicht, in denen dem Kind eine Frage gestellt wird, und dann antwortet der Papa oder die Mama.«

»Freut misch«, sagte der Mann und gab mir die Hand. »Renò.«

»Renò? Wie das Auto?«

»Ja, genau, aber isch schreibe misch Renaud.«

»Wir kennen uns doch schon. Weißt du noch?«

»Natürlisch weiß isch. Dann war dieser Mann gar nischt dein Vater?«

»Nein, nein, mein Papa ist der da. Der vom Auto heißt Maestro, wir machen zusammen Konzerte. Wie hast du mich denn gefunden?«

»Isch besuche hier in Irpinien die Dorffeste, isch habe nach ein wenig Information gefragt, und man hat gesagt, dass ihr in Mattinella wohnt. Und hier in der Gegend kennt disch jeder, man muss nur nach dem kleinen Feifer fragen …«

»Du bist berühmt, Kleiner!«, sagte Papa, und Mama servierte selbst gebackene Kekse und Kaffee.

»Isch würde gern das mit dem Feifen verstehen, kannst du mir eine *petite* Demonstration geben?«

Wir tranken Kaffee und aßen Mamas Kekse und verabredeten uns für den nächsten Tag vor Zonzos Laden.

Renò hatte mich gefragt, wie ich damit angefangen hätte, und ich sagte, dass ich ihn gern mit meinem indolesischen Lehrer bekannt machen könne.

XVII

Die Hauptstadt von Frankreich ist eigentlich Paris

Tags darauf fanden wir uns pünktlich um fünf vor Zonzos Laden ein. Papa stand ein bisschen abseits, denn für ihn war der Laden seit dem Streit über die Musik von Bach nur noch schrübel (schrecklich und übel), aber ich wusste, dass er uns mit seinem Seitenblick beobachtete, auch wenn er so tat, als läse er Zeitung. Auch Papas Wortschöpfungen fand Renò sehr interessant, er schrieb sie in ein Heft, das er immer dabeihatte, und ab und zu sagte er sie, und kein Mensch verstand etwas, alle dachten, er rede Französisch, dabei sagte er »Küss« und »stischt«.

»Redest du wirklisch mit einem Beo?«, hatte er unterwegs gefragt.

»Ja, ich habe bei meiner Geburt nämlich nicht geweint, sondern gepfiffen, das haben Mama und Papa mir erzählt. Ein paar Jahre später habe ich den Beo kennengelernt, und weil ich sein Pfeifen verstanden habe, ist er mein Lehrer und mein Freund und mein Manager geworden.«

»Macht es dir was aus, wenn isch euch aufnehme, während ihr euch unterhaltet?«

»Nein, setz dich ruhig zu uns.«

Alì freute sich sehr, als ich kam, er flatterte heftig mit den Flügeln und stieß glücklich schnurgerade Pfiffe aus, die keine Wörter bedeuteten. Auf der Stelle erschien Zonzo, das heißt, erst mal erschien der Bauch mit den Hosenträgern, dann der Zahnstocher und dann er selbst, und als Zonzo sah, dass neben mir noch jemand stand, noch dazu ein Fremder, machte er sofort ein anderes Gesicht, irgendwie netter, zumindest sollte es das sein, aber es kam nur eine schmierige Drecksgrimasse dabei heraus.

»Tag, ich bin der Ladeninhaber. Und Sie?«

Renò war ein Schlaukopf, er kapierte anscheinend sofort, wie Zonzo war, vielleicht weil er so viel gelernt und an der Universität studiert hatte und die Leute beobachtete und ihre Gewohnheiten untersuchte, jedenfalls antwortete er: »*Bonsoà*, isch bin ein Ethnolog aus Frankreisch« – Zonzo konnte mit dem Wort »Ethnologe« nichts anfangen – »und mache eine beschränkte Arbeit über irpinische Sitten und Gebräuche für ein kleines Buch für meine Studenten.«

»Eine beschränkte Arbeit für ein kleines Buch?«, erkundigte sich Zonzo ungeschraubt.

»Wui, *tré* beschränkte«, sagte Renò halb auf Französisch, klapperte mit den Augenlidern und strahlte Zonzo an.

»Du grüne Neune«, sagte Zonzo und verzog sich wieder in seinen Laden, »und da kommen gleich drei Beschränkte? Hätte einer nicht gereicht? Das kann ja heiter werden ...«

Renò schaltete sein Tonband ein und gab mir ein Zeichen, einfach draufloszureden.

»Ajìi, tss-iii-troooh!« *(Alì, das ist Renò.)*

»Tseee-frrreeee!« *(Sehr erfreut.)*

»Trrr-aaja-parriiii ktraoo meekkeee zizi-toooo!« *(Er ist extra aus Paris gekommen, weil er mich kennenlernen wollte!)*

»Parriii juuu-ztitti frrr-ikkkk!« *(Paris, die Hauptstadt von Frankreich!)*

Alì erzählte, dass er auf seiner Reise von Indolesien in Paris gewesen war, bevor es nach Mattinella weiterging, wo er das pfeifende Kind kennenlernen wollte. Er trage Paris im Herzen, sagte er, denn dort hatte er sich in eine Amsel verliebt, mit der er tagelang pfiff, sie waren über die Dächer von Montmartre und die Seine geflogen und hatten auf einem Baum neben Notre-Dame geschlafen und in den Tuilerien gefrühstückt. Die Geschichte hatte er bestimmt nicht erfunden, denn als er fertig war, wischte er sich mit dem Schnabel über einen Fuß. Ich kenne ihn und weiß, dass er einer alten Liebe nachtrauerte.

Es war ein schönes langes Gespräch, und zum ersten Mal dolmetschte ich auch, damit Renò verstand, was Alì sagte, und umgekehrt. Am Ende schaltete Renò das Tonband aus und lud mich in sein Büro ein, denn er »würde gerne weiter über Feifen, Musik und Alì sprechen«.

»Er kann aber nicht mit!«, antwortete ich und fand es sehr schade, dass mein indolesischer Lehrer im Gefängnis saß. Da war er meinetwegen von der anderen Seite der Erde gekommen und blieb sogar jetzt, wo sich ein Franzose für ihn interessierte, Tag und Nacht in seinem Käfig eingesperrt. Ich hatte gehofft, dass der Franzose vielleicht etwas für seine Befreiung tun könnte, aber nein, das war unmöglich. Renò breitete bedauernd die Arme aus, und Alì redete mir zu: »Lass es gut sein, Dünnbauch. Meine Bestimmung hat sich erfüllt. Ich sollte dir begegnen, dir etwas vorpfeifen, dein Bruder und Freund werden.«

»Und mein Manager!«, fügte ich hinzu.

»Natürlich!«, antwortete er. »Aber jetzt wollen sie etwas über dich erfahren. Geh! Ich werde bald aus meinem Käfig freikommen, sehr bald, und dann werden wir viel Zeit miteinander verbringen, aber das wird in einer neuen, einer anderen Welt sein.«

Traurig ging ich nach Hause. Alìs Worte hatten wie ein Abschied geklungen, so klingt es in Büchern oder im Kino, wenn der Held im Sterben liegt, und Renò hatte auch ein trauriges Gesicht gemacht, obwohl er natürlich nichts verstanden hatte, er machte ein trauriges Gesicht, weil er sah, dass ich unglücklich war.

»Alles gut?«, hatte er gefragt.

»Wui, wui, ich komme in dein Büro, sag Papa, wo das ist.«

Ich hatte mir noch nie Gedanken über meine Zukunft gemacht, das war das Problem, aber welcher fast Zehnjährige macht das schon? Nach dem Gespräch mit Alì hatte ich, und zwar wirklich zum ersten Mal, darüber nachgedacht, dass sich etwas ändern könnte, und das fand ich gar nicht gut. Begonnen hatte es mit der Ankündigung von Marellas Umzug, mit ihrer Krankheit, das alles hatte es vorher nicht gegeben und war auf einmal da gewesen.

Dann ist aber auch das Gegenteil möglich, dachte ich, dass nämlich Sachen, die es erst gibt, später weg sind. Ich mag es nicht, wenn sich was ändert, ich mag meine Familie so, wie sie immer war, ich mag die Sachen, die ich mache, ich mag mein Fahrrad, ich mag meine Freunde. Marella mag ich immer noch, vielleicht mag ich sie sogar lieber, weil sie noch stärker und mutiger geworden ist. Ach was, Quatsch, ich mochte sie früher lieber, weil es ihr da noch nicht schlecht ging. Dass Marella weint, dass Marella hinfällt, war früher nicht so, jetzt ist es so. Warum muss sich überhaupt was ändern? Was hat Alì damit gemeint, dass wir in einer neuen Welt zusammen sein werden?

Ich dachte daran, was Mama gesagt hatte: »Was wächst, trennt sich«, »das Hundekind verlässt die Hundemama«, »wenn du mal was nicht verstehst: Trenne, und du wirst verstehen …« Aber ich wollte nichts trennen, ich wollte das Gegenteil, ich wollte alles zusammenhalten, alles sollte zusammenbleiben, Mama und Papa, Maestro und die Revolutionäre, Renò, Alì, Signora Ieso, Zonzo, Ardo und Marella … Ich wollte diese ganze Welt, die mein Dorf und mein Leben war, in einem einzigen glatten, langen, dicken Cannelloni-Pfiff bewahren. Ich wollte sie in eine Murmel einschließen und in die Hosentasche stecken. Die kannst du, wenn du dich allein fühlst, in den Fingern drehen, sogar in der Tasche drin, und du weißt, dass die Murmel deine ganze Gesellschaft ist, in ihr ist alles, was du kennst und was für dich sorgt, mit ihr fühlst du, dass du Isidoro Raggiola Dünnbauch bist, der morgens um acht über die Piazza in die Schule geht, und alle sind still, weil Isidoro pfeift und der Beo antwortet.

Was Alì gepfiffen hatte, war irgendwie in mich eingeschlagen, und es war stärker als das, was er eigentlich gesagt hatte, ich hatte etwas anderes gehört, in den Pfiffen war ein Kratzer, die Pfiffe waren unglatte Nudeln, runzelige Nudeln, alte Nudeln, die du eigentlich wegwerfen müsstest, weil sie verdorben sind, aber du verschlingst sie. Während ich diesen Gedanken nachhing, kam Papa in mein Zimmer und nahm mich wortlos bei der Hand. Er ging mit mir ins Bad und ließ mich in die Badewanne einsteigen, die genau richtig warm war, setzte sich daneben auf einen Stuhl und schob, schu-schu, mit der Hand das Wasser hin und her und las mir dabei ein Gedicht vor, das er aus einer Zeitung ausgeschnitten hatte und das er schon eine ganze Weile in der Hosentasche mit sich herumtrug und immer wieder hervorholte.

»Jetzt denke ich schon seit zwei Tagen über diese paar Worte nach«, sagte er. »Und weil du heute auch so nachdenklich bist, lese ich sie dir vor, vielleicht verstehen wir gemeinsam, was sie bedeuten. Der Dichter heißt V. Sereni, das steht da ganz klein, vielleicht Vincenzo oder Valerio oder Vittorio, keine Ahnung, ich kenne ihn nicht …«

Doch nichts ist die reine Luft ohne Liebe
Die Liebe nichts ohne Jugend

XVIII

Levistross

Bei uns zu Hause gab es wirklich immer irgendwas Merkwürdiges. Am nächsten Morgen rief Papa, wie um diesen Normalzustand von Merkwürdigkeiten zu bestätigen, den Denk-an-dich-Tag aus.

Das bedeutete aber nicht so was Unsympathisches wie: Kümmer dich um deinen eigenen Kram. Papa hatte die Regel auf ein Blatt geschrieben und in einem geschlossenen Umschlag auf den Tisch gelegt, und Mama und ich sollten es zusammen lesen, wenn ich aufgestanden war. Mama fand diese Sachen von Papa immer lustig, da war sie gut drin, weil ihr solche lustigen Ideen Spaß machten und sie alles Schlimme dann einfach sausen ließ. Wir öffneten den Umschlag am Tisch, wo sie schon den Trocker und das Mehl für den Teig vorbereitet hatte.

Wenn ihr einverstanden seid, machen wir heute den Denk-an-dich-Tag. Jeder überlegt sich, was ihn am meisten freut, und dann tut er das für sich selbst und nicht für die anderen und freut sich auch nur an sich selbst. Ich habe schon heute früh damit angefangen. Für Isidoro: Wenn ich heute Nachmittag nach Hause komme, gehen wir zusammen zu Renò.

Papa kam um fünf, wie jeden Tag, und um halb, Viertel vor sechs waren wir bei Renò im Büro. Er hatte Papa erklärt, wo es war, aber so schnell fanden wir es dann doch nicht. Von der Straße nach Villamaina sollten wir bei San Martino in einen schmalen Weg zwischen den Weizenfeldern abbiegen, aber hier ist alles voller riesiger gelber Weizenfelder, wir sollten eben auf einen Feldweg achten. Am Ende des Feldwegs stand dann ein Schuppen, in dem er sein Büro eingerichtet hatte.

Er war Anfang Mai gekommen und wollte bis Ende Oktober bleiben, um seine Studie über die Masken und das alles fertig zu machen, und er hatte tatsächlich diese Bruchbude von Schuppen gemietet, wahrscheinlich ein alter Schweinestall, den er billig bekommen hatte.

Es war September, die Luft war angenehm, aber um die Uhrzeit noch ziemlich warm, und als wir den Feldweg entlangfuhren, wirbelten Staubwolken auf.

Wir klopften an die Schuppentür, aber niemand antwortete.

»Verflixt«, sagte Papa, »es müsste doch hier sein, aber kein Mensch, den wir fragen könnten!«

Wir schrien: »Renò! Renò!« Ich lief hinter den Stall, vielleicht war er ja dort, aber da war er auch nicht. Ich spielte Papa einen Streich. »Hier, Papa! Ich hab ihn, er ist hier!«

Quirino kam um die Ecke, aber da war nur ein uralter verstaubter roter Renault 4 ohne Räder auf Ziegelsteinen aufgebockt.

»Du hast doch den Renò gesucht! Da ist er!«

Wir warteten fünf Minuten, zehn Minuten. Papa saß auf dem Boden und warf Steinchen, er versuchte, einen Holzpfahl zu treffen, der in der Erde steckte; pfeifend und zwitschernd umrundete ich den Schuppen und rannte hinter einer Katze her, die plötzlich aus dem Weizenfeld aufgetaucht war. Und dann sahen wir etwas Unglaubliches den Feldweg heraufkommen. In Sandalen und einer roten Hose näherte sich langsam ein Baummensch. Es war ein Mensch, denn er hatte Beine; er war von oben bis unten komplett in Grünzeug gehüllt, Kopf Arme, der ganze Körper war kreuz und quer in Blätter und Zweige eingepackt, sie wanden sich unter den Achseln, um den Hals, zwei oder drei gerade Zweige ragten über den Kopf und überall Blätter. Er bewegte sich im Schneckentempo, und Papa und ich beobachteten ihn, ich mit offenem Mund und starrem Blick, Papa mit einem Stein in der Hand und zur Seite gedreht, denn wenn etwas seltsam oder komisch war, sah er lieber mit dem Seitenblick hin, er behauptete, das sei automatisch so.

Als der Mensch noch einen Schritt entfernt war, blieb er stehen und sah uns an. Wir waren wie verzaubert, aber ich hatte eher das Gefühl, dass *er uns* anstarrte. Wir rührten uns eine ganze Weile nicht, ich würde sagen, mindestens eine Viertelstunde, aber wahrscheinlich waren es nur ein oder zwei Minuten. Es war still, abgesehen von einer Glocke, wie man sie Kühen oder Schafen umhängt, aber die trug der Mann unter den Blättern, und ab und zu bimmelte er.

Und dann hörten wir aus den Blättern heraus: »Isch bin Renò. Gehen wir hinein?«

Wir folgten ihm in den Schuppen. Drinnen herrschte große Unordnung, lauter Sachen lagen durcheinander, zumindest wirkte es so: Arbeitsgerät, Sensen, Sicheln, Hämmer und Spaten. Dazu alle möglichen Masken, aus Karton, in Säcke hineingeschnitten, aus Holz, Leder oder Stoff, mit Eisenteilen daran, mit Schnüren oder Stroh. Kostümständer, Stöcke, Hüte. Es sah aus wie ein Hinterzimmer im Zirkus oder im Theater, wo alle Kostüme für die verschiedenen Rollen bereitliegen. Ein einziger Winkel war tipptopp aufgeräumt: ein kleiner Tisch mit einem Heft, ein paar Kugelschreibern und Bleistiften, dahinter eine ordentliche Reihe Bücher und Hefte und eine Lampe mit einer Brille daneben. Wir halfen Renò aus seiner Bepflanzung, sie wurde nach oben abgezogen und sah aus wie ein Wigwam, die längsten Zweige waren über dem Kopf zusammengebunden und mit Blättern bedeckt.

»Kennt ihr das Kostüm?«, fragte er.

»Nein«, antworteten Papa und ich, und es war schön, weil wir alle beide wie Kinder waren.

»Es heißt *Eremit* und ist ein Karnevalskostüm aus Satriano di Lucania bei Potenza. Wer es trägt, darf nischt reden, darf nur mit der Glocke läuten und hoffen, dass man ihm ein wenig Geld gibt. Aber nischt reden! Denn im Baum ist der Geist und kein Mensch. Das ist eine Kopie, es hat mir ein Freund aus Satriano gemacht, er wohnt hier. Man macht es aber nicht mit diese Blätter, nur mit Stechpalm und Efeu, man sammelt es im Wald, im Februar, wenn Schnee liegt.«

Dem Ärmsten lief der Schweiß herunter, bei der Hitze war es anstrengend, mit so vielen Blättern am Leib herumzulaufen. Papa fragte, wieder wie ein Kind: »Und warum läufst du mit dem Dings da rum?«

»*Pur komprondre*. Um zu verstehen, muss man probieren, mit dem Körper. Um zu verstehen, reicht nicht der Kopf, das ist zu wenig, man muss einen Teil des Körpers verändern, wenn man verstehen will. Wenn du dich verwandelst, wenn du einen Teil von dir verlierst und ein anderer wirst, verstehst du. Wenn du verlierst, gewinnst du etwas.«

Wieder eine Lektion darüber, wie das mit dem Leben ging. Mama sagte: »Trenne, und du wirst verstehen«, Renò sagte: »Verlier, und du gewinnst etwas.« Vielleicht war das gar nicht so verschieden.

Wir verbrachten zwei Stunden bei Renò, und es war, wie wenn du zum ersten Mal auf dem Spielplatz bist und die Schaukel siehst und schaukeln willst, du siehst die Rutschbahn und willst rutschen, dann dieses Rad, das sich dreht, bis du spucken musst, und du willst trotzdem rein. Vom Baumkostüm ging es weiter zu einem Bärenkostüm, und alle Kostüme hatten eine Geschichte. Sie waren entstanden als Dank an die Erde oder um eine Jahreszeit zu begrüßen oder um sich ein Tier zum Freund zu machen.

»Aber zu fast allen gehört Schweigen«, sagte Renò. »Bei fast allen darfst du nicht reden mit Worten, sondern du musst zurückkehren zu primitiven, elementaren Lauten, zu Lauten von der Erde oder zu Stimmen von Tieren. Und da beginnt meine Arbeit. Deshalb interessiert mich der kleine Feifer so.«

»Was arbeitest du eigentlich genau, Renò?«, fragte Papa.

»Isch studiere das Verhalten menschlicher Gruppen für die Universität, und jetzt konzentriere isch misch auf die Feste, die man in Süditalien feiert. Isch will verstehen, wo alle diese wunderschönen Masken und Kostüme herkommen, wozu sie dienen, isch will verstehen, warum ihr das Bedürfnis habt, euch in ein Tier oder ein Baum oder ein Ungeheuer zu verwandeln oder die Erde mit nackten Füßen zu berühren. Außerdem kommt mein Vater von hier, aus Gesualdo, aber er ist als halbes Kind nach Frankreich ausgewandert, mit fünfzehn. Mein Lehrer heißt *Levistross*«, erklärte er.

Papa und ich blickten uns an, denn es klang wie *le vist ròs*, und das sagt man in unserem Dorf, wenn jemand Schweres durchgemacht hat.

Wir mochten Renò, er passte schon deshalb zu uns, weil er merkwürdig war, er stellte mir einen Haufen Fragen und notierte die Antworten in einer winzigen Schrift auf Französisch, setzte dabei die Brille auf und wieder ab und dachte immerzu nach, er dachte viel nach, während ich redete, das sah man, denn er kaute auf dem Brillenbügel herum und schaute dann nach rechts und nach links und nickte. Jedenfalls gefiel ihm meine Geschichte, sie beschäftigte seine Gedanken, und das mit den Gedanken, sagte Papa, ist ein Zeichen dafür, dass jemand einen wirklich mag. Als ich ihm erzählte, dass ich ein Pfiffibular hatte, ein System, um zu pfeifen und Pfiffe zu verstehen, rief er: »*Ankrojàble!*« und erzählte, dass er, fünf Jahre vorher, glaube ich, auf einer spanischen Insel – die aber vor Afrika liegt – gewesen sei und die Schäfer sich dort mit Pfiffen von Berg zu Berg verständigten. Einer sagte zum Beispiel: »Bring mir heute Abend Milch und Brot!«, und der andere antwortete: »Alles klar, um acht bei dir!«, und Renò sagte, dass diese Methode der Verständigung *Silbo Gomero* heiße und die Leute ebenfalls ein Pfiffibular hätten.

Er sagte, dass einer Legende zufolge die alten Römer, als sie in Afrika waren, allen die Zunge abgeschnitten hätten, die nicht mit ihnen einverstanden waren. Sie schlugen sie nieder, verfrachteten sie auf Schiffe und brachten sie zu diesen Inseln. Zur Ernährung ließen sie ihnen ein paar Schafe und Ziegen da. Und weil die Menschen keine Zunge hatten, lernten sie, sich pfeifend zu verständigen. Er sagte auch, dass es noch zwei Menschengruppen gebe, die pfeifend miteinander reden, eine in Mexiko und eine in der Türkei.

»Aber du bist *tré spesial!* Du bist ein Phänomen, weil du von einem Vogel gelernt hast! Sonst redet niemand im Dorf mit Fiffen, oder?«

»Na ja, Maestro und Mama und Papa habe ich ein paar Sachen beigebracht, und auf den Dorffesten machen wir ein revolutionäres Experiment. Das war eine Idee von Maestro, die Leute sollen lernen, wie sie das Glück in der Freiheit von Not erlangen, es ging um musikalische Barrikaden gegen den Vormarsch des Kapitalismus …«

Renò stoppte mich mit einer Handbewegung. Er staunte nicht schlecht.

»Auf der Insel, von der isch spresche«, sagte er, »erzählt man sisch, dass um 1500 der Herrscher ermordet wurde, der spanische Konquistador Hernán Peraza. Mit Fiffen zettelten sie darauf die Rebellion an, die zu ihrer Befreiung führte.«

Papas Augen leuchteten: Dann funktionierte das ja wirklich! Man konnte also wirklich davon träumen und sich ausmalen, wie »die Massen der Armen pfeifend der endgültigen Erfüllung ihrer größten Hoffnungen entgegenlaufen« – so hatte er es einmal gesagt –, man konnte sich »den Anbruch eines Pfiffimunismus vorstellen, der nicht missmutig immer nur Forderungen stellt, sondern der jung ist und voller Musik, fröhlich und für alle da, engagiert ohne großes Aufheben und schnell wie die glücklichen Vögel am Himmel!«.

»Deine Geschichte ist schön, Isidoro«, fuhr Renò fort, »und isch würde disch am liebsten nach Paris mitnehmen und bekannt machen. In diesem Monat, den isch noch hier bin, würde isch dich gern begleiten und dein Feifen aufnehmen, wenn deine Vater und Mutter einverstanden sind. Isch würde deine Gespräche mit Alì auf Band aufnehmen, und du könntest mir helfen, alles zu transkribieren. Aber es gibt ein Problem, das ihr vielleicht nicht bedacht habt, weil alles so zufällig gekommen ist und ihr zufrieden seid, wie es ist.«

»Was denn, Renò?«, fragte Papa besorgt.

Auch Renò sprach sehr ernst. »Jetzt feift Isidoro nicht richtig, das heißt, das Ergebnis ist ähnlich wie ein Fiff, es entsteht aber nicht durch Luft, die durch einen Kanal strömt, nicht wahr? Er macht das mit der Vibration der Stimmbänder, oder?«

»Ja«, antwortete ich, »es kommt aus der Kehle, es ist ein Schrei in Pfiffform.«

»Genau, und das ist so, weil du von einem Beo gelernt hast. Aber deine Stimme wird sich bald ändern, das hat vielleicht schon angefangen. Sie wird zu einer Männerstimme, sie wird tiefer, und dann kannst du nicht mehr so hoch feifen wie jetzt. Das ist dann kein Fiff mehr, sondern ein *krì ankomprensible,* irgendwie ein Schrei ohne Sinn.«

Ich wollte mein Pfeifen nicht verlieren, es war das Schönste, das ich hatte, es war für mich die offenste Art, mich auszudrücken. Es war meine Art, mich mit Alì zu unterhalten, es war meine Art, mich in unserem Dorf – und auch auf den Dorffesten und den Jahrmärkten – zu erkennen zu geben, es war das Erste, was ich als Neugeborenes gemacht hatte, als Papa mich ansah. Papa merkte, was in mir vorging, und strich mir über den Kopf.

»Hab keine Angst, Isidoro«, fuhr Renò fort, »es gibt ein Lösung. Bevor du dieses Kehlenfeifen verlierst, lernst du das normale Feifen, das mit Luft. Du kannst auch die Hände dazunehmen, wie die Leute von der Insel. Wichtig ist, dass du alles überträgst, was du mit dem Kehlenfeifen erarbeitet hast. Es darf nichts verloren gehen, kein Buchstabe, keine Betonung, keine *Nüans*. Du musst lernen, das alles mit dem normalen Feifen zu machen. Du wirst Isidoro der Feifer sein, du könntest dich Isidoro Fiffikus nennen.«

Es passte mir nicht, wie der Sommer mit dem vielen Kommen und Gehen jetzt endete. Zu viel ging weg, das tat mehr weh, als wenn etwas kam, und jetzt sollte auch noch das Schönste weggehen, das ich hatte, mein Pfeifen.

Als wir zu Hause ankamen, dröhnte mir der Kopf vor lauter Gedankenwirbeln, und auch Papa war ziemlich ernst. Die Sache mit dem Pfeifen war ja nicht so wichtig, aber er fand es schön, ein besonderes Kind zu haben, ein dünnbäuchiges Vogelkind namens Pfiffikus.

»Meine Güte, ihr seht ja aus, als kämt ihr vom Arzt!«, rief Mama, als wir eintraten. »Was ist denn los?«

Wir erzählten die ganze Geschichte, und sie sagte: »Na und? Du willst weiterpfeifen? Dann pfeif! Pfeif! Er hat doch gesagt, dass du pfeifen kannst! Dann ist doch alles klar, du bist was Besonderes! Lass das eine und mach das andere!«

Sie nahm mich lachend in den Arm. »Und vergesst nicht,

heute ist Denk-an-dich-Tag!«, rief sie noch und trug schon mein Lieblingsessen auf, Rührei und Tomatensalat mit viel gutem Olivenöl und schwammigem Holzofenbrot, das sich bis zur Rinde vollsaugt, wenn du es ins Öl tunkst. Für sich, nur für sich hatte Mama wegen Papas Spezialtag ihre besten Nudeln gekocht, und sie aß sie genüsslich und sagte: »Fein, gut gemacht, fein, schön fest, fein, gut gemacht«, denn die Regel lautete, dass man sich selbst an sich freuen musste.

Nach dem Abendessen machte ich auch mein Denk-an-Dich.

Was ich am besten konnte, war pfeifen und zwitschern, also ließ ich mir eine Leiter ans Haus lehnen und kletterte aufs Dach, um für mich ganz allein zu pfeifen. Beim Pfeifen musste ich ein bisschen weinen, weil ich Angst hatte, dass ich alles verlieren würde, was ich hatte, Marella, Alì, das Pfeifen, und je mehr ich darüber nachdachte, umso lauter pfiff ich, wunderschöne Melodien flogen in den dunklen Himmel, drehten sich hin und her und verschwanden hoch hinauf, oder sie marschierten wie die zwanzig kleinen Soldaten, die in Reih und Glied unter meinem Bett standen, glitzernde Pfiffe, dunkle Pfiffe, laute, leise, kurze Pfiffe, Schnalz-, Knallfrosch- oder Feuerradpfiffe. Und damit sollte es in ein paar Monaten vorbei sein.

Nein, daran hatte ich keinen besonderen Spaß.

»Sie haben gesagt, dass ich vielleicht mal nicht mehr laufen kann, aber ich werde immer gehen, wohin ich will«, hatte Marella gesagt. Dieser Satz von einem Mädchen, das sich immer schlechter auf den Beinen halten konnte, machte mir Mut. Ich konnte lernen zu pfeifen, wie alle pfeifen, aber nie würde jemand pfeifen wie Isidoro Pfiffikus, weder mit der Stimme noch mit normalen Pfiffen.

Ich kletterte vom Dach und ging ins Bett. Mama küsste mich auf den Kopf und sagte: »Denk dran, Angst und Sorgen sind das Einzige, was du nie haben sollst. Alles andere geht vorbei, wie auch immer es ausgeht.« Ich sagte Danke und umarmte sie lange. Mama zu umarmen war wie Pfeifen: Es schoben sich keine Wörter mehr dazwischen, die bloß nervten.

»Papaaa!«

»Ja, Isido'?«

»Hast du was für dich getan?«

»Klar!«

»Und hat es dich gefreut?«

»Klar!«

»Papa, ich glaub, die Hauptstadt von Frankreich ist doch Paris!«

»Ach Quatsch! Wenn es für uns Prag ist, dann ist es Prag!«

»Gut.«

»Wie sagt man in Prag ›gute Nacht‹?«

»*Bonnuì*!«

»*Bonnuì*, Pfiffikus!«

XIX

Fünfter Liebesbrief aus dem Badezimmer

Doch nichts ist die reine Luft ohne Liebe
Die Liebe nichts ohne Jugend
V. Sereni

Diese beiden Zeilen eines Gedichtes, das ich gestern in einer Zeitung gelesen habe, sind der Anlass zu einem Liebesbrief an Dich, Quirino. Die erste Zeile ist klar, sie bedeutet, dass die Luft zum Leben, die reine, wohlriechende Luft aus den Bergen, die reine Luft, die Dich den ganzen Tag glücklich macht, weil er mit einem frischen Atemzug beginnt, dass diese Luft nichts ist, dass sie nicht existiert, wenn da nicht jemand ist, den Du liebst und der Dich liebt. Aber dieser Jemand, den Du liebst und der mehr als alle anderen Dich liebt, der musst Du selber sein, mein lieber Quirino. Du musst Dich selber mögen. Wenn Du atmest und Dich nicht selbst liebst, hast Du nichts davon. Wenn Du isst und Dich nicht liebst, wozu isst Du dann? Als Du ein Kind warst und die anderen Dich hänselten, weil Du geschielt hast, wäre das Leben sinnlos gewesen, wenn Du Dich nicht gemocht hättest. Hier kommt die, wie ich finde, höchste Form der Liebe zu anderen ins Spiel: die Einsamkeit. Mit der Einsamkeit begreifst Du die Schönheit in Dir, die Schönheit dessen, was Du zu bieten hast, und Du begreifst es in diesem Zwischenraum zwischen Dir und Dir, Du musst ihn nur finden. Es ist der Raum der Ideen, der Raum, in dem Quirino über Quirino staunt und seine Gedanken anspornt, während er vor dem Spiegel steht, wie ihn jeder in sich hat. Der Quirino im

Schrankspiegel ist doch auch nur zu sehen, wenn sich der echte Quirino davorstellt, oder? Solange Du Dich vor Deinen inneren Spiegel stellst, wirst Du Dich lieben, so wie Du bist. Etwas anderes ist es, wenn Du nur an Dich denkst und Dich nicht vor den Spiegel stellst, denn Du wirst immer versuchen, Quirino zu dem Quirino zu machen, wie Du ihn haben willst, und das wird immer der Quirino sein, wie ihn die anderen haben wollen.

Dann ist da noch die zweite Zeile: Die Liebe ist nichts ohne Jugend. Was soll das bedeuten? Dass nur die Jungen sich lieben können? Was für ein Dichter schreibt denn so was? Er war bestimmt nicht jung, denn wer jung ist, denkt nicht daran, dass er jung ist. Die Erwachsenen, die Alten denken ans Jungsein. Aber vielleicht bedeutet es das gar nicht; es bedeutet nicht, dass nur die jungen Menschen lieben können, sondern dass man einander nur lieben kann, wenn man jung ist. Das finde ich auch, damit bin ich vollkommen einverstanden. Denn die junge Liebe ist die Liebe, die an alles Schöne denkt, was sie mit dem geliebten Menschen machen kann, sie sehnt sich nach dem Tag, der vor ihr liegt, und was schon geschehen ist, bewahrt sie in der Erinnerung, in einem geschriebenen Satz, in Fotos, und sie schaut sie an und überlegt: Machen wir das immer noch? Erinnerst Du Dich, Stella, wie schön das war, als wir einmal bei offenem Fenster miteinander schliefen und wir den blauen Himmel sahen und die kühle Luft spürten? Machen wir das immer noch? Erinnerst Du Dich, wie Du Dich auf die Fahrradstange gesetzt hast und wir an den Fluss gefahren sind? Machen wir das immer noch? Aber dieser Liebesbrief ist ja für Dich, Quirino: Erinnerst Du Dich, wie schön es war, Dir auszumalen, was Du im Leben alles machen willst? Machst Du das immer noch? Erinnerst Du Dich, wie schön es war, jemandem zu helfen, ohne lange zu überlegen? Machst Du das immer noch? Erinnerst Du Dich, wie es war, als Du zum ersten Mal Bach gehört hast? Machst Du das immer noch?

Bitte, Quiri', nimm Dir ab und zu ein halbes Stündchen, und schau, ob Du immer noch der bist, für den Du Dich hältst.

In Liebe,

Quirino

XX

Konservatoar

Im September war es auch mit den Feigen aus San Mango vorbei, die gut zu Brot und Schinken schmecken, und die fünfte Klasse begann.

Am ersten September ging Marella wie geplant nach Neapel, und ich half ihr noch, ihre Sachen in Kartons zu packen, vor allem das Spielzeug.

Sie besaß jede Menge Sachen, die sie aus irgendwelchem Kram zusammengebastelt hatte, zum Beispiel eine Holzkeule, auf die Stücke eines Plastikeimers geklebt und Korken genagelt waren, oder eine Styroporschachtel, in der eine Radioantenne und Wollfäden steckten.

»Was sind das für Sachen, Mare'?«, fragte ich.

»Kunst«, antwortete sie. »Es macht mir Spaß, so was zu bauen, aber ich kann nichts mitnehmen, im Auto ist kein Platz, und in Neapel mache ich was Neues aus dem Zeug, das ich dort finde. Da, das schenke ich dir.«

Es war der Deckel einer großen Tomatendose, auf den sie innen ein Gesicht gemalt hatte. Es sah lustig aus, ganz krumm. Ich steckte den Deckel ein. Ich gab ihn Papa, damit er ihn in einem Brauseschächtelchen aufbewahrte, weil ich ihn nicht verlieren wollte. Das heißt, er sagte sogar selber: »Den legen wir hier rein, da ist er sicher!«

»Schenkst du mir auch was?«, fragte Marella.

»Ich hab aber nichts dabei. Wenn du wartest, hole ich schnell was von zu Hause.«

»Nein, nein. Pfeif was, dann kann ich mich daran erinnern.«

Wir saßen auf ihrem Bett, sie hielt die Beine ein bisschen schief und konnte nicht mehr stillsitzen, sie war wie nervös und musste sich dauernd bewegen. Ihre Stimme hörte sich auch anders an, sie saß weiter hinten als normal und klang gepresst, wie in der Kehle zwischen den Muskeln eingeklemmt.

»Pfeif was«, sagte sie, »ich mag es, wenn du pfeifst, du klingst wirklich wie ein Vogel.«

Ich stand auf und pfiff. »Tzraooo-zittjee-groooioo! Tsoosaawekk-ketekeee!«

»Schön!«, rief sie. »Heißt das was?«

Natürlich hieß das was. Es hieß, dass ich traurig war, weil sie wegging, und dass sie bei mir bleiben sollte, damit wir in Durellis Zisterne spielen und uns kitzeln konnten, damit wir auf der Piazza rennen konnten und uns in die Unterhosen schauen, um festzustellen, wie Jungen und Mädchen aussehen. Aber das sagte ich nicht.

»Nein, es heißt nichts, das sind nur so verschiedene Pfiffe.«

Ich verabschiedete mich von der Familie, vielmehr, wir verabschiedeten uns von ihr, draußen war nämlich ein ganzer Auflauf von Freunden, die »besucht uns bald!« schrien und Luftküsse schickten. Die Mama und Marella saßen im Umzugswagen, Marella neben dem Fahrer, der Vater fuhr mit dem Auto hinterher, das mit Schachteln und Decken voll bepackt war, eine Matratze lag obendrauf, ein Fahrradreifen ragte ein kleines Stück aus dem Fenster.

Das Fahrrad kam mit. Obwohl sie gar nicht mehr Fahrrad fahren konnte.

Die beiden ersten Schulmonate ging ich jetzt jeden Nachmittag ins »*Konservatoar*«, wie Renò sagte. An so einem Konservatoar lernt man in Frankreich alles Musische, Theater spielen oder Tanzen oder ein Instrument, und er sagte, das sei mein Lippenpfeif-Konservatoar. Ein bisschen konnte ich schon lippenpfeifen, eben so wie andere auch, nichts Besonderes. Aber es fiel mir nicht leicht, ich musste mich anstrengen, denn wenn ich etwas ohne viel Nachdenken sagen wollte, dann pfiff ich, wie ich es immer schon konnte. Aber Renò war gut, er war geduldig, er ließ mich immer wieder andere Übungen machen, und ich langweilte mich nicht. Er konnte Trompete spielen, und wenn er mir etwas beibringen wollte, spielte er es auf der Trompete, und ich ahmte ihn nach.

Gleich zu Anfang machte ich Übungen zum Tonumfang, um mit den Tönen möglichst weit hinauf- und hinunterzukommen. Dann nahmen wir uns das Pfiffibular vor und dachten uns ein System aus, um alle Töne wiederzugeben, die ich pfeifen und zwitschern konnte. Für jedes Trillern, Kratzen oder Schnalzen überlegten wir uns einen Trick und probierten aus, wo die Zunge liegen musste, ob mit oder ohne Spucke, was beim Luftholen ging und was nicht, wann man die Zunge gegen den Gaumen drücken und wann man sie wie beim gerollten R im Mund schwirren lassen musste. Renò notierte alles und nahm alles auf Tonband auf, manchmal machte er sogar Fotos. Ich pfiff auch nicht nur einen einzigen Pfiff, sondern mischte drei oder vier Sorten, das Pfeifen mit normal gespitzten Lippen, das weiche Pfeifen zwischen den Zähnen, den scharfen Pfiff zwischen den Zähnen und den Pfiff mit den Fingern. Die Hand kam auch anderweitig zum Einsatz. Wenn ich mir zum Beispiel mit der Handfläche auf den Mund klopfte, kamen zwei Pfeiftöne auf einmal heraus, ein hoher und ein tiefer.

»*Schö swuis etoné*, isch bin erstaunt«, sagte Renò eines Nachmittags. »Du hast überhaupt keine Mühe, feifen zu lernen. Du musst nischt üben, andere pusten erst mal tagelang, bis sie einen Ton rausbekommen. Für disch ist das natürlich, wie trinken oder laufen. Du feifst einfach. Sprechen fällt dir mehr schwer.«

Es waren schöne Nachmittage, denn ich pfiff nicht nur, sondern durfte auch sämtliche Kostüme und Masken anprobieren oder ihm helfen, welche zu basteln, die er unterwegs fotografierte und nachbauen wollte. Es gab auch freie Nachmittage, an denen wir beide machten, was wir wollten, auch denken oder was erfinden.

»Was machen wir jetzt?«, fragte ich gespannt. Mama sagte immer, ich sei neugierig und hätte Hummeln im Hintern.

»Nichts. Auf der Welt sein«, antwortete Renò.

Oder wir machten zusammen Musik, wir machten viel Musik, er hatte Trommeln, kleine und große Tamburins und Klanghölzer, aber wir klopften auch mit Flaschen oder kleinen Stöcken oder sonst was im Rhythmus auf die Tische, wir konnten Krach machen, so viel wir wollten, das nächste Haus stand jenseits vom übernächsten Feld. Wenn ich genug hatte vom Pfeifen und Klopfen, holte er die Trompete aus dem Kasten und spielte, und ich hörte zu und spazierte dabei durch den Schuppen und entdeckte immer etwas seltsames Neues, das ich spannend fand.

»Nun fällt es dir so leicht zu feifen, du bist selbst wie ein Instrument, da finde isch, du sollst lernen, mehr mit Musik zu machen. In der Musik steckt alles, weißt du. Gedanken, Gefühle, die Philosophie, aber auch das tägliche Leben, Schmerz, Freude, alles. Und du hast ein richtiges Musikinstrument in der Kehle, auch wenn du das nie so sagen würdest.«

»Ich weiß, Renò! Kennst du die Geschichte von *Im Anfang war der Pfiff*?«

Er kannte sie nicht, anscheinend war sie noch nicht bis nach Frankreich gelangt, und ich erzählte sie ihm. Bei unseren Spielereien, er mit Trompete, ich mit Pfeifen, lernte ich auch jede Menge verschiedene Arten von Musik. Renò legte eine Partitur auf den Tisch und spielte abschnittsweise die Melodie, aber das waren keine neapolitanischen Lieder wie die von Nocella. Sondern richtige Musik, so was wie Bach, was Papa hörte. Ich lernte jede Menge Melodien, die gut zu pfeifen waren, Renò schloss die Augen und sagte: »*Merwejö,* wundervoll. Irgendwie macht es immer ein bisschen traurig, wenn ein Kind so gut singt oder feift.«

»Traurig? Bin ich jetzt gut, oder bin ich nicht gut?«

»Du bist sehr gut, gar keine Frage! Du bist mehr als gut, du bist unvergleichlisch, ein *prodísch,* ein Wünderkind, ein echtes Phänomen. Dein Fiff ist stark, voller Resonans, sein geheimnisvoller Klang kommt von fern, vielleicht von ein anderen Planet oder aus eine andere Zeit. Vielleicht haben wir Menschen, als Art, meine isch, zuerst gefiffen und dann gesprochen. Isch stelle mir vor, wie dein Fiff im Raum widerhallt, zwischen Sternen und Galaxien, und den Zivilisationen entgegenfliegt, die wir noch nischt kennen, oder zu einer verlorenen Spiritüalität Verbindung aufnimmt, vielleicht zu einem Gott, vielleicht sogar zu dem Gott, der fiff, als er Adam und Eva schuf, und denen dabei seine Feife in den Mund gefallen ist. Vielleischt ist es auch ein feifender Buddha oder ein Vishnu mit Spatzenkopf, wie Ganesh mit dem Elefantenkopf. Das stelle isch mir schön vor, wie die Götter feifend zwischen den Sternen spazieren, und vielleicht sind auch wir Menschen nach dem Leben nur ein leises Feifen im All.«

Ich lernte, was Renò mir auf der Trompete vorspielte: *Una furtiva lacrima – Eine flüchtige Träne* – und *Après un rêve,* ein französisches Lied, das er sehr mochte, es bedeutet *Nach einem Traum,* dann die berühmte Arie der Königin der Nacht von Mozart, den zweiten Satz von Vivaldis Flötenkonzert, der ist traurig, aber wie geschaffen zum Pfeifen, und mindestens fünfzehn oder zwanzig weitere Melodien. Inzwischen pfiff ich auf beide

Arten, ganz normal und mit der Stimme. Zum Glück, denn bald würde ich nur noch normal pfeifen können. Renò legte sich auf ein paar Säcke, schloss die Augen und sagte: »Feif, feif, was du willst, das erinnert mich an meine Kindheit, *schötöprì!*«, was wahrscheinlich so was wie »bitte« hieß. Also pfiff ich, manchmal eine halbe Stunde am Stück, ich pfiff, wozu ich Lust hatte, und mischte einfach alles, Hände, Zunge, Lippenpfeifen, Stimmpfeifen. Manchmal versammelten sich Vögel rund um den Schuppen, ich sah ihre Schatten hinter den hohen Fenstern, die Scheiben waren trüb, und man sah nur die Silhouetten, aber es waren viele.

Ich staunte auch einmal über Renò. Nach einem Tag mit Musik und Masken und allem anderen verabschiedete ich mich von ihm und ging hinaus zu Papa, der mich abholte. Wir wollten gerade losfahren, als mir einfiel, dass ich meine Jacke vergessen hatte, Mama hatte mich hundertmal ermahnt, es war Anfang Oktober und schon ziemlich frisch. Ich ging in den Schuppen zurück, ohne etwas zu sagen, es war ganz still, Renò war nirgends zu sehen. Hinten war das Klo, vielleicht war er dort, man brauchte sowieso nicht lange zu suchen, trotz der Unordnung, denn es gab keine Wände, man sah also fast überallhin.

Meine Jacke lag auf einem Stapel Holzkisten, und als ich sie herunterzog, fielen die Kisten polternd um. Und da passierte etwas Seltsames. Hinter dem Kistenstapel war ein mit Stroh abgedeckter kleiner Raum, ähnlich wie eine Umkleidekabine im Kleidergeschäft.

Dort drinnen hatte Renò sich versteckt.

Das heißt, es war nicht Renò.

Das heißt, er war es schon, aber von Kopf bis Fuß als Vogel verkleidet. Eine Maske mit langem Tukanschnabel, nur spitzer, verhüllte seinen Kopf. Die runden Augen bewegten sich, sie bewegten sich wirklich, rauf und runter, hin und her, als würde er sie von innen dirigieren. Hände waren nicht zu sehen, die Arme steckten in einem Flügelpaar, der ganze Körper war gefiedert, aber richtig echt, die Federn eng am Körper, als wären sie ihm direkt auf der Haut gewachsen und nicht auf einen Sack oder so was aufgeklebt. Die Beine waren spindeldürr, zwei Stecken, auf denen man als Mensch eigentlich nicht laufen konnte, und die Füße steckten in drei Vogelzehen, keine Ahnung, wie das ging.

Er sah mich an, ich sah ihn an, mit großen Augen, denn wie hätte er sich denn in den drei Minuten umziehen sollen, ich war ja nur ins Auto gestiegen, hatte mich an die Jacke erinnert und war sofort zurückgelaufen. Er sah mich an und ruckte wie ein Vogel mit dem Kopf, er war ein Vogel von eins sechzig, der mich wortlos ansah und darauf zu warten schien, dass ich etwas sagte, wie damals die Vögel auf der Wiese. Er hatte schon recht: Wer sich so eine Maske aufsetzte, durfte keine Wörter mehr verwenden, sondern nur noch einfache Töne, Töne der Erde oder von Tieren. Wir sahen uns eine Weile an, dann schlug er mit den Flügeln, als wollte er sie putzen oder strecken, fuhr sich mit dem Schnabel über den rechten Fuß, öffnete schließlich den Schnabel und rief: »Tiriooo-tiruriii.«

Wie bitte? Das muss er sich bei mir abgeguckt haben!, dachte ich und antwortete: »Atarau. Tzzi-tatt!«, was »Ciao, bis bald!« heißt. Er antwortete, und zwar richtig, als spräche Alì und nicht Renò, und ich überlegte den ganzen Abend, woher er diese Vogelstimme hatte, er war doch ein fünfzigjähriger Mann, längst erwachsen, seine Stimme hatte sich schon vor langer Zeit verändert.

XXI

Tupass, tucass, tulass

Ich liebte Renò.

Natürlich liebte ich ihn anders als Mama und Papa, ich liebte ihn, weil er mir so viel erzählte, ich liebte ihn aus Neugier, er war lustig und neu für mich, er wusste viel und zeigte mir viel. Klar, meine Lehrerin wusste auch viel und zeigte mir viel, aber sie war wie eine zweite Mama, sie kannte mich, seit ich sechs Jahre alt war, außerdem war sie eine Frau, und ich konnte nicht werden wie sie, wenn ich mal groß war.

Ich mochte Renò, weil ich mir ausmalte, eines Tages zu sein wie er. Die Welt bereisen, alle möglichen Dinge und Umstände und verschiedene Menschen kennenlernen, seltsames Zeug anziehen, Musik machen. Ich fragte ihn immer wieder: »Renò, wie warst du eigentlich als Kind?«, weil ich wissen wollte, ob er wie ich gewesen war.

»Isch war ein neugieriges, stilles Kind, ein Einzelgänger. Aber isch war so, weil um mich herum immer Musik und Tanz und Gesang war. Und Bomben.«

»Bomben?«

»Als ich zehn Jahre alt war, ist Hitler … Weißt du, wer das war?«

»Klar! Eine Drecksau. Das weiß ich von Papa.«

»Genau. Und diese Drecksau wollte sich mein Land nehmen, Frankreich, und über uns herrschen. Meine Eltern arbeiteten in einem Theater, meine Mutter war Schauspielerin, mein Vater entwarf die Bühnenbilder und Kostüme und stellte sie auch her. Er stammte aus Gesualdo, nicht weit von hier, und hatte es in Frankreich bald zu etwas gebracht. Er arbeitete als Schneidergehilfe. Einmal machte er in unserem Theater Anprobe mit den Schauspielerinnen, und ab da verbrachte er seine ganze freie Zeit im Theater. Jeden Abend war er da, er half beim Bühnenbild, aber er kümmerte sich auch um die Kostüme und besserte sie aus. Er war nett, sie nannten ihn Sanftauge, weil er so hilfsbereit war und nie Nein sagte. Die Leute fragten ihn: ›Warum bist du immer hier? Du bist jung, hast du denn keine Lust, auszugehen und dich zu amüsieren?‹ Er lachte und sagte: ›Nein, ich bin gern hier.‹ Dann kam Mama, er besserte jeden Abend ihr Kostüm aus, natürlich hatte ihr Kostüm das am nötigsten, du verstehst?, und dann kam ich. Als ich so alt war wie du, war ich die ganze Zeit im Theater, nachmittags sah ich bei den Proben zu, ich half Papa beim Bühnenbild und bei die Kostüm, übertrug die Sprechpassagen in die Textbücher, ich war Mädchen für alles, und immer fiff ich. Abends füllte sich das Theater mit Leute, bis in den letzten Rang, das heißt *paradis* bei uns. Die Leute kamen, weil sie ein Stück sehen wollten, aber sie kamen auch, weil es kalt war, und im Theater war es warm. Isch weiß noch, wenn wir abends zusammen waren, alle vereint von die gleiche Wünsch – Freiheit, Friede, Fröhlischsein, Kriegende –, da war das für misch *le liö le plü amüsan*, der lustigste Ort meines Lebens, und wenn isch misch irgendwohin zurückwünschen könnte, dann dorthin. Man fühlte die Menschen ganz nah, und da konnte man sich den Luxus erlauben, mittendrin allein zu sein. Ich liebte es, alles anzuschauen, ich sah die Stücke von hinter den Kulissen, bereitete die Requisiten vor, öffnete und schloss *le ridò*, den Vorhang. Und wenn es bei langen Szenen nischt zu tun gab, wanderte ich durch die leeren Gänge, ich hörte die

Reaktion der Zuschauer oder fand ein Liebespärchen, das vorgeblich auf die Toilette gegangen war, um sich heimlich zu treffen. Tja, auf der andere Seite fand ein zweites Theater statt, und ich tat so, als könnte isch Theaterfiguren und echte Menschen nicht mehr auseinanderhalten. Und Mama und ich hatten ein kleines Spiel. Wenn sie in einer Szene wegen irgendwas weinen musste, was eigentlich immer vorkam, dann drehte sie sich zur Kulisse um, wo isch misch versteckte, und zog ein Grimass, um mich zum Lachen zu bringen, und dann drehte sie sich wieder in Tränen zum Publikum. Apropos Lachen: Wenn das ganze Theater vom ersten bis zum letzten Platz, auch alle auf den Stehplätzen und auch die Jungen oben mit Küssen und Liebesbriefen, wenn alle in Lachen ausbrachen, nur weil der Schauspieler eine winzig Geste mit einem Finger machte oder ganz langsam den Blick auf eine Seite wendete, da war isch innerlich von einem Glück erfüllt, das man gar nischt beschreiben kann, so etwas habe isch nie wieder empfunden.«

Ich wusste, wie sich das anfühlte. Es war wie spontaner Applaus auf den Dorffesten, wenn die Leute überrascht waren, dass ich so pfiff, oder wenn ich die Hand hob als Zeichen zum allgemeinen kehligen Pfeifen, und in diesen zwei oder drei Sekunden war die Stille zum Zerreißen gespannt, und alles lag in meiner Hand, die wie eine Antenne in die Höhe gereckt war.

»Gibt es das Theater noch, Renò?«, fragte ich.

Er antwortete mit einer Art Zauberformel: »*Tupass, tucass, tulass*. Alles ist passé. Alles geht vorbei, zerbricht, wird langweilig. Auch dieses Theater ist Vergangenheit, auch meine Eltern sind Vergangenheit, wie so vieles andere. Isch wurde erwachsen, bin eigene Wege gegangen, habe an der Universität studiert. Aber isch habe misch immer für das Theater interessiert, vor allem interessiert misch der Augenblick, in dem eine Person nicht mehr diese Person ist, sondern sisch verwandelt und ein Baum wird oder ein Tier, ein Geheimnisstifter …«

»Ein Vogel! Wenn einer in ein Vogelkostüm schlüpft!«, rief ich, denn ich wollte wissen, was am Tag vorher los gewesen war. Er lachte, aus dem Bart kam ein glasklares Lachen, ein Gute-Ideen-Lachen wie bei den Gewerkschaftern, die beim Hochzeitsessen im Schrank saßen. Renò stand auf und sagte, ich solle ihm folgen. Er führte mich hinter den Kistenstapel, wo ich ihn in der Verkleidung gesehen hatte. Dort hing das Kostüm an einem Nagel. Aber es war mickerig klein, es konnte ihm gar nicht passen, außerdem war es trostlos und alt, und ich hatte doch einen schönen starken Vogel gesehen, der vor meinen Augen hätte losfliegen können.

»Das Kostüm habe isch selbst gemacht, nach einem Entwurf von mein Vater. Als er starb, hinterließ er mir ein Kuvert mit die Entwurf, und hintendrauf stand: *Näh es, und wenn du disch seltsam fühlst, schlüpf hinein. Und pfeif.* Das hat er wahrscheinlich gemacht, weil er nur noch Theater im Kopf hatte und weil er meine Mutter abgöttisch liebte. Sie war bis fünf Minuten vor ihre Auftritt nervös und unsicher und hatte Angst. Mein Vater sagte, dass dann auch ihr Kostüm nicht leuchtete, es war schlaff und unnütz, *movä,* schlecht. Aber kaum stand sie auf der Bühne, fing alles an zu strahlen, alles lebte, war schön, alles war ewig. Voller Gnade.«

»So ähnlich wie im Ave-Maria? Was heißt ›voller Gnade‹?«

Renò stieß einen tiefen, wehmütigen Seufzer aus und trat nah zu mir. »Wenn du glücklich feifst, bist du voller Gnade.«

XXII

Mit einem Sonnenstrahl ist schon Sommer

Renò traf ich nicht mehr, seine Studienzeit in Irpinien war vorbei. Er hatte alles an Material gesammelt, was er für sein Buch über die Masken brauchte, und eines Tages packte er sein Zeug zusammen und ging fort, wie Marella. Am Sonntag vor seiner Abreise war er zum Mittagessen bei uns; ich weiß noch, dass es jede Menge Geschichten und Erzählungen gab, und ich glaube, dass auch Mama und Papa diesen merkwürdigen, sehr französischen Typen gern hatten und von seinen Geschichten wie verzaubert waren.

Papa und er diskutierten auch über Politik, sie sprachen über die Unterschiede zwischen italienischer und französischer Linker, die *Gohsch* heißt, sie redeten über den Prager Frühling (mir kamen wieder Zweifel wegen der Hauptstadt von Frankreich), sie redeten über Gramsci und Berlinguer und einen Franzosen, von dem Papa noch nie gehört hatte, *Mischell Fukò*. Renò fand sehr gut, was der über die Beziehung der Menschen zur Macht und der Macht zu den Menschen dachte. Dass es Macht in einer einzigen Form oder Person nicht mehr gibt, sondern in vielen verschiedenen Formen und wie Macht direkt auf das Leben und den Körper der Menschen einwirkt und wie …

»Langsam, Renò, immer langsam. Wir hinken hier ein bisschen hinterher, entschuldige. Aber vielleicht kommen wir auch bald auf so schöne Ideen«, sagte Papa. Man merkte, dass ihn das Thema brennend interessierte, und ich sah ihn schon vor mir, wie er, wenn Renò nicht abgereist wäre, sich auch zu ihm in den Schuppen gesetzt und ihm zugehört hätte. Vielleicht würde er auch die beiden Trottel mitnehmen, die ihn in Lacedonia auf der Piazza hatten entführen wollen und die zwei Tage später bei uns zu Hause aufgetaucht waren und um Entschuldigung gebeten hatten, sie hätten ein Exempel statuieren wollen; als sie dann aber gesehen hätten, mit welcher Überzeugungskraft ich das Publikum für mich gewonnen hätte, sei ihnen klar geworden, dass sie einen Riesenmist gebaut hätten, und diesmal klopften sie sich nicht das Mehl vom Pulli, sondern verzogen sich geknickt und mit weißem Strich am Bauch.

Wir stießen an, und dann war ich an der Reihe. Ich wollte vorführen, was ich bei Renò im Pfeifen gelernt hatte, und wir holten noch sieben oder acht Nachbarn dazu. Zu Kaffee und Gebäck gab ich ein kleines Privatkonzert, das allen sehr gut gefiel, und Renò spielte auf seiner Trompete ein französisches Lied.

Und so verabschiedeten wir uns: »Ciao, Renò, besuch uns bald wieder, fühl dich wie zu Hause, du bist in Mattinella immer willkommen.«

Mama hörte damals, in der letzten Novemberwoche neunzehnhundertachtzig, immer *Sentimento,* ein altes Lied von Patty Pravo, ich weiß auch nicht, warum. Sie hörte die Platte rauf und runter, sie sang mit – sie konnte gut singen – und sagte immer: »Ach, dieser eine Satz«, *come un giorno di sole / fa dire a dicembre / l'estate è già qui* – wie wenn an einem Sonnentag im Dezember / für uns schon Sommer ist.

Auch an diesem Morgen legte sie die Platte auf und sang aus voller Kehle mit, und ich machte mich lustig über sie: »Es ist doch erst November!«

»Aber schau mal, wie schön der Tag ist! Wie warm es ist! Wie im Frühling!«

Es stimmte, der Himmel war unglaublich blau und klar, es war warm, und wir setzten uns ins Auto und machten einen Ausflug.

Ich fragte: »Mama, warum gefällt dir die Stelle mit der Sonne so?«

»Ach, mein Schatz, du bist noch klein ... Oft ist es so wie heute, dass die Sonne scheint und du denkst, der Sommer ist gekommen, dabei haben wir Kälte und Schnee noch vor uns. Deshalb ist der Vers so schön, und wer sich so etwas vorstellen kann, ist ein feiner Mensch, bei dem einem das Herz aufgeht. Nimm dich in Acht vor Menschen, die sich nichts vorstellen können, mein Liebling. Besser, jemand träumt und ist traurig, wenn er aufwacht, als jemand, der gar nicht erst träumt, um nicht traurig sein zu müssen.«

»Magst du Leute, die träumen?«

»Hätte ich mich sonst für deinen Vater entschieden? Der ist doch wirklich ein Träumer!«

Papa saß grinsend am Steuer und spielte den Träumer, er schaute mit fußballfeldgroßen Augen in die Luft, und wir lachten schallend. Wir fuhren auf einen Berg, wo schöne grüne Wiesen waren und fast keine Menschen, wir wanderten durch den Wald und sammelten ein bisschen Feuerholz. Auf einer Lichtung legten wir mit Steinen einen Kreis, machten Feuer und brieten uns zum Mittagessen ein paar Scheiben Fleisch, dazu gab es Salat, Brot und ein bisschen Käse. Es war sehr lecker, so einen Ausflug hatten wir noch nie gemacht, und nach dem Essen tobte ich mit Papa herum, ich kletterte auf seine Schultern und sprang wieder herunter, und Mama rief: »Schau nur, wie ein Grashüpfer!«

Als wir fertig waren mit Grashüpfen, holten Mama und Papa zwei Kissen aus dem Auto und legten sich hin. Ich betrachtete sie von fern, von einer Stelle weiter oben. Sie waren zwei Flecken in der grünen Wiese, sie waren ein Teil der ganzen Welt, sie waren in meiner Welt das Wichtigste, sie waren die Hauptpersonen in der Spezialmurmel, die ich in meiner Hosentasche haben und hin und her drehen wollte, wenn ich mich allein fühlte, sie waren Mama und Papa, mit denen ich ohne Worte reden konnte, aber auch ohne Pfeifen, und ich betrachtete sie zum ersten Mal so, und zum ersten Mal überlegte ich, warum ich eigentlich pfiff.

Wer von den beiden hatte mir diese Vogelkehle vererbt, von wem hatte ich die Stimmbänder eines Beos, sodass ich mich mit einem Vogel unterhalten konnte, der von der anderen Seite der Welt, aus Indolesien, hergeflogen war, weil er ausgerechnet mich suchte? Wer von den beiden trug einen Vogel im Herzen, einen federleichten Vogel, der schon flügge war, und hatte ihn an mich weitergegeben? Warum hatte Renòs Vater ihm ausgerechnet den Entwurf für ein Vogelkostüm hinterlassen, und wieso konnte Renò so gut pfeifen, als er das Kostüm anhatte?

Solche Fragen stellte ich mir an diesem Sonntagnachmittag, ich war fast zehn und fühlte mich groß, aber gerade an diesem Sonntagnachmittag fühlte ich mich noch größer, ich weiß auch nicht, warum, der Sonntag war anders, irgendwie besonders. Ich sah meine Eltern zum ersten Mal von fern, und zum ersten Mal begriff ich körperlich, dass wir getrennt waren, verschieden voneinander, dass wir nicht für immer zusammen sein würden und ich mich früher oder später von ihnen lösen musste.

Trennen und verstehen.

Ich sah unser Leben zu Hause wie von außen, ich sah die Nudeln, die vormittags zum Trocknen auslagen, Nudelvorhänge, Nudelhäkeldeckchen, Nudelnippes. Ich sah Papa sein Eierbad nehmen und Liebesbriefe schreiben. Ich sah das Hochzeitsessen mit der endlosen Tafel und den Gästen, die in den Fenstern und auf dem Wannenrand saßen. Ich dachte an die warme Badewanne und an Papas Hand, die neben meinen Füßen »schu-schu« machte, ich dachte an Mamas Ratschläge und an die Abendgeschichten, ich dachte an die Brauseschächtelchen und an die Schachtel mit dem Geschenk von Marella, dem bemalten Dosendeckel, und ich dachte an alle Geheimnisse in meinem Zimmer und an die zwanzig kleinen Soldaten unter meinem Bett. All das war meine Welt, mein Leben, und das Gefühl, als ich plötzlich daran denken musste, war schön, aber auch nicht schön, weil ich nicht wusste, wo diese Gedanken mit mir hinwollten, sie ließen sich nicht wegschieben, und plötzlich stank es ekelhaft süßlich, wie wenn ein totes Tier im Gebüsch liegt.

Ich lief hinunter zu Mama und Papa, sie schliefen, und zwischen ihnen, wo eigentlich ich schlafen sollte, saß ein Spatz und pickte Brotkrümel und flog nicht weg.

Um halb sechs fuhren wir ins Dorf zurück. Mama und Papa fuhren nach Hause, mich setzten sie vorher noch an der Bar im Zentrum ab, es gab ein wichtiges Spiel, Juve gegen Inter, das mich allerdings null interessierte. Aber es war lustig, wenn alle brüllten und die ganze Aufregung, und ich hatte Geld dabei, um mir was zu kaufen, das hatte Papa mir gegeben.

XXIII

Sechster Liebesbrief aus dem Badezimmer

Liebesbrief an den Menschen und an Gott
(nicht getrennt voneinander zu lesen)

Redet miteinander. Egal, in welcher Sprache.

In Liebe, Quirino

XXIV

Die Kindheit dauert neunzig Sekunden

Ich weiß nicht, warum sich die Leute in unserem Dorf so für ein Spiel zwischen Juve und Inter begeisterten. Es waren zwei Mannschaften aus Norditalien, weit weg also. Eigentlich hätten sie Fans von Avellino sein müssen, die Mannschaft hatte an dem Tag 4 : 2 gegen Ascoli gewonnen, oder von Napoli.

Wahrscheinlich saßen sie nur in der Bar, weil sie zusammen sein und sich amüsieren wollten, weil sie an einem Sonntagabend Ende November nicht zu Hause sitzen wollten, was immer ein bisschen trübsinnig ist, und wer keinen offenen Kamin hat, will eben mit den anderen zusammen lachen und scherzen und sich so für die kommende Woche stärken. Aber ihnen war es ganz ernst, sie grölten, regten sich auf, beschimpften sich und den Fernseher, jeder mit einer braunen Peroni-Bierflasche in der Hand. Die Bar war nach Altersgruppen aufgeteilt. Vorn am Fernseher saßen die Zwanzig- bis Fünfundzwanzigjährigen, dann kamen die Älteren und ganz hinten die Alten. Und zwischen den Tischen, bei den Videospielen, an den Wänden oder auf dem Boden in der Ecke saßen die Kinder.

Papa hatte mit Fußball nie viel am Hut gehabt, er verzog sich um die Uhrzeit am Sonntagabend immer in sein Zimmer und hörte Platten, er sagte, dass er gern die Augen zumache und Musik höre, weil sich dann tausend Gedanken in seinem Kopf bildeten, auf die er allein nie gekommen wäre, auch wenn er sein Hirn anstrengte. Mama schaltete den Fernseher an, sah aber nicht hin. Sie las Zeitung oder ein Buch, und die Stimmen leisteten ihr Gesellschaft.

Aber an dem Abend, glaube ich, hatten sie weder die Musik noch den Fernseher eingeschaltet.

Ich glaube, dass sie miteinander ins Bett gegangen sind, denn schon auf der Fahrt zur Bar waren sie lustig gewesen, Mama hatte die Hand zwischen Papas Beine geschoben und gesagt: »Und jetzt schalten wir …«, und er lachte und streckte den Arm aus zu Mamas Seitenfenster – »Da schau, so ein schöner Berg!« – und strich Mama dabei über die Brust. Sie dachten wie immer, ich sei klein und kriegte nichts mit, aber ich merkte es und fand es auch lustig.

Das Spiel musste wirklich toll spannend sein, alle schrien und rutschten herum, die Metallstühle mit dem roten, grünen oder orangefarbenen Plastikspaghettigeflecht machten einen irren Lärm, es war wie ein Fest, und der Barmann öffnete ein Bier nach dem anderen, er war ziemlich klein und dauernd in Bewegung, keine Sekunde hielt er still, er schmiss die ganze Bar allein, und bestimmt ging an so einem Abend am meisten Geld ein.

Ich verfolgte das Spiel nicht, und eigentlich wollte ich wieder nach Hause, weil nicht mal Ardo gekommen war, der sich sonst jedes Spiel in der Bar ansah. Überhaupt war ich wegen ihm gekommen, ich wollte ein bisschen mit ihm zusammen sein.

Ich aß eine Hefeschnecke, und es war die letzte Hefeschnecke, die ich gegessen habe.

Als ich den letzten Bissen der letzten Schnecke meines Lebens im Mund hatte und mir die Finger ableckte, an denen noch ein bisschen Vanillecreme klebte, sah ich durch die Glastür hinaus. Draußen saß ein Spatz, und da dachte ich, ich bringe ihm die Krümel, die von der Schnecke noch im Papier waren. Ich ging hinaus, der Spatz hüpfte ein Stückchen weg, drehte sich dann um und sah mich an. Ich ging weiter, aber er hüpfte wieder zweimal, wie ein kleiner Hund, der spielen will, und drehte sich wieder um und sah mich an. Ich ging ein paar Schritte zurück in Richtung Bar, denn wenn er die Krümel nicht wollte, kriegte er sie eben nicht.

»Wiii-zitr-ijoo-wiii-zitr-ijoo!«

Ich blieb stehen.

Er meinte mich, er hatte meinen Namen gerufen.

Ich drehte mich wieder um und ging auf ihn zu, er hüpfte vor mir her, und ich folgte ihm wie hypnotisiert mit dem Schneckenpapier in der Hand.

Als ich von der Gasse auf die Piazza kam, traute ich meinen Augen nicht.

Da saßen die zweihundert Vögel, die ich mit Mama auf der Wiese gesehen hatte, und der Spatz hatte mich hergelotst, vielleicht war es der Spatz, der »Du bist schon wie wir« gesagt hatte, keine Ahnung. Jedenfalls folgte ich ihm, er führte mich mitten auf die Piazza, mitten hinein in die Vögel. Sie saßen überall. Auf den Dächern, auf den Gesimsen, an den Fenstern, auf der Stromleitung, auf den geparkten Autos, ich war umzingelt. Es war dunkel, abgesehen vom schwachen gelblichen Licht von zwei Straßenlaternen, und auch auf den Laternen saßen Vögel, und kein Mensch war unterwegs. Mir war ein bisschen unheimlich.

»Was wollt ihr von mir?«, fragte ich, aber es kam keine Antwort. Ich sah den Spatz an und pfiff: »Warum hast du mich hergeführt? Was wollt ihr von mir?«

Schweigen. Reglos saßen sie da, schweigend, aber entschlossen, konzentriert, nicht locker wie damals bei Bisaccia. Ich sah jeden einzeln an. Wenn ich einen Schritt in Richtung Bar machte, stellten sie sich mir sofort drohend in den Weg.

Fast eine Minute lang verharrten wir so.

Dann kam es.

Ein Donnern. Und noch ein Donnern. Aber der Himmel war klar, wolkenlos, noch ein bisschen dunkeltürkis, es war so ein Tag, an dem mit einem Sonnenstrahl schon Sommer ist.

Und dann sah ich nichts mehr, Flügel verdunkelten alles, die Vögel hatten sich erhoben und flogen vor mir vorbei, sie schlugen mich mit ihren Flügeln und ihren Füßen, aber es waren weiche Schläge, sie wollten mir nicht wehtun, sie pickten nicht nach mir, aber ich musste mein Gesicht in den Händen verbergen und mich hinlegen, das wollten sie, erst da flogen sie alle zusammen fort, erst als ich mitten auf der Piazza auf dem Boden lag, und es war schrecklich laut, ein Donnern und wieder ein Donnern, aber ein Donnern in der Erde, nicht am Himmel, und die Kirchenglocken und das ganze Flügelschlagen und das Geschrei der Vögel, jetzt schrien sie irrsinnig laut, Fetzen von Schreien, die nichts hießen, gequälte Schreie vor Angst, und dauernd dieses Donnern, und heftiges Rucken, mir wurde schwindlig, ich kniete auf dem Boden, aber der Boden verschob mich, ich musste speien, und alles bewegte sich, alles, ich hatte die Hände vors Gesicht geschlagen, ich traute mich nicht, die Augen aufzumachen, und presste das Papier von der Schnecke zusammen und spürte das Donnern und Stoßen und Bersten.

Ich wollte mich aufrichten, aber ich konnte nicht stehen, der Boden unter meinen Füßen hob und senkte sich, aus der Erde war Wasser geworden, Wasser, das mich nach rechts und nach links warf, Wasser, das toste, Wasser, das mich nach oben hob und plötzlich fallen ließ, und erst nach langer, sehr langer Zeit fand dieser Teufelstanz meines Dorfes ein Ende, diese fürchterliche Tarantella, die mich umgestoßen hatte, ein Tagada-Karussell war die Piazza geworden, wie damals beim Dorffest, da waren alle umgefallen, weil es dauernd zitterte und ruckte, die Piazza machte, dass ich mit dem Gesicht auf den Boden knallte und vor Angst die Augen zukniff und das Bewusstsein verlor.

Kurz darauf schlug ich die Augen wieder auf, ich glaube, es war keine zwei Minuten später.

Ich hielt das Schneckenpapier immer noch fest umklammert, es war das Erste, was ich sah. Aber um mich herum war nichts mehr. Die Vögel waren weg. Auch die Piazza war weg, weil die Häuser ringsum weg waren. Die Autos waren weg, vergraben unter den eingestürzten Häusern. Die Straßenlaternen waren weg, weil sie an den eingestürzten Häusern befestigt waren. Die Dächer oben, in Richtung Himmel, waren weg, denn sie lagen auf dem Boden.

Ich lag auf dem Boden im Staub und sah nur Staub und Steine, und um mich herum lagen die eingestürzten Häuser, und die Steine waren bis auf anderthalb Meter an mich herangerollt. An meinen Händen war ein bisschen Blut, ich stand auf, um zur Bar zurückzulaufen, ich wollte zur Bar zurück, aber wo war sie? Die Straße war weg, alles war weg. Das Haus mit der Bar war weg, die Leute waren weg, die das Spiel anschauten und brüllten, die Stühle aus Eisen und Plastik und der Fernseher waren weg.

Wo waren sie? Wo waren alle? Warum war es so still? Was war passiert? Nach einer Weile hörte ich es von sehr fern schreien, Stimmen von alten Frauen, die »Hilfe« schrien.

Verwirrt ging ich ein paar Schritte, das Schneckenpapier fest in der Hand, aber wo waren die Leute aus der Bar, die das Spiel anschauten? Wo waren die Straßen meines Dorfes, wo war das Dorf? In welche Richtung musste ich gehen, um nach Hause zu kommen? Wo war ich überhaupt? Jemand hastete vorbei, aber schweigend, er hatte den Kopf in die Hände gelegt, biss sich in die Finger, lief gekrümmt.

Wenn das noch die Piazza war, dann konnte mir jetzt nur einer helfen.

»Alìì! Alììì!«, pfiff ich, ohne zu überlegen, ich öffnete den Mund und stieß diesen Ton aus, wie damals bei meiner Geburt.

»Ich bin hier! Komm her!«, antwortete er sofort.

Ich stieg über die Steine und kletterte über ein komplett zusammengefallenes Haus, da waren nur noch lose Steine und Holz und Eisen und verbogene Balkone, und gelangte so in die Gasse, aus der Alì sich gemeldet hatte. Von dem Haus mit Zonzos Laden war die ganze Fassade weggebrochen, man sah Esszimmer, Schlafzimmer, Küchen und Bäder. Alìs Käfig stand im Laden, der zur Straße hin komplett offen war, ich machte den Käfig auf, und Alì kletterte auf meinen Arm.

»Hab ich doch gesagt, dass ich bald aus dem Käfig freikomme«, sagte er. »Jetzt bleiben wir zusammen, in einer anderen Welt.«

Als wir hinausgingen, sahen wir unter dem Steinhaufen der Fassade den zertrümmerten Schwanz des Leguans. Zonzo stellte das Terrarium abends immer ins Schaufenster, als Attraktion für die Passanten.

Unser Haus lag etwa anderthalb Kilometer entfernt, und ich machte ein paar Schritte, um mir klar zu werden, welche Richtung ich einschlagen musste. Jetzt waren mehr Leute auf der Straße, mit verzerrten Gesichtern, die Kirche war weg, das Rathaus war weg, alles war weg. Es fuhren keine Autos, weil es keine Straßen mehr gab, und wo noch Straßenreste übrig waren, lagen lauter Steine, da kam kein Auto durch. Oder die Straßen waren mitten durchgebrochen. Nichts stand mehr. Die Leute gruben weinend mit den Händen und schrien die Namen der Menschen, die sie retten wollten, Männer und Frauen liefen wie ich mit weit aufgerissenen Augen herum und begriffen nichts, außerdem war es dunkel, der Strom war ausgefallen, und ich musste nicht mal weinen, weil ich immer noch nicht verstand, nicht verstand, nicht verstand. Alle riefen immerzu »heilige Muttergottes, heilige Muttergottes«, und man konnte nirgends hin, weil es nichts mehr gab, wo man hätte hingehen können.

»Arme Tunte!«, sagte Alì traurig, als er Parodia an seinen Beinen erkannte, die unter einem Steinhaufen hervorschauten.

Ich irrte mit dem Beo auf dem Arm herum und kam mir vor wie jemand, der herumspaziert und sich alles anschaut, aber ich begriff überhaupt nichts mehr, ich begriff nicht, wie das Dorf gemacht war, man konnte es ja nicht mal mehr so nennen, da waren nur noch wirre Steinhaufen voller Menschen auf einem Hügel, und an einer Stelle gruben ein alter Mann und ein kleiner Junge, und der Alte, weinte, und der Junge sagte: »Ach, Opa, komm ...«, und jetzt schrien die Menschen immer lauter, auch unter den Steinen hörte man Weinen, als würden die Steine jammern, weil sie heruntergefallen waren.

Jemand hatte eine Taschenlampe, jemand anderes hatte die Scheinwerfer eines Autos oder Traktors eingeschaltet, um acht Uhr abends an diesem dreiundzwanzigsten November kamen in der Dunkelheit Hausteile zum Vorschein, die ausgegraben werden mussten, weil drinnen Menschen durcheinanderlagen, und ein Mann saß auf den Trümmern und wollte seinem Sohn helfen, der unter ihm noch lebte, aber der Mann hatte nichts zum Graben, nichts, und verzweifelte mit jeder Sekunde mehr. Alì sah ihn auch, er schüttelte traurig den Kopf, fuhr sich mit dem Schnabel über den Fuß und weinte.

Wir trafen einen Freund von Papa, er streichelte mir mit seiner tränenverschmierten schwieligen Hand das Gesicht und sagte: »Geh nach Hause, Isido', schau, was bei euch los ist. Aber pfeif unterwegs, pfeif, damit die Menschen unter den Steinen dich hören, dann wissen sie, dass du es bist, dein Pfeifen kennt jeder. Und wenn dich jemand ruft, mach ein Zeichen hin, irgendwas.«

»Aber wo ist unser Haus?«, fragte ich.

»Da entlang, schau, da ist die Straße nach Mattinella, lauf!«

»Ich war in der Bar, das Spiel anschauen.«

»Die Bar ist weg, Isido'.«

»Und die Leute, die das Spiel gesehen haben?«

»Sie sind verschüttet«, sagte er und weinte.

Langsam verließ ich das Zentrum und machte mich auf den Weg nach Mattinella.

Ich kam mir vor wie im schlimmsten Albtraum meines Lebens, denn das war wie sämtliche Albträume auf einmal: Dunkelheit, Tote, schreiende Menschen, und du weißt nicht, wo Mama und Papa sind. Ich lief und lief, ohne an irgendwas zu denken, ich konnte an nichts denken, Alì auf meinem Arm redete mit mir, er führte mich, und in der stillen Nacht, die mir nicht in den Kopf wollte, war sein Pfeifen süß und tröstlich wie die Stimme eines Bruders.

»Erzähl mir von Indolesien, Alì, bitte, bitte …«, flehte ich mit angsterfüllter Stimme, und er machte, dass ich das blaue durchscheinende Meer sah, den Nebel am frühen Morgen und den dichten, dunkelgrünen Wald, während wir in der Schwärze liefen, ich ganz weiß vom Staub in den Haaren, an den Händen, im Gesicht, weiß vom Staub die Kleider und nur ein bisschen Blutrot an den Händen, ich sah aus wie ein Gespenst, das in der dunklen Nacht auf einer Landstraße nur noch nach Hause will, in sein Dorf, das auch noch Mattinella heißt, »Kleiner Morgen«, und an ein fröhliches Aufwachen in einem Häuschen auf dem Land denken lässt.

Auf dem Weg nach Hause wurde es immer stiller, man hörte sogar noch die fernen Stimmen und Schreie aus dem

Zentrum. Ich fing an zu pfeifen, ich wollte helfen, wusste aber nicht, wie. Ich sammelte ein paar herumliegende Plastiktüten auf, um sie als Zeichen dorthin zu legen, wo jemand verschüttet war, und rief.

»Tzitruioo-ztttriii-tzitruioo!«, und Alì pfiff mit: »Too-zttjitoo-zttttji!«

Dann war es still. Keine Stimme, keine Antwort. Niemand klagte unter den Steinen, aber es grub auch niemand, es war einfach nirgends ein Mensch, nur ich und Alì und Erde und Menschen wie Teig miteinander verknetet. Noch waren keine Verwandten da, vielleicht war es zu früh zum Suchen, und sie waren noch in ihren Dörfern, vielleicht war woanders auch passiert, was hier passiert war, vielleicht war es auch in Neapel passiert, vielleicht war Marella etwas zugestoßen, ich lief pfeifend im ersten Mondlicht, ich fand mein Pfeifen in dieser Stille, die ich noch nie erlebt hatte, beinahe schön, obwohl es die Welt, die ich in der Murmel bewahren wollte, nicht mehr gab.

»Rittitiijooo … tzjiii … tooo!«, und Alì pfiff mit: »Rittitiijoiii-krojjiii … Freeejooo …«

Es wurde noch stiller ringsum.

»Freeejooo …«

Vielleicht hielten die Menschen, die unten im Dorf schrien, kurz inne, als sie mein Pfeifen hörten, wer weiß, was sie dachten.

»Freeejooo …«

Ganz Irpinien hielt inne, und der Pfiff flog leicht über das zerrissene Land, er flog schnell und war schön, melodiös und weich und süß wie ein Honigfaden auf einem kleinen Teller mit zerbrochenen Keksen und Krümeln.

Das musste die Straße zu unserem Haus sein, aber da stand nichts mehr. Außer dem Eingang von Signora Iesos Haus, aber nur der Türbogen, das Haus war weg. Und der Steinhaufen dahinten war vielleicht unser Haus, ich wusste es nicht. Ich näherte mich pfeifend. Nichts war zu hören. Jetzt konnte ich nicht mehr mit der Kehle pfeifen, die Tränen stiegen mir in den Hals und ließen meine Stimme nicht hinaus, also pfiff ich mit dem neuen Pfeifen, das Renò mir beigebracht hatte, und dabei liefen mir die Tränen übers Gesicht. Ich pfiff lange und ganz laut, ich wollte Quirino und Stella rufen, aber vielleicht waren sie irgendwo hingefahren, nachdem sie mich an der Bar abgesetzt hatten, ich pfiff, vielleicht suchten sie ja nach mir und hörten mich.

»Fujiiiiiii … Fujiiiiiii … Fujiiiiiii … Fujiiiiiii …«

Sie antworteten.

Ich hörte Papas tiefe, immer heisere Stimme, aber sie kam dünn, sehr dünn aus den Trümmern. Ich räumte die kleinen Steine weg, die oben lagen, und gleich kam eine Hand zum Vorschein. Er bewegte sie, ich nahm sie in meine Hände und küsste sie. Da war eine Art Schacht, ich sah nur Papas halbes Gesicht im Mondlicht, sonst nur Erde und Steine.

»Papa, Papa! Du lebst ja!«

»Ja, Isido'.«

»Warte, Papa, ich such was zum Graben. Was ist mit Mama?«

»Sie ist hier, bei mir.«

»Lebt sie?«

»… sie lebt … wir sind froh, dass es dir gut geht …«

Ich fand nichts, keine Schaufel, nichts, aber was sollte ich schon machen, auch wenn ich eine gefunden hätte, sie wäre mir zu schwer gewesen, was sollte ich tun.

»Gib mir deine Hand, Isido', sei ganz ruhig. Bald kommen die Helfer und holen uns hier raus, keine Sorge. Bleib so lange bei mir. Und wenn jemand vorbeikommt, rufst du.«

»Aber wo ist Mama? Ich seh sie nirgends.«

»Hier, hier, bei mir, keine Angst, ich hab sie im Arm.«

Ich rief nicht nach ihr und bat sie nicht, etwas zu sagen, damit ich ihre Stimme hören konnte. Ich machte mir ein bisschen Platz zwischen den Steinen, um ganz nah bei der Hand zu sein, so nah wie möglich, und mir mit ihr über das Gesicht zu streichen.

»Nicht weinen, Isido', nicht weinen, mein Schatz. Alles wird gut. Ich soll dir von Mama sagen, alles geht vorbei, wie auch immer es ausgeht.«

Dann lebte sie also. Wenn sie das gesagt hatte, dann war sie auch am Leben!

»Pfeif, Isido', pfeif! Wir wollen deine Musik hören, wir wollen unseren Isidoro pfeifen hören.«

Ich blieb die ganze Nacht auf den Steinen sitzen, ich hielt die ganze Nacht Papas Hand und hätte so gern Mamas Gesicht geküsst. Ich pfiff für die beiden, und wenn ich müde wurde, pfiff Alì.

Wer nicht pfeift, ist verloren, dachte ich, das hatte Papa mal gesagt. Wenn ich nicht pfeife, sterben sie.

Ich pfiff stundenlang, immer kraftloser, immer leiser, und es war kalt, ich legte mich mit dem Gesicht auf die Steine, damit mein Pfeifen in den Schacht gelangte, in dem sie verschüttet waren, aber ich legte mich auch hin, weil ich so müde war, ich verstand nichts mehr, meine Gedanken wurden wirr, und ich fühlte mich ganz klein, wie ein kleines Kind, ich fühlte mich wie ein Neugeborenes, nur noch kleiner, ich fühlte mich wie Alì, zerbrechlich und ungeschützt, und ich wäre am liebsten weggeflogen, irgendwo anders hin. Diese wirren Gedanken, immer mehr ein Delirium, verwandelten sich erst in Luft und dann in Pfeifen, es war, als hätte sich mein ganzer Körper in Pfeifen verwandelt, als wären die Hände in die Handgelenke zurückgeschlüpft, als wären die Arme in die Schultern zurückgeschlüpft, die Beine ins Becken, der Oberkörper in den Kopf, und alles fuhr durch das kleine Loch meiner gespitzten Lippen, ich war ein einziges Pfeifen, das Pfeifen, das Mama und Papa am Leben erhalten wollte, das Pfeifen, das das Dorf aufrechterhalten wollte, die Freunde, die Jahreszeiten, die Welt, alles.

Alles aufrecht, alles in einer Murmel und die Murmel in meiner Hand in der Hosentasche.

Papa redete noch ein bisschen, aber dann sagte er nichts mehr, und Mamas Stimme habe ich nie mehr gehört.

Als Letztes sagte Papa mit hauchdünner Stimme: »Denk dran, Isido': Wer nicht gelitten hat, der summt. Wer gelitten hat, der singt.«

Als es langsam hell wurde, kamen die Verwandten der Nachbarn. Ich konnte sie nichts bitten, weil sie verzweifelt waren, sie weinten, schrien, schlugen sich ins Gesicht, außerdem konnten sie gar nichts tun, sie hatten auch nur ihre Hände und sonst nichts. Als es hell wurde, sah ich auch, dass zwischen den Steinen das ganze Leben meiner Familie verstreut war. Ein Stück von Mamas Trog zum Teigkneten, der Küchentisch, mein Bett, Papas Schreibbrett vom Klo mitsamt den angehefteten Briefen, ein paar Brauseschächtelchen und die Kleider, die Mama und Papa bei dem Ausflug in die Berge getragen hatten.

Sie waren miteinander im Bett gewesen.

Ab da konnte ich nicht mehr sprechen.

Zweiter Teil

I

Alles in Ordnung, Papa

Es war das größte Trennen und Verstehen meines Lebens. Alles hatte sich vor meinen Augen getrennt, und dieses Trennen schien extra für mich stattzufinden, damit ich unbedingt verstand, wie das Leben wirklich war, sozusagen das Leben innen. Steine trennten sich vom Mörtel und Backsteine vom Beton, damit ich verstand, wie die Mauern eines Hauses *innen* aussahen. Die Erde öffnete sich, damit ich verstand, was jeden Tag *unter* meinen Füßen war. Die Straßen wollten mir zeigen, was unter dem Asphalt und unter der Erde und unter den Wasserrohren und den Gasleitungen war. Autos waren unter dem Gewicht eines herabgestürzten Balkons aufgebrochen, damit ich sah, was zwischen dem Glas, dem Kunststoff und dem Metall war. Die Menschen hatten sich getrennt, damit ich lernte, wie der Schmerz von zwei Menschen aussieht, die für immer voneinander lassen müssen, die nicht diese Freude haben können, von der Quirino geredet hat, nämlich wie schön es ist, jemanden zu vermissen, den man wiedersehen kann.

Ich befand mich an diesem frühen Morgen in einer neuen Welt, genau wie Alì gesagt hatte, und ich erkannte diese Welt nicht wieder, weil sich alles voneinander getrennt hatte. Die Straße da drüben hatte sich von ihrem Ziel getrennt und führte nicht mehr zu ihm hin. Dieser Mann war nicht mehr der Vater eines Freundes von mir, weil der Freund sich für immer von seinem Vater getrennt hatte. Der kleine Hund und die Ziegen dort auf dem Feld gehörten nicht mehr Ginetta Campolattano, weil Ginetta unter ihrem Haus verschüttet war, und die Äpfel waren aus ihrem Rock gekullert und lagen irgendwo herum.

Da ich die Nacht neben Papa und Mama verbracht hatte, war mir die Kälte in die Knochen gekrochen, Alì war auch durchgefroren und sagte: »Komm, wir suchen uns was zu essen, dann wird uns warm.«

Wir konnten ja auch wirklich nichts mehr tun, wir konnten nur warten, dass jemand kam und Stella und Quirino von diesem Haufen aus Steinen, Möbeln und Mehl trennte, damit ich auch verstand, wie der Tod von Mama und Papa aussah.

Ich rappelte mich auf und sammelte die wenigen Sachen ein, die ich mitnehmen wollte: die Brauseschächtelchen, die Liebesbriefe und Mamas Buch. Alì und ich blieben nicht stehen, als wir bei den Nachbarn vorbeikamen, weil die Leute mit bloßen Händen gruben und ich keine Lust hatte, einen Fuß oder ein Bein von Signora Ieso oder einem anderen Bekannten oder Freund aus der Nachbarschaft zu sehen.

Wir gingen nicht lange, schon nach einer Viertelstunde begegneten wir Pasquale Durelli, dem von der Zisterne. Die Familie hatte die Nacht, notdürftig zugedeckt, im Auto verbracht, sie saßen eng beieinander in ihrem grünen Prinz. Die Leute im Dorf hatten sich immer lustig gemacht, sie sagten, ein grüner Prinz bringe Unglück, und die Männer kratzten sich abergläubisch zwischen den Beinen, wenn er vorbeifuhr. Ich klopfte ans Seitenfenster, es war vielleicht halb sieben, die Eltern schliefen nicht, wahrscheinlich wollten sie nur ein bisschen im Warmen sitzen. Nur die Kinder schliefen aneinandergelehnt auf der Rückbank, mit offenem Mund. Pasquale stieg sofort aus, er packte mich in eine Decke ein, setzte mich ins Auto und machte Feuer in einer Tonne. Sie waren aus ihrem

Haus geflüchtet, das nicht eingestürzt war, und er hatte später Decken, die Tonne und Feuerholz geholt. Vielleicht brachte der grüne Prinz doch kein Unglück. Jetzt warteten sie ab, ob sie in ihr Haus zurückkonnten oder nicht, denn die Erde hatte die ganze Nacht nicht mit dem Tagada aufgehört, sie hatte immer weitergezittert, als würde sie genauso frieren wie ich, während ich mir mit Papas Hand, die immer kühler und kraftloser wurde, über das Gesicht strich.

Über unseren Köpfen kreisten Hubschrauber, auf der Straße fuhren Autos und hupten, vielleicht brachten sie über alle Kurven Verletzte ins Krankenhaus, und Pasquale rief verzweifelt: »Wieso kommt denn keine Hilfe? Kein Krankenwagen, nicht mal die Carabinieri, die Leute verrecken unter den Trümmern, und kein Mensch hilft uns. Wir sind dem Staat egal. Dann ist der uns eben auch egal.«

Signora Durelli erhitzte einen Topf Wasser auf dem Feuer und hängte zwei oder drei Teebeutel rein, und bei dem heißen Tee mit viel Zucker musste ich furchtbar weinen, und die beiden fragten nichts, es gab nichts zu fragen, sie sahen mich nur an und mussten auch weinen. Es war noch gar nicht Trauer, etwas oder jemanden nicht mehr zu haben, wir weinten, weil wir wieder bei null waren, wir waren wieder klein und konnten uns nicht schützen, wenn die Welt sich gegen uns drehte.

Mich hatten aus irgendeinem Grund die Vögel gerettet, sonst wäre ich ebenfalls unter den Mauern der Bar verschüttet worden. Nach einer Weile wachten die beiden Durelli-Kinder auf und löcherten mich sofort mit Fragen, sie waren pummelig und hatten rote Wangen und kräftige Hände, richtige Bauernkinder, die noch Mama und Papa hatten, und sie fragten mich, wo meine Eltern waren und wo ich bei dem Beben gewesen war und was ich die ganze Nacht gemacht hatte.

Mehrmals öffnete ich den Mund, um das alles zu berichten. Aber ich konnte nicht.

Meine Stimme war weg, das heißt, ich wusste nicht, wo sie steckte, wo in meinem Körper sie vorher gewesen war. Meine Kehle fühlte sich an, als hätte ich dort einen Arm oder eine Schulter, etwas, dem man wirklich nicht zutraut, dass es sprechen kann, ich machte mechanisch den Mund auf, aber so, wie wenn man die Hand öffnet oder einen Fuß dreht. Ich machte den Mund auf und wieder zu, auf und wieder zu.

Die Durellis sahen mich erstaunt an, Signora Durelli sagte: »Lasst ihn, er steht unter Schock«, aber ich war in Ordnung, ich wollte ja antworten, in mir war so viel, was ich sagen wollte. Dass in der Bar alle tot waren, alle, Junge, Alte und Kinder, und dass Mama und Papa miteinander im Bett waren, als sie starben, dass ich die ganze Nacht bei ihnen gewesen war, vielleicht war das doch der Schock, wie Signora Durelli sagte, dieser Sack voll Zeug, den ich im Bauch hatte und den ich loswerden wollte, aber ich wusste nicht mehr, wie, ich hatte keine Wörter mehr, um ihn auszuleeren.

Als ich es gar nicht mehr aushielt, weil sie mich fragten, wo ich Mama und Papa zum letzten Mal gesehen hätte, und sagten, sie und andere könnten sie mit dem Auto suchen und retten, wenn sie irgendwo Schutz gesucht hatten, da geschah etwas Unbegreifliches.

Bisher hatte ich immer selbst entschieden, ob ich pfeifen wollte. Nur bei meiner Geburt, hatten sie mir erzählt, war ein Pfiff statt eines Schreis aus mir herausgekommen, und das war bestimmt keine Absicht gewesen. Aber sonst wollte ich immer selbst pfeifen, weil es einen Grund zum Pfeifen gab: die Musik, die Revolution, weil ich mit Alì reden wollte, weil ich einen Applaus einheimsen oder einmal nachts auf dem Dach nicht so traurig sein wollte. Aber jetzt pfiff ich, weil mir nichts anderes übrig blieb, sprechen ging nicht, ich wusste nicht mehr, wie man spricht. Ich pfiff, weil ich antworten wollte, ich pfiff, denn wer gelitten hat, der singt, und wer singen will, der muss wie eine Amsel singen, mit dem ganzen Körper, denn etwas anderes kannst du gar nicht tun.

Ich begann, langsam und deutlich auf meine Art zu pfeifen, ich drehte und wendete den Pfiff im Mund, ich spürte das Gewicht des Tons, den ich ausstieß, er blähte meine Kehle, die Lungenflügel öffneten und schlossen sich wie von selbst, und Alì sah mich an und verstand, und ich erzählte, ich erzählte, wie wir diese ganze schreckliche Nacht verbracht hatten, ich erzählte pfeifend, dass ich den zertrümmerten Schwanz des Leguans unter dem Schutt gesehen hatte und Parodias Beine und Papas Hand und dass ich die Welt um mich herum nicht mehr verstand und dass ich hoffte, dass mir jetzt auch Flügel und Federn wüchsen, damit ich wegfliegen könnte, ganz hoch, über die Wolken, um wenigstens ein bisschen Sonnenwärme zu spüren. Und dann fragte ich mich, und ich fragte Alì: »Warum haben mich die Vögel gerettet? Warum hat mich der Spatz aus der Bar gelockt?«

Die ganze Familie Durelli starrte mich mit offenem Mund an, aber ihr Staunen brachte keinen Pfiff hervor, und mit Worten sagen konnte man nicht, was ich erzählte.

Später am Morgen mussten sie nachsehen, was mit ihrem Haus los war, »Komm mit«, sagten sie, aber ich wollte nicht. Ich blieb an der Stelle nicht weit von zu Hause, denn wenn jemand kam, konnte er mir graben helfen, wo Stella und Quirino lagen. Alì war sehr still. Er pfiff nicht und sagte nichts, er sah mich immer nur an mit seinem kleinen runden schwarzen Auge, wie ein kleiner Hund, das seinem Herrchen die Schnauze aufs Bein legt, aber wenn ich ihn ansah, wandte er sich ab und fuhr sich mit dem Schnabel über den Fuß.

Ich war neben der warmen Tonne eingeschlafen, aber etwa um elf Uhr hörte ich Autos, die schnell näher kamen, abrupt bremsten und hundert Meter von mir entfernt auf einem Parkplatz stehen blieben. Es waren Polizei und Carabinieri.

Fünf oder zehn Minuten später kam ein Hubschrauber, das Geräusch war schon von Weitem zu hören gewesen, aber das war den ganzen Morgen so, weil schon einige Hubschrauber gekommen waren, auch solche mit zwei Propellern, wie in einem Kriegsfilm. Jetzt war das Geräusch viel näher und dröhnend laut, hinter dem Hügel von Andretta tauchte der Hubschrauber auf, vom Conza-See her, und landete sehr langsam ganz in meiner Nähe, als wäre er meinetwegen gekommen.

Die Leute stiegen aus den Autos aus, und sofort bildete sich eine Menschentraube, auch von den Feldern kamen Leute auf den Parkplatz. Als der Hubschrauber gelandet war und die Propeller fast stillstanden, öffnete sich die Tür, und zwei Männer kletterten heraus. Sie reichten einem kleinen alten Mann die Hand und halfen ihm beim Aussteigen. Ich dachte, das sei jemand, den sie gerettet hatten, es musste jemand Wichtiges sein bei so vielen Leuten, vielleicht der Bürgermeister oder so jemand.

»Komm, wir schauen mal«, sagte Alì und flog mir auf die Schulter.

Ich klaubte alles zusammen, was ich hatte, die Sachen würde ich nie mehr irgendwo liegen lassen, und ging los, aber ich kam gar nicht richtig hin, weil die Erwachsenen sich alle um den alten Mann drängten. Der war aber gar nicht verletzt, er ging herum und redete, und alle taten, was er vorgab, wenn er nach rechts wollte, gingen sie nach rechts, wenn er stehen blieb, blieben sie ebenfalls stehen.

Das taten sie auch, als der Arbeiter Peppe Ziccardi vortrat, ein Freund von Mama und Papa. Der kleine alte Mann umarmte ihn, ohne ein Wort zu sagen.

Während er ihn noch umarmte, sagte Peppe: »Ich muss Ihnen aber sagen, dass wir nicht nur Worte brauchen …«

»Ich weiß, ich weiß«, antwortete der Mann, »ich mache keine großen Worte. Was zählt, sind Taten. Sie haben recht! Worte sind leer.«

Da wusste ich, wer das war, ich merkte es an der Art, wie er sprach – laut und deutlich, voller Überzeugung, mit der ein bisschen nervösen Stimme: Alessandro Pertini, genannt Sandro, der Staatspräsident! Papa hatte doch, wenn ich mich nicht irrte, auch ihm einen Brief geschrieben, den konnte ich Pertini jetzt höchstpersönlich geben, er stand ja nur drei oder vier Meter von mir entfernt! Bloß dass die Erwachsenen ihn wie eine Mauer umringten, ich kam nicht hin, also rannte ich ein Stück in die Richtung, in die der Präsident sich bewegte.

Ich nahm den Brief von dem Kloschreibbrett und machte mich bereit. Als der Präsident ein bisschen näher war, rief ich: »Rrrprree-tziii-niii! Rrrprree-tziii-niii! Rrrprree-tziii-niii!«

Nach dem dritten gepfiffenen »Pertini!« fragte er: »Wer pfeift denn da?« und sah in meine Richtung. Ich erwartete ihn mit dem Brief in der Hand, Alì auf der Schulter, die Brauseschächtelchen, das Buch und das Schreibbrett unter dem Arm.

Neugierig trat Pertini zu mir und fragte: »Wie heißt du denn?«

»Wiii-zitr-ijoo«, antwortete ich.

»Isido', red anständig mit dem Präsidenten«, sagte einer vom Rathaus, der in der Gruppe stand.

»Du heißt Isidoro?«, fragte Pertini.

»Triaà.«

»Wo sind denn deine Mama und dein Papa, Isidoro?«

Ich deutete mit der Hand in die Richtung, dahinten, unter den Steinen, das sagte ich ihm auch, ich pfiff es. Die Leute sollten nicht denken, dass ich mich über ihn lustig machte, aber ich konnte nicht sprechen, ich wurde nervös, die Tränen stiegen mir in die Augen, ausgerechnet jetzt, wo Pertini vor mir stand, brachte ich kein Wort heraus. Da sagte Alì mit seiner metallischen Beostimme: »Stumm-stumm.«

Der Präsident verstand, nahm mein Gesicht in seine Hände und fragte: »Du kannst nicht sprechen? Geht es Mama und Papa gut?«

Ich schüttelte den Kopf in seinen Händen, sie rochen gut, ein bisschen nach Pfeife.

»Leben sie denn?«

Diese Frage verneinte ich nicht mal, ich stand reglos da und schwieg, und er küsste mich auf die Stirn. Da zeigte ich ihm den Brief. Er nahm ihn, schob sich die Brille auf die Stirn und las. Niemand redete mehr, nur die Hubschrauber waren in der Ferne zu hören. Als er den Brief gelesen hatte, schaute er in die Richtung von unserem Haus, in die ich gezeigt hatte, und umarmte mich fest, dann faltete er den Brief und steckte ihn ein. Er sah mir in die Augen, spitzte den Mund und pfiff mir etwas vor.

Das hieß in Wahrheit gar nichts, zumindest dem Pfiffibular nach bedeutete es nichts, aber es war ein zärtliches Pfeifen, voller Mitgefühl und Trauer, in einer hängenden Form, wie Spaghetti, die trocknen. Die Leute ringsum staunten nicht schlecht. Dann sagte Pertini: »Ciao, Isidoro«, gab einem Mann mit Lockenfrisur hinter ihm ein Zeichen und setzte seinen Weg fort, mit dem ganzen Tross, aber die Leute sahen mich an, als würden sie denken: Was stand da wohl auf dem Blatt, das der Präsident eingesteckt hat?

Der Mann, dem Pertini ein Zeichen gegeben hatte, blieb bei mir. Er holte einen kleinen Block und einen Stift hervor und fragte mich nach meinem Namen und meiner Adresse. Ich beantwortete seine Fragen, aber er verstand das Pfiffibular nicht, er sah Alì an, ob der ihm helfen konnte, aber Alì auf meiner Schulter schwieg. Da klappte der Mann den Block zu, die Gruppe entfernte sich immer weiter, er wusste nicht, was er tun sollte, drückte mir einen Hunderttausendlireschein in die Hand und lief dann schnell hinter dem Präsidenten her.

Alì und ich kehrten auf den Steinhaufen zurück, der unser Haus gewesen war. Ich nahm Papas Hand, die jetzt ganz kalt war, und pfiff und zwitscherte aufgeregt: »Alles in Ordnung, Papa. Ich hab Pertini deinen Brief gegeben! Höchstpersönlich, er war hier! Aber was steht eigentlich in dem Brief, Papa? Pertini war ganz gerührt und konnte selber auch nichts mehr sagen.«

II

Die Bibliothek der wissbegierigen Distelfinken

In diesen Jahren dachte ich oft daran, was Mama und Papa gesagt hatten, es half mir sehr dabei, mit dem Leben in einer neuen Welt zurechtzukommen. Mama hatte zum Beispiel an einem Schöne-Worte-Abend so ungefähr gesagt: »Es ist Zeitverschwendung, etwas zu beweinen, das weg ist, es sei denn, man kann noch den Stoff für die Fahne einer besseren Zukunft daraus weben, die Fahne, die man allmorgendlich auf dem Balkon der eigenen Jugend flattern lässt.«

Jetzt hatte ich das verstanden. Es hatte ein paar Jahre gedauert, aber jetzt verstand ich das. Ich probierte, nicht zu weinen, und ich schaffte es! Natürlich war ich manchmal traurig, wenn ich gern Mamas Hand auf meinem Gesicht gespürt oder Papas Stimme morgens im Bad gehört hätte. Aber dafür hatte ich inzwischen eine Methode. Anstatt krampfhaft nicht mehr daran zu denken und dann erst recht weinen zu müssen, schloss ich die Augen und dachte ganz fest daran, bis ich fast das Gefühl hatte, die Hand zu spüren und die Stimme zu hören und den Duft im Haus zu riechen, den Duft von Stellas Teig, und auch wenn mir ein paar Tränen kamen, war ich traustig, aber nicht verzweifelt.

Und ich sah die Fahne auf dem Balkon der Jugend flattern.

Den ersten Monat nach dem Erdbeben verbrachte ich in der Turnhalle der Mittelschule, wo Hunderte von Feldbetten aufgestellt waren. Es war auch lustig in diesem Riesenschlafzimmer für zwei- oder dreihundert Menschen. Neben jedem Bett war ein wenig Hausrat, Decken, Töpfe, und jeder versuchte, sich um das eigene Bett herum ein bisschen häuslich einzurichten. Ich war das Kind aller Turnhallenmütter, sie brachten mir zu essen, fragten mich, ob es mir gut gehe, sie kümmerten sich um mich, und ich gab dafür ab und zu ein kehliges Pfeif- und Zwitscherkonzert, abends vor dem Schlafengehen. Die Akustik in der Turnhalle war ideal, die Lieder klangen wie aus einer richtigen Anlage. Ich hatte ja auch von Renò viele Lieder gelernt, und jetzt pfiff ich die verschiedensten Sachen. Die Leute schlüpften in ihre Betten, vor allem die Alten, fast alle Lampen wurden ausgeknipst, auch weil man wegen der Generatoren nicht zu viel Strom verbrauchen durfte. Später am Abend wurden auch die Neonlampen gelöscht, nur ein paar Kerzen brannten. Ich kletterte auf einen der Tische, auf denen sonst die großen Suppentöpfe standen, und pfiff vier oder fünf Lieder in der stillen Turnhalle mit den vielen Menschen, die kein Haus mehr hatten und vielleicht, wie ich, jemanden verloren hatten, den Mann, ein Kind oder die Mutter.

Ohne Applaus, ohne Bravorufe ging ich dann in der Stille, die voller Gedanken und Erinnerungen war, ins Bett, und Alì war immer mit dabei. Zum Dank liebkosten mich all diese Mütter, wenn ich aufwachte, ich bekam eine Tasse warme Milch mit Brot, und immer war ein Keks eingebrockt, keine Ahnung, wo sie die Kekse für mich hernahmen.

Nach dem Monat in der Turnhalle kamen die ersten berühmten Container, allerdings nicht für alle. Für mich natürlich nicht, ich war ein Kind und allein, sie konnten ja einer Familie, die nur aus einem zwitschernden Kind und einem sprechenden Beo bestand, keinen ganzen Container geben. Ich kam in ein Kloster, das nicht eingestürzt war, ein ganzes Stück weg vom Dorf, fast zwei Stunden brauchten wir mit dem Bus. In dem alten Kloster wohnten etwa fünfzig Kinder, die kleinsten waren vielleicht zwei oder drei, die größten dreizehn oder vierzehn. Nicht alle waren Waisen, von manchen Kindern hatte man die Eltern noch nicht gefunden, und obwohl so viel Zeit verstrichen war, hofften die Kinder immer noch darauf, dass sie zu ihnen zurückkonnten. Alle redeten so und sagten mit Tränen in den Augen: »Ich bin kein Waisenkind, Mama und Papa werden bald gefunden, und dann holen sie mich«, vor allem Kinder in meinem Alter sagten das.

Ich sagte es nicht, erstens weil ich nicht sprach und zweitens weil ich wusste, dass Mama und Papa in Mattinella geblieben waren, man brauchte sie nicht zu finden, ich hatte sie schon gefunden.

Rotkreuzschwestern kümmerten sich um alles, sie nahmen uns in Empfang, wiesen uns ein Bett zu und versorgten uns mit einer Hose und ein paar Pullovern. Die Sachen kamen aus ganz Italien und wurden in einem kleinen Zimmer einfach aufgehäuft, ein Berg von Kleidungsstücken in allen Farben füllte den Raum, und es war lustig, wenn sie die Türe öffneten und »Such dir eine Hose und zwei Pullis aus« sagten, dann durftest du in den Haufen gebrauchter Anziehsachen eintauchen und herumhüpfen, schwimmen und spielen, bis du deine Ausstattung beisammenhattest. Die Schwester, die mich bei meiner Ankunft in Empfang genommen hatte, mochte ich am liebsten. Sie hatte natürlich einen Namen, Renata, aber das spielte für mich keine Rolle, ich rief sie pfeifend, ich hatte mir einen Pfiff extra für sie ausgedacht, eine Mischung aus Mama und mögen, und es war ein sehr lustiger Pfiff: »Bra-pi-pjööö!«

Renata lachte immer, sie war ein hübsches Mädchen aus dem Norden, Freiwillige beim Roten Kreuz und sechsundzwanzig Jahre alt, und wenn ich sie rief, lachte sie noch mehr, und ihr Lachen war meine Rettung, es war die Welt, die mir nach den schrecklichen Wochen, in denen sich alles verändert hatte, wieder etwas Schönes sagte. Als ich ankam, holte sie mich an der Bushaltestelle ab. Ich hatte einen Zettel mit meinem Namen, meinem Alter und dem Vermerk »STUMM« dabei. Das hatte jemand in Mattinella geschrieben, damit kein Missverständnis aufkam, wenn ich pfiff und zwitscherte und die Leute mich nicht verstanden. Renata kam auf mich zu und rief: »Ihr seid ja zu zweit!«, wegen Alì, der auf meiner Schulter saß, und schon lachte sie, damit hatte sie nicht gerechnet. Sie nahm mir den Zettel aus der Hand, las und fragte: »Kannst du nicht sprechen?«

»Nein, er ist stumm!«, antwortete Alì sofort mit Worten, bevor ich überhaupt dazu kam, den Kopf zu schütteln.

»He, sie hat mich gefragt!«, pfiff ich ihn an.

»Hab ich eben für dich geantwortet, ist doch egal!«

»Schon in Ordnung, dass du mir helfen willst, aber ich antworte dem Mädchen gern selber!«

»Jetzt sei doch nicht gleich eingeschnappt!«

Renata sah uns quatschen und streiten wie zwei Brüder, und dann rief Alì mitten in dem Hickhack »Depp!«, aber nicht aus dem Pfiffibular, sondern als Menschenwort, das sie verstand, und sie lachte so schön, ihr Lachen klang gläsern, wie Papa fand, dass Mama lachte, und da hielten wir beide den Mund und sahen sie wie verzaubert an, das ganze Leben kehrte vor unseren Augen zurück. Etwas Neues entstand aus all dem Trennen, wie wenn aus dem Samen, der vom Baum des Erdbebens gefallen war, das erste Blatt trieb, und diese unbekannte Süße sollten wirklich wir beide kosten dürfen.

»Ihr seid meine beiden Lieblinge, das weiß ich jetzt schon«, sagte Renata, fasste mich bei der Hand und brachte uns ins Kloster.

Nach den Formalitäten für die Aufnahme wies sie mir ein

Bett in einem Zwölferzimmer zu, sechs auf der einen, sechs auf der anderen Seite, weiße Eisenbetten mit braunen Decken vom Militär. Der Ort war nicht hässlich, ich hatte ihn mir schlimmer vorgestellt, als es hieß, ich käme ins Waisenhaus. Aber für mich war dieser Ort ganz einfach sie: Renata.

Vier Jahre verbrachte ich im Kloster, es waren schöne Jahre, in denen ich jede Menge Entdeckungen machte. Die erste Überraschung war meine Stimme, die ich nicht mehr richtig benutzte und die sich deshalb nicht veränderte, sie wurde nicht zur Männerstimme, von der Renò geredet hatte. Sie blieb die Stimme eines Zehnjährigen, und ich verlor das kehlige Pfeifen nicht. Ich hatte Angst, ich könnte eines Tages aufwachen, den Mund öffnen und keinen Ton hören, wie bei meiner richtigen Stimme, aber das geschah nicht. Im Gegenteil, jeder Morgen lief folgendermaßen ab: Renata weckte mich mit einem Kuss auf die Stirn, ich lief runter in den Hof und pfiff und zwitscherte den Weckruf für alle mit einer schönen, fröhlichen Melodie, die wir zusammen ausgesucht hatten. Dann gab es Frühstück, und wir gingen in die Schule. Ich war der Liebling aller, und mir wurde klar, dass mein Pfeifen – meine einzige Möglichkeit zur Verständigung – ein unglaublicher Schatz war. In der Schule schrieb ich natürlich, und ausgefragt wurde ich eben schriftlich. Aber das Pfeifen war für alles andere im Leben meine Art der Verständigung und nicht nur für mich, nicht nur für die Menschen. Mit meinem Pfeifen und Zwitschern konnte ich die tollsten Sachen machen: Auch im Waisenhaus schliefen die Kinder mit meinen Melodien ein und wachten mit ihnen auf, die Rotkreuzschwestern baten mich in ihre Zimmer, um die Lieder zu hören, die ich auf ihre Bitte hin gelernt hatte, und außerdem nutzten wir verstärkt den Umstand, dass Alì fliegen und wir beide miteinander reden konnten.

Alì verstand die Menschensprache, es durfte nur nicht zu

kompliziert sein, schließlich hatte er hauptsächlich bei Zonzo gelernt, und viel mehr als »hübsche Dickmamsell«, »Tunte« und »verpiss dich« war da nicht drin gewesen. Aber er war wissbegierig und hatte viele andere Wörter gelernt, die ich ihm beigebracht hatte, wenn ich ihn nachmittags besuchte. Für eine richtige Unterhaltung reichten sie allerdings nicht aus, und mit Pfeifen konnte man alles sagen, auch sehr Kompliziertes. Alì war sehr gebildet, ich weiß nicht, wo er studiert hat, in Indolesien oder Paris, er wusste alles über Religion, Politik, Geografie, Geschichte, über alles, und er wusste es einzeln und zusammen zugleich. Wenn er über Politik sprach, ging er zu Religion über, von Indolesien zu diesem Mischell Fukò, den Renò erwähnt hatte, und Alì kannte ihn! In vielen Gesprächen pfiff er von Ideen und Wörtern, die ich nicht verstand, und er erklärte sie mir dann.

Eines Abends bat Renata uns um einen Gefallen.

Sie hatte sich mit einem jungen Mann aus dem Dorf verlobt, einem gewissen Michele, und war, anders als die anderen Rotkreuzschwestern, geblieben, weil sie mit ihm zusammen sein wollte. Renata bekam etwas Lohn, aber wenn das Waisenhaus abends zumachte, konnte sie nicht mehr weggehen, weil sie sich um uns kümmern musste, obwohl sie unbedingt mit ihrem Verlobten reden wollte. Das Telefon durfte nicht so lange besetzt sein, man befürchtete immer, dass die Erde noch einmal bebte und plötzlich Hilfe benötigt wurde, deshalb wollte man die Leitung freihalten.

Wir dachten uns folgende Methode aus: Alì flog zu Michele nach Hause, der ihn beim ersten Mal mit einer kleinen gelben Lampe lotste. Das Haus lag gar nicht weit entfernt in einer Gasse mitten im Dorf. Renata und ich gingen im obersten Stock des Klosters in eine kleine Kammer mit einem vergitterten Fensterchen, wo uns niemand sah.

Renata sagte mir, was sie Michele sagen wollte, zum Beispiel »Ciao, Liebling«, ich pfiff es Alì, und er wiederholte es Michele in Worten. Dann ging es andersherum: Michele antwortete mit Worten, Alì pfiff sie mir, und ich schrieb sie für Renata auf.

Nach ein paar Tagen fragten sich die Leute im Dorf: »Wem gehört denn diese Amsel, die jeden Abend singt?«

»Es sind zwei«, sagte jemand anderes, »sie unterhalten sich miteinander!«

»Schön, nicht wahr?«

»Ja, es klingt so zärtlich …«

So redeten wir, das heißt, sie redeten, und zwar lange, an mindestens zwei oder drei Abenden in der Woche führten sie diese verliebten Pfeifgespräche, die in meiner Vorstellung ein Netz aus Pfiffen und Gezwitscher über dem kleinen Dorf webten und es wie ein Schild bedeckten und schützten.

Eines Tages sagte Renata: »Denk dir nur, jetzt ist es schon schwieriger, wenn Michele und ich persönlich miteinander reden. Wenn wir uns abends mit eurer Hilfe unterhalten, müssen wir uns um Einfachheit bemühen, wir dürfen nichts Kompliziertes sagen, damit Alì verstehen und in Worte verwandeln kann, was Michele mir sagen will. Wenn wir aber persönlich miteinander reden, verrennen wir uns immer in irgendwas, alles scheint schwieriger zu sein, als es in Wirklichkeit ist, dazu kommt der Gesichtsausdruck, warum hast du das gesagt und dabei so geschaut, wie hast du das gemeint … Es wäre schön, wenn man jeden Abend eine Stunde mit den Menschen verbringen könnte, die man liebt, und man könnte wie die Vögel sein. Der Tag ginge immer gut zu Ende.«

Aber das Seltsamste erlebte ich, als ich schon eine Zeit lang im Waisenhaus war. Dank Renata las ich gern, denn vor allem in den Anfangszeiten hatte sie uns vor dem Abendessen Geschichten vorgelesen. Vier oder fünf Kinder hörten gern zu, und ich ging immer hin, weil ich Renatas weiche Stimme mochte und auch weil sie traurig war, wenn ausgerechnet ich nicht kam, sie sagte, ich hätte ein besonderes Einfühlungsvermögen und solle die Geschichten unbedingt hören. Ich legte auf dieses besondere Einfühlungsvermögen keinen großen Wert, eigentlich hätte ich gern weiter mit den anderen Tischfußball gespielt. Aber weil Renata mir wichtig war, schwänzte ich kein einziges Vorlesen.

Sie las kurze Geschichten, die sie selbst auch mochte, und die Bücher von Italo Calvino, sie las *Die Schatzinsel* und *Zwanzigtausend Meilen unter dem Meer*, und die Kleinen saßen auf winzigen Stühlen oder lagen auf einer Decke, und die Großen kamen ab und zu nur, um zu sehen, wie Renata die Beine übereinanderschlug, oder um ihr ins T-Shirt zu schauen, wenn sie sich bückte.

Jedenfalls hörte ich zu, am Anfang unkonzentriert, dann immer aufmerksamer, und schließlich fing ich selbst an zu lesen, denn Renata sagte so schöne Sachen über die Bücher, die sie vorlas, und man merkte, dass beim Lesen etwas in ihr vorging, sie bewegte die Augen anders, schneller, die Augenbrauen hoben sich. Oder sie las einen Satz, unterbrach sich und dachte über ihn nach, und dann hingen wir alle an ihrem Blick. Dieser Blick war neu für uns, als sähe sie etwas, das dann verschwand und auch nicht wiederkam, also musste sie das Bild im Kopf festhalten und dabei mit weit geöffneten Augen ins Leere schauen.

Wie viel Zeit ich mit Büchern verbrachte und was ich alles von ihnen lernte! Denn in guten Büchern ist von dem Leben die Rede, von dem man nicht sprechen kann. In guten Büchern ist das Wort ein lebendiges schwarzes Zeichen, das sich selbst malt, mit Kurven, geraden Linien und Kreisen, und all diese abstrakten Zeichen bedeuten mehr als das Leben ringsum, das man sieht, wenn man vom Buch aufschaut. Es ist sogar mehr und zugleich weniger, es verändert auch den Raum um sich herum, und darin glich es meinem Pfeifen, das ein abstraktes Tonzeichen war, mal weiß, mal blau, mal gelb, das durch die Luft flog und ebenfalls mehr war als das richtige Leben und zugleich weniger.

Zwei oder drei Jahre lang las ich die Bücher, die Renata mir brachte, ich gab sie ihr nach zwei Tagen zurück, und sie fragte: »Was, schon fertig?«, und ich pfiff: »Ja« und dass es schön war oder traurig und dass ich zum Beispiel die Stelle toll fand, in der die Hauptfiguren am Strand Anlauf nehmen und sich ins Wasser stürzen, und sie hörte zu und lächelte und nickte, aber ich weiß nicht, ob sie meine Pfiffe wirklich verstanden hat.

Eines Nachmittags ging ich, wie immer mit Alì auf der Schulter, dorfauswärts ein bisschen weiter hinauf, Richtung Berge, um mich mit meinem Buch auf eine Wiese zu setzen. Es war wieder Frühling geworden, der zwölfte Frühling meines Lebens, und die frische Luft roch so gut, dass man sie schluckweise hätte trinken mögen, es war, als hätte jemand eine Flasche Mandelmilch darin aufgelöst. Ich setzte mich bequem hin, an einen Felsen gelehnt, die Nachmittagssonne im Gesicht, und fing an zu lesen. Alì flog ein bisschen herum und besuchte mich dann wieder und setzte sich auf meine Schulter, fragte, wie es mir gehe, ob mir das Buch gefalle, was die Hauptfiguren so machten.

Während er mich das alles fragte, sah ich Mama und Papa zwischen den Bäumen. Sie gingen langsam spazieren, Hand in Hand, Papa warf mir mit seinem abgedrifteten Auge einen Blick zu, und Mama, in ihrem schönen gelben Kleid, blies mir einen Luftkuss zu. Ich sprang auf.

»Alì! Hast du das gesehen? Stella und Quirino!«

»Nein, gerade nicht«, antwortete Alì. »Aber sie sind schon seit Tagen da. Wenn du liest, fliege ich immer in den Wald, dort habe ich sie schon oft gesehen. Sie gehen spazieren und versuchen herauszukriegen, wo du bist, damit sie dir winken können.«

»Warum hast du nichts gesagt?«, fragte ich und rannte in die Richtung, in die sie gegangen waren.

»Es hat keinen Sinn, ihnen hinterherzulaufen, Isidoro. Sie gehen herum und suchen dich, du kannst sie nicht einholen und mit ihnen reden. Hab keine Angst, irgendwann tauchen sie wieder auf. Wichtig ist nur, dass du dich immer revanchierst, wenn dir jemand einen Gefallen tut, mit dem reinen Herzen eines kleinen Vogels.«

»Wie meinst du das? Was muss ich tun?«

»Weißt du noch, wie der Spatz dich vor dem Erdbeben gerettet hat?«

»Klar weiß ich das noch, Alì.«

»Dafür kannst du dich jetzt revanchieren.«

»Wie denn?«

Alì flatterte auf und stellte sich im Gras vor mich hin, wie immer, wenn er ernst mit mir reden wollte.

»Die Vögel wollen gern etwas über das Leben der Menschen erfahren, aber sie verstehen es nicht, wenn sie nur zuschauen. Für uns gibt es da zu viele Widersprüche. An einem Tag liebt ihr euch, und am nächsten schlagt ihr euch die Köpfe ein. Manche von euch essen, bis sie nicht mehr laufen können, während andere nichts essen und nicht mal aufstehen können. Ihr baut die kompliziertesten Bomben und tötet euch gegenseitig. Es gibt noch viel mehr, was wir nicht begreifen. Da könntest du doch eure Bücher den Vögeln vorlesen, die Bücher, die du immer liest, vielleicht verstehen wir dann ein bisschen besser, was ihr tut. Du hast gesagt, dass du beim Lesen oft begreifst, was in dir selbst vorgeht, und dass es ein bisschen ist, wie lange zu pfeifen. Hättest du Lust, den Vögeln die Bücher vorzupfeifen?«

»Ja, klar!«, antwortete ich. »Sie müssen aber Geduld haben, ich muss das, was ich lese, erst mit dem Pfiffibular übersetzen, das dauert vielleicht ein bisschen.«

»Beste Dinge wollen Weile haben«, sagte Alì.

»Also gut.«

Da war Alì schon davongeflogen, er hatte nicht mal gewartet, bis ich zu Ende gesprochen hatte. Nach zwei oder drei Minuten kam er mit etwa dreißig Vögeln im Schlepptau zurück. Ich pfiff: »Guten Tag allerseits!«, und sie begrüßten mich auch und ließen sich um mich herum auf dem Boden nieder, auf den Felsen oder in den Bäumen. Ich las gerade *Oliver Twist,* aber erst seit Kurzem, war also noch ganz am Anfang.

»Wollt ihr die Geschichte hören?«, fragte ich.

»Triiiaaà!«, antworteten die Vögel.

So fing ich an mit dem Vorlesen, langsam, ich pfiff und zwitscherte den Roman und versuchte so zu übersetzen, dass auch die Vögel die Geschichte des Jungen verstanden. Nicht alle hörten aufmerksam zu, und außerdem war Frühling. Irgendein Spatz oder ein Tauber schwänzelte immer lieber um ein kleines Spatzenmädchen oder ein Täubchen herum und blähte sich auf, genau wie meine Freunde, die nur wegen Renatas Beinen zum Vorlesen kamen. Jedenfalls las ich nachmittags den Vögeln vor, und abends las Renata uns vor, und die Zuhörer waren sich gar nicht so unähnlich.

Zwei Jahre lang las ich den Vögeln ein paarmal die Woche vor. Wenn es kalt war, lasen wir gleich nach dem Mittagessen, aber im Frühling und im Sommer erst gegen Abend, wenn sich der Himmel allmählich dunkelblau färbte. Wir lasen viele Bücher, Renata gab sie uns, und mit der Zeit waren es nicht mehr nur Kinderbücher, sondern auch Bücher für Größere. Mein Publikum wuchs ständig, irgendwann pfiff und zwitscherte ich für hundert Vögel auf einmal. Ich lernte neue Wörter, die ich erst mal nachschlagen musste, und dann dachte ich mir einen Pfiff aus, mit dem sich zum Beispiel »pythisch« oder »bass erstaunt« übersetzen ließ.

Die Vögel hatten ganz recht. Viele, viele Dinge von uns Menschen versteht man einfach nicht.

III

Siebter Liebesbrief aus dem Badezimmer

Liebe langweilige Nachmittage,
ich liebe euch schon immer, denn wenn es nicht ab und zu ein bisschen langweilig wäre, würde sich der Kopf keine neuen Sachen, Erfindungen, Ideen oder abstruses Zeug einfallen lassen. Er würde sich nicht bemühen, gründlich zu verstehen, wie zum Beispiel die Kuckucksuhr an der Wand funktioniert. So etwas passiert an langweiligen Nachmittagen, und zwar vor allem fantasievollen Kindern. An einem langweiligen Nachmittag funktioniert der Kopf schneller, weil es keine Schranken gibt. Er ist ein weißes Blatt Papier, das man mit Zeichen und Zeichnungen füllen kann. Halt, nein, stimmt nicht! Er ist ein eng beschriebenes und bemaltes Blatt, das man an einem Ende halten und wie einen Wollpullover ganz langsam auftrennen und nach Lust und Laune neu stricken kann, mit anderen Mustern. An langweiligen Nachmittagen bin ich zum Beispiel geritten (ich kann nicht reiten) und Auto gefahren (ich war zehn Jahre alt), ich habe ein Flugzeug geflogen (in das ich auch für hundert Millionen Lire nicht einsteigen würde), war tauchen (ich kann nicht schwimmen und habe Angst vor dem Meer), ich war in Südafrika (zu Fuß, wegen Flugzeug und so), ich habe gegen Pelé Fußball gespielt und gewonnen (was sogar hätte sein können). An langweiligen Nachmittagen habe ich lesen und schreiben gelernt, ich habe meinen Beruf gelernt, ich habe gelernt, zuzuhören und zwei ungenaue Wörter zu einem genauen zusammenzusetzen.
Ihr, liebe langweilige Nachmittage, seid die besten Freunde fantasievoller

Kinder, ihr seid ein Geschenk, das es im Erwachsenenleben nicht mehr gibt. Eltern dürfen nicht vergessen, ihren Kindern dieses Geschenk zu machen, denn an einem langweiligen Nachmittag steht der größte Reichtum überhaupt zur Verfügung: Zeit. Und wie das so ist mit Reichtum, muss das Kind ein bisschen daran gewöhnt sein, sonst kann es nicht mit ihm umgehen und weiß nicht, wie es ihn investieren soll, oft kann es den Reichtum nicht genießen, und es verschwendet ihn, wie es viele reiche Menschen mit dem Geld machen, das sie von ihren Eltern geerbt haben. Aber Geld darf man ruhig verschwenden, Zeit nicht. Das gilt vor allem für ein fantasievolles Kind. Denn für das Kind ist Zeit die Hefe im Teig der Kreativität. Ohne die Zeit findet die Kreativität ihren Weg nicht und wird vom Lernen erdrückt: Lern dies, lern das, du hast doch jetzt eine halbe Stunde für dich, aber nutze sie, nachher müssen wir etwas anderes tun. Wo ist denn da der Unterschied zu den Erwachsenen? In einem Zeitungsartikel habe ich mal gelesen, dass Tiere keine Langeweile kennen. Wenn sie gefressen und ihre Notdurft verrichtet und sich eventuell noch gepaart haben, dann ruhen sie, sie langweilen sich also nicht, wenn sie einen ganzen Nachmittag nichts tun. Aber das sind Tiere! Ein fantasievolles Kind erschafft in der Langeweile eines Sommernachmittags sein eigenes Leben, seinen eigenen Körper, an einem langweiligen Nachmittag ist ein fantasievolles Kind ein kleiner lieber Gott mit winzigem weißen Bärtchen, der beim Spielen in seinem Kinderzimmer die Welt erschafft. Ach, wie gern hätte ich noch mal einen solchen Nachmittag!
In Liebe,
Quirino

IV

Schnabelkuss

Renata war die Erste, die mir etwas über die Liebe zwischen Erwachsenen beibrachte. Als sie sich mit Alìs und meiner Hilfe mit Michele unterhielt, verstand ich, was es bedeutet, sich jemandem schenken zu wollen, und dass selbst etwas zu geben ein noch größeres Glück bedeutet, als etwas zu bekommen. Bei ihr lief es eine Weile gut, sie waren drei, vielleicht dreieinhalb Jahre glücklich zusammen, aber dann wurde Michele ziemlich nachlässig, er war ein Kindskopf und tat ihr weh, weil er sie ohne jeden Grund plötzlich sitzen ließ.

Wir verbrachten ein paar schlimme Abende miteinander. Alì flog zu Michele, aber dann beantwortete er Renatas Fragen nur ab und zu mit einem Pfiff, gerade mal triaà (»ja«) oder fruii (»nein«), weil Michele mittlerweile sehr wortkarg war. Am zweiten Abend saß Alì sogar vor einem geschlossenen Fenster, und als er zurückflog, um uns das zu sagen, weinte Renata, als hätte ihr jemand dieses Fenster vor der Nase zugeschlagen. Ich selbst empfand eine seltsame Art von Bedauern, denn ich hatte zum ersten Mal das sichere Gefühl, dass ich für Renatas Glück mitverantwortlich war, und hätte am liebsten gesagt: Renata, ich bin für dich da, vergiss den blöden Kerl, ich sorge dafür, dass du glücklich bist! Aber das ging nicht, ich war erst dreizehn und sie schon fast dreißig, und es ging auch nicht, weil ich stumm war, obwohl zwischen uns längst eine

Sprache entstanden war, die wir beide verstanden. Einfache Sachen pfiff ich sofort, das Heft brauchten wir nur noch für Schwierigeres.

Es war schlimm für mich, dass Renata nicht mehr lachte.

Ein paar Monate nachdem Schluss war mit Michele, beschloss sie fortzugehen. Sie wollte zurück in ihre Heimatstadt im Norden.

»Weißt du, Isidoro, hier ist es schön, aber es ist nicht leicht für mich. Wenn Michele noch wäre, würde ich schon bleiben, ich würde weiter hier im Waisenhaus arbeiten, vielleicht könnte mich auch der Apotheker als Helferin brauchen. Aber so hat es für mich keinen Sinn mehr. Du bist das Einzige, das mich hier hält, aber du wirst ja auch bald fliegen.«

»Nie und nimmer!«, pfiff ich aus voller Kehle. »Ich fliege bestimmt nirgendwohin! Ich kann nur pfeifen, ich bin doch kein echter Vogel! Ich bleibe mit dir hier, wir verloben uns, und ich kümmere mich um alles.«

Ich weiß nicht, wie viel sie von meinem Gepfeife verstand, aber sie streichelte mein Gesicht und gab mir einen Kuss. Der Kuss war anders als sonst. Sie küsste mich auf die gespitzten Lippen, und der Kuss war weich und ein bisschen feucht und nicht schnell. Sie legte ihren Mund auf meinen und ließ ihn dort, und ich sog mit der Nase den Duft des warmen Atems ein, der aus ihrer Nase strömte, und mir blieb das Herz fast stehen, zwischen meinen Beinen wurde es hart, und meine Hände schwitzten.

»Auf Spanisch heißt das *Piquito*. *Pico* ist der Vogelschnabel, und ein Piquito ist ein kleiner Schnabel, ein kleiner Kuss«, sagte Renata.

Am Tag nach dem Kuss schwänzte ich zum ersten Mal die Schule. Ich war fast fertig mit der achten Klasse, und ich spürte in mir dauernd eine Unruhe, die Schule war immer mehr eine Strafe, der Unterricht war langweilig, besonders die Abfragerei. Was ich brauchte, war ein Fahrrad. Ja, ein Fahrrad war vielleicht ein Mittel gegen diese innere Aufregung. Der Kuss war wie die Lunte am Pulverfass gewesen, in meinem Kopf kreisten schon eine ganze Weile solche Fragen: Wer bin ich? Warum habe ich kein Zuhause? Warum habe ich beide Eltern verloren, während sie miteinander im Bett waren? Warum habe ich meine Stimme verloren? Warum spreche ich mit den Vögeln? Warum lese ich den Vögeln ganze Bücher vor, um mich dafür zu revanchieren, dass sie mich beim Erdbeben gerettet haben?

Als ich noch etwa fünfzig Meter vom Schultor entfernt war, sah ich die anderen Kinder hineingehen, und zum ersten Mal ging ich nicht mit.

Wer bleibt mir denn, wenn auch Renata jetzt noch weggeht?, dachte ich. Sie war meine eigentliche Schule, von ihr habe ich lesen gelernt, von ihr habe ich gelernt, mich nach jemandem zu sehnen, durch ihre Bücher habe ich gelernt, dass man manchmal *er habe* und nicht *er hätte* sagen muss oder *ich sagte, es seien* und nicht *es wären,* und dass das Land, aus dem Alì stammt, Indonesien heißt.

Ich steckte die Hände in die Hosentaschen und kehrte der Schule den Rücken zu.

»Wo gehen wir jetzt hin?«, fragte Alì.

»Weiß ich auch nicht.«

»Hast du keine Lust auf die Schule?«

»Echt nicht, Alì.«

»Gehen wir los?«

»Ja.«

»Renata ist hübsch, was? Ich finde es auch schade, dass sie weggeht. Ihr Lachen wird mir fehlen.«

Beos plappern nicht nur Wörter nach, sie können auch sehr gut Menschenstimmen imitieren. Alì lachte ein gläsernes Lachen, und es klang genau wie Renata. Es war seine Art, mir zu sagen, dass er alles verstanden hatte, dass er wusste, was in mir vorging. Er war längst ein Teil von mir geworden, es war, als wären wir eine einzige Person, wenn auch halb Vogel und halb Menschenkind. Wir redeten jeden Abend lange über alles, was tagsüber passiert war, er wusste, wonach ich mich sehnte, was mich ängstigte, wovon ich träumte und was ich mir erhoffte. Er wusste, dass ich in Renata verliebt war, er wusste, dass ich die dunkle Warze ihrer nassen runden Brust aus dem Bademantel hatte hervorschauen sehen, als ich ihr einmal ein Buch aufs Zimmer zurückbrachte, er wusste alles von mir.

Ich dagegen wusste fast nichts von ihm. Aber nicht, weil er es mir nicht hätte sagen wollen. Er tat nur im Lauf der Jahre immer geheimnisvoller. Er erzählte mir noch von Indonesien und von Paris und dass manche Italiener in Südamerika neapolitanische Lieder singen oder wie in Japan die Kirschen blühen, aber die Erzählungen wurden immer komplizierter, immer unverständlicher, es war, als hätte er die ganze Welt und alle Zeiten im Gedächtnis. Er hätte mindestens vierhundert Jahre alt sein müssen, wenn er alles gemacht haben wollte, was er erzählte. Ich akzeptierte sein Geheimnis und trug ihn auf der Schulter, wie ich es immer getan hatte, denn er war mein gefiederter Bruder, von ihm hatte ich gelernt, mit meiner richtigen Stimme zu sprechen.

Wir überquerten die Piazza und liefen weiter über die Landstraße die drei Kilometer ins nächste Dorf. Am Brunnen an der Piazza tranken wir Wasser. Das Dorf lag still da, alle Kinder waren in der Schule, und ich fühlte mich zum ersten Mal im Leben richtig frei. Es war diese Freiheit der Erwachsenen, diese tolle Freiheit, für die man aber dann selber verantwortlich ist.

Wie ein feiner Herr stolzierte ich durchs Dorf, aus den offenen Fenstern ringsum klangen neapolitanische Lieder, gesungen von kräftigen Frauenstimmen, es roch nach Chlorbleiche, der Duft von Brühe und geschmorten Innereien stieg mir in die Nase, auf den Balkonen wehten schneeweiße Leintücher, dazu hingen halbmeterdicke Kissen und handgefertigte bunte Wolldecken zum Lüften über dem Geländer, Möbel wurden gerückt, damit dahinter geputzt werden konnte, man hörte Pickelklopfen oder das Winseln eines Mischers, wo eine Wand im Haus oder ein Mäuerchen im Innenhof zu reparieren oder ein harmloser Riss zu schließen war oder gefährdete Wände abgebrochen werden mussten. Auch hier hatte die Erde gebebt, drei Jahre war das mittlerweile her, und die Geräusche, die Gerüche und die Farben waren das Leben und die Erinnerung an den Tod, die Hand in Hand gehen. Ich hatte in diesen Jahren viele Menschen gesehen, die Wände wieder aufbauten und mit den Steinen und den Ziegeln auch die Angst, alles könnte wieder auf sie herabstürzen, vermauerten.

Nach dem Rundgang kehrten wir auf die Piazza zurück, wo wir neugierig den einzigen Gast beobachteten, der vor der Bar an einem Tisch saß. Der dünne Mann mit Riesennase und einer Haut wie aus Wachs trug eine fast runde dunkle Brille und hielt das Gesicht in die Sonne. Ich weiß das noch, weil mich der Mann magnetisch anzog, er erinnerte mich an eine Figur aus einem Buch von Renata: »Er war allein, lebendig, erregt und verzweifelt, und seine Jacke sah aus, als ob der Tod hineingewebt wäre.«

Der Mann war blind, das sah ich an dem weißen Stock, der an seinem Bein lehnte. Alì testete ihn: Er flog auf den Tisch und wieder zu mir, und erst da drehte sich der Mann kurz um, irritiert vom Geräusch der Flügel. Er machte diese typische Bewegung der Blinden, er bewegte den Kopf, als sähe er mit der Stirn, ich hatte das Gefühl, als sandte sein Körper ringsum Schallwellen aus, ein bisschen wie bei einer Fledermaus. Alì und ich saßen auf der Bordsteinkante, ziemlich nah bei seinem Tisch, er hatte einen feuerroten Kirschsirup vor sich, und ich dachte: Wie schade, dass er die schöne Farbe nicht sieht. Er saß ganz still, bestimmt spürte er, wie still der Platz um ihn herum war, und ich beobachtete ihn gespannt.

Der Kellner, ein Junge in meinem Alter, vielleicht der Sohn des Barmanns, kam aus der Bar, ging zu dem Mann und sagte: »Es ist Viertel vor zwölf, Signor Enzo.«

»Danke«, sagte dieser Signor Enzo, und an seiner Stimme war nicht zu erkennen, ob er ein Mann mit Frauenstimme oder eine Frau in Männerkleidern war. Er stand auf, der Junge streckte ihm seinen Ellenbogen hin, der Mann legte seine magere weiße Hand darauf, sie gingen zu einer schmalen Straße, die von der Piazza wegführte, und in dem Moment schlug es elf Uhr fünfundvierzig.

Alì und ich liefen die drei Kilometer Landstraße wieder zurück. Ich erzählte Renata, dass ich geschwänzt hatte.

»Einmal geht das schon. Was hast du denn gemacht?«

»Nichts, spazieren gegangen, ein bisschen herumgeguckt«, flötete ich.

»War es schön?«

»Ja. Ich hab mich frei gefühlt.«

Ein paar Tage später reiste Renata ab.

Ihr Lachen hatte sich ein bisschen verändert, aber es war noch schöner geworden. Es klang erwachsener, nicht mehr so unbefangen, das Mädchenhafte war aus ihrem Gesicht verschwunden, und ich wusste, dass ich es ohne Renatas Lachen nicht aushalten würde. Ich überlegte, was das Geheimnis ihres Lachens war und warum diese Lippen – jeder Mensch hat welche, ich auch –, die sich über diese Zähne spannten – jeder hat Zähne und Lippen –, warum also diese Lippen noch etwas anderes sichtbar machten, etwas Magisches, Unberührbares, das nicht mehr da sein würde, wenn sie jetzt wegging und ihr Lachen mitnahm. Ich verstand einfach nicht, warum sie meine Liebe, die ich ihr großzügig anbot, nicht annahm, es war doch egal, dass ich dreizehn war und sie dreißig.

Hand in Hand gingen wir zum Bus nach Salerno, und auf dem Weg erzählte sie mir, was geschehen war.

»Ich habe Michele sehr geliebt. Er hat wie du seine Eltern beim Erdbeben verloren. Aber weißt du, wie Männer manchmal sind? Sie können kein neues Leben in sich wachsen lassen, wie das der Körper einer Frau kann, und so bleiben manche an der Idee einer Kindheit hängen, die nie mehr so sein wird wie früher, die sie aber immer so haben wollen. Also behalten sie ihre Kindheit möglichst lange bei, wenn auch nur in einer Geste oder einer Gewohnheit. So ist das bei Michele. Es war schlimm für ihn, als er seine Eltern verlor, er musste innerhalb von zwei Stunden erwachsen werden, wollte aber für immer ein Kind bleiben. Du bist anders. In dir steckt ein Geheimnis, dem ich nicht ganz auf die Spur gekommen bin. Du bist jung und alt, du bist ein Kind und erwachsen, du bist klar und rätselhaft. Du bist Mann, Frau und Tier in einem, und das macht dich wunderschön. Ich bin schwanger, Isidoro, und ich verspreche dir, wenn es ein Junge wird, soll er Isidoro Michele heißen.«

Sie gab mir mit gespitzten Lippen noch einen Kuss auf den Mund, aber er war rasch und trocken.

Ciao, Renata.

V

Nichts sagen, nichts sehen, nicht gehen …

Auf der Liste seltsamer und ungewöhnlicher Menschen, die ich mein Leben lang um mich hatte – schwer zu sagen, ob ich sie anzog oder nur ich sie sah und die anderen nicht –, war jetzt Signor Enzo an der Reihe, der Blinde aus der Bar. Eines Morgens mussten wir zu einer Art Appell antreten. Wir waren nur noch zu acht im Waisenhaus, alle um die zwölf, dreizehn Jahre alt. Die Übrigen waren bei Verwandten untergekommen oder hatten anderswo einen Platz gefunden. Ein paar von den Älteren waren bis nach Amerika gegangen, wo viele Leute aus Mattinella lebten und sogar ein eigenes Fest mit Musikkapelle und Heiligenfigur und allem Drum und Dran feierten, das der Muttergottes von Mattinella gewidmet war. Das Fest heißt *Morning Star* – Stella del Mattino –, aber meine Stella, mein Morgenseestern, ist und bleibt natürlich Mama.

Bei dem Appell erfuhren wir, dass es am Nachmittag um drei Uhr eine Besprechung gab, zu der wir unbedingt erscheinen mussten. Man suchte nämlich ein Haus für uns, in dem wir noch ein paar Jahre leben konnten, bis wir volljährig waren. Vielleicht konnten wir als Gegenleistung kleinere Arbeiten verrichten, die Pflichtschulzeit war vorbei, und nur echte Glückspilze würden eine weitere Ausbildung erhalten. Aber soweit ich verstanden hatte, gehörte niemand von uns zu den echten

Glückspilzen, wir waren nur halbe Glückspilze, Glückspilzchen, denn wir waren zwar Waisen, aber immerhin beim Erdbeben nicht gestorben.

Einer beschloss mit zwölf Jahren, Pfarrer zu werden, und zog in eine Gemeinschaft, eine Art Vorseminar, in dem Halbwüchsige schon mal das Priesterleben üben konnten. Dort trug man dunkelblaue Pullover mit einem kleinen goldenen Kreuz auf der Brust und ging jeden Tag in den Gottesdienst, aber man spielte auch und lernte Gitarre. Wenn man allerdings Lust hatte auf eine kleine Entspannung unter der Bettdecke, hieß es: »Jetzt hast du einen weiteren Stein auf die Mauer zwischen dir und Gott gelegt.«

Ich fand die Sache zugegebenermaßen interessant, denn der Pfarrer wusste, dass Papa ein eingefleischter Kommunist gewesen war, und hatte sich fest vorgenommen, mich auf den »rechten Weg« zurückzuführen. Er war nett zu mir und brachte mir Bücher über das Leben der Heiligen. Ich fand diese Abenteuergeschichten toll, in denen der Ewige Vater dir höchstpersönlich im Traum erscheint und erzählt, was mal aus dir wird. Der Pfarrer beschrieb mir das Seminar auch als wundervolles Haus voller Frieden und schöner Worte, aber am Ende gab er es auf, vor allem weil ich auf seine Fragen nicht antwortete, sondern pfiff. Er sagte, auch der heilige Franziskus habe den Vögeln gepredigt und ich verfüge über eine außergewöhnliche Gabe und so weiter und so fort, was seit den Zeiten mit Nocella eben immer alle sagen. Aber dann nahm er mich doch nicht in das Jugendseminar auf, er sagte: »Mag sein, dass er die Berufung hat, aber wie soll man ihn verstehen? Er pfeift immer nur, wie soll er da Gottes Wort verbreiten?«

Damit konnte er bestimmt nichts anfangen, der Pfarrer, dass am Anfang der Pfiff war, dass Gottes Wort viel später kam und schon eine Erklärung der Schöpfung war und nicht mehr die Schöpfung selbst. Was wusste der Pfarrer schon davon.

Um drei Uhr nachmittags stellten wir uns im Direktorat in einer Reihe auf. Die beiden verbliebenen jungen Helferinnen zupften uns die Klamotten zurecht, und gerade als sie sich auf einen Fleck auf Feliciellos Pullover konzentrierten und der Direktor die Augenbrauen hochzog und »Das ist nicht nötig« sagte, da ging die Tür auf, und herein kam der blinde Enzo.

»Das ist Signor Vincenzo«, sagte der Herr Direktor Fortunato Pesto, ein leidenschaftlicher Esser, was nicht zu übersehen war, hing ihm doch immer ein Restchen Grünzeug zwischen den Zähnen. »Signor Vincenzo kann uns nicht sehen, wie ihr seht.«

Um zu vermeiden, dass die Vorstellung angesichts des außergewöhnlichen Redetalents des Direktors in einer Tragödie endete, hob Signor Enzo die Hand und sagte: »Danke, es muss gar nicht so formell sein, ich suche nur einen jungen Freund.« Er sagte es mit dieser Frauenstimme, die ich schon in der Bar gehört hatte, und die Jungs machten sich lustig, sie kicherten in sich hinein und fassten sich ans Ohrläppchen. Signor Enzo fragte jeden von uns, wie er heiße und wie alt er sei, und als ich dran war, hörte er natürlich nur einen Pfiff.

»Warum sagst du mir nicht, wie du heißt?«, fragte er in seinem freundlichen Ton.

»Nein, nein, der nicht, Signor Enzo, der ist stumm!«, mischte sich da der Direktor ein. »Sie sind schon blind, was fangen Sie da mit einem Stummen an?«

»Warum pfeift er denn?«

»Es ist sozusagen seine Art, sich auszudrücken.«

Kein Kind wollte mit ihm gehen. Während der kurzen Unterhaltung tuschelten sie, sie wollten nicht bei einer »Tunte« wohnen, sie frotzelten und schubsten sich gegenseitig und riefen: »Der will mit, der will mit!«

Ich nahm das Heft aus der Tasche, das ich immer brauchte, wenn mich jemand nicht verstand, und schrieb:

Der Kirschsirup ist so rot, wie wenn du eine Hand über die Kerze hältst und wieder wegnimmst, bevor du dich verbrennst, und dann in der kühlen Luft damit wedelst. Das luftige Wedeln ist wie die Sonne, die in das rote Glas scheint. Im Pfiffibular wäre das ein bauchiger Lasagnepfiff.

Ich riss die Seite heraus, faltete sie und gab sie Alì. Er flog Signor Enzo auf die Schulter, und der erschrak nicht.

»Isidoro! Pfeif Alì sofort zurück!«, rief der Direktor. »Entschuldigen Sie, Signor Vincenzo, der stumme Junge hat immer einen Beo dabei.«

Vermutlich hatte Signor Enzo das Flügelschlagen wiedererkannt, das er schon auf der Piazza gehört hatte. Das heißt nicht viel, ich weiß schon, alle Flügel klingen ähnlich, aber ich hatte diesen Eindruck. Signor Enzo hob die Hand behutsam an seine Schulter, um Alì zu streicheln, und spürte mit den Fingern den Zettel.

»Was hat er im Schnabel?«

»Einen Zettel.«

»Könnten Sie so freundlich sein und ihn mir vorlesen?«

Der Direktor brummte noch: »Was für einen Mist hast du denn da geschrieben«, aber dann gab er klein bei und las den Zettel laut vor.

Signor Enzo lächelte. »Und wie würde es in deinem Pfiffibular klingen?«

»Kjiirrr-trooojooo!«, pfiffen Alì und ich wie aus einem Munde.

Abends um sieben bezog ich mein neues Zimmer in Monte di Dio, einem sehr schönen Viertel von Neapel, ganz nah am

Meer. Wir waren wie die drei berühmten Affen, nichts sehen, nichts hören, nichts sagen. Aber wir waren besser, denn jeder konnte etwas Besonderes: Ich redete nicht, aber ich pfiff, Alì lief nicht, aber er flog, Signor Enzo sah nichts, aber er konnte sich Dinge vorstellen.

VI

Tschechoff

»Niemand weiß, was ich eigentlich mache. Die Leute wissen nur, dass ich viele Bücher kaufe, aber ich kann sie nicht lesen, weil ich blind bin. Als ich jung war, wollte ich die Dumpfbacken provozieren, die bloß Essen, Fußball und Schlägern im Kopf haben, und lief mit einem Buch in der Hand herum. Es war ein Buch von einem Autor, den ich immer noch sehr liebe, Anton Tschechow, ein russischer Schriftsteller, dessen leichte und kostbare, schmerzliche und zerbrechliche Worte ich von meiner Großmutter hörte. Ihre Stimme war mit ihrer Seele verschmolzen, denn sie war eine große Schauspielerin. ›Aha, der Blinde liest Tschechoff‹, hieß es. Damit war die Sache gegessen, und ich hieß im ganzen Viertel nur noch Enzo Tschechoff.«

Diese Erklärung gab er mir zehn Tage nach unserer Ankunft. Als ich die Wohnung zum ersten Mal betrat, sagte er nur: »Das hier ist dein Zimmer, junger Freund. Dieses Bad benutzt ihr beide, du und der liebe Alì«, und: »Da drüben sind mein Schlafzimmer und mein Bad, und ich wäre dir dankbar, wenn ihr nicht hineinginget.«

Dann sagte er noch: »Du würdest dort auch nichts finden, mein junger Freund, was deine blühende, jugendliche Vogelfantasie entzünden könnte. In dem Zimmer gibt es keine Bilder, keine Farben, nicht mal eine Nachttischlampe. Es ist ein schlichter Würfel, eine Nische eher in der Zeit als im Raum, nichts weiter als eine Schwelle, um meinen Körper an den Unterschied zwischen Tag und Nacht zu erinnern. Die ganze Einrichtung habe ich im Kopf. Es sind dort die Kredenzen mit dem Familiensilber, das es nicht mehr gibt, ebenso wenig wie die Familie. Da steht auch der bemalte Sekretär, an dem mein Großvater, Gott hab ihn selig, ganze Bäche von Tinte und Sehnsucht vergossen hat mit seinen Briefen, die er einer Tänzerin schrieb. Er hatte sie in der Galleria Umberto im Salon Margherita kennengelernt, einem bezaubernden kreisrunden Saal, dem neapolitanischen Café-Chantant. Er verliebte sich in sie, als er, ein einziges Mal nur, einen üppigen französischen Busen aus Afragola schmecken und beschnuppern durfte, und in fünf Minuten war seine Ehe gescheitert und ihr Vermögen geschwollen. Ich habe die blau und beige bezogenen falschen bourbonischen Stühle und die Korallensammlung meiner Mutter im Kopf, auch die islamischen Gebetsnischen, die Pseudo-Mihrab, die mein Bruder auf seinen Reisen durch die Welt fotografiert oder gezeichnet hatte und sich von einem Schreiner an den Gradoni di Chiaia nachbauen ließ. Diese kleinen Grotten mussten ganz besonders schön sein, vergoldet, marmoriert oder lapisblau bemalt, über und über mit erfundenen Suren bedeckt und nicht nach Mekka, sondern nach Capri oder Procida ausgerichtet. Mein Bruder besaß auch einen pakistanischen Teppich mit einer Sequenz von Mihrab, die seine Leidenschaft waren. In seine Gebetsnischen zog er sich zurück, um Frieden mit der Welt, aber vor allem Freundschaft mit sich selbst zu schließen, nachdem er sich Tausende von Kilometern vergeblich gesucht hatte. Wie du siehst, mein junger Freund, ist die Wohnung jetzt leer, ich habe alles verkauft, alle sind fort, aber das Notwendige ist vorhanden. Du darfst natürlich alle Bücher lesen. Eigentlich war ich auf der Suche nach einem jungen Assistenten, der mir vorlesen würde. Aber das macht nichts. Du wirst das anderweitig wettmachen.«

Er verschwand in sein Zimmer, und ich stürzte mich sofort auf das Essen auf dem reich gedeckten Tisch. Ich konnte damals futtern wie ein Scheunendrescher und blieb trotzdem dünn. Aber Enzos Geschichten hatten meine Neugier angestachelt und nahmen mich viel mehr gefangen als der köstliche Duft des Casatiello-Osterbrotes und der Makkaronitörtchen. Gebetsnischen? Die Korallen seiner Mutter? Die französisch-afragolesische Tänzerin? Ich war in einer Wohnung gelandet, die leer und übervoll war, sie war … ja, sie war wie eine Wohnung für Papas schöne Worte, sie war eine Wohnung, in der es nichts und die ganze Welt gab, aber ohne jede Ordnung, die alles zusammenhielt. Es gab keine Bilder, Vorhänge, Spiegel, keinen Fernseher. Es gab nur Musik, Stille, Geschichten und einen spektakulären Ausblick auf das blaue Meer, das aber ausgerechnet der, dem das Fenster gehörte, gar nicht sehen konnte. Nur sein letzter Satz gab mir zu denken. Du wirst das anderweitig wettmachen. Ich musste dabei an den Quatsch denken, den mir die anderen bei unserer Abreise aus dem Waisenhaus hinterhergerufen hatten: »Pass nur auf, Isido'! Der lässt dich noch aus allen Löchern pfeifen!«, und wie sie dabei lachten und sich mit den Ellenbogen stießen, meine alten Freunde, diese blöden Kerle.

Morgens wartete das Frühstück auf mich, und abends stand das Essen immer schon auf dem Tisch. Aber ich kam nicht dahinter, wer eigentlich kochte, aus der Küche war kein Geräusch zu hören, sie war immer sauber wie am ersten Tag, und niemand betrat oder verließ die Wohnung. Enzo Tschechoff zog sich abends um neun in sein Schlafzimmer zurück und blieb dort bis zum nächsten Morgen. Ich verhielt mich still und sah mich um, ich versuchte herauszufinden, auf welche Weise ich mich würde revanchieren müssen, denn mir war nicht klar, worin ich ihm behilflich sein sollte. Ich konnte nichts außer pfeifen, ich konnte ihm nicht vorlesen, weil ich nicht sprach, und wenn er jemanden für anstrengende Arbeiten brauchte, war er bei mir an der falschen Adresse, ich war dünn, zerstreut und schwächlich. Aber ich mochte die Wohnung sehr, man spürte, dass sie voller Erinnerungen steckte; so viele Menschen waren hier gewesen, er, sein Bruder, die Eltern, die Großeltern ... Die Wohnung war groß, mit einer Treppe hinauf zu einer kleinen Galerie, die Enzo als Arbeitsraum nutzte, dort lagen überall Bücher, auf dem Boden, auf den Möbeln, auf dem Tisch, sogar der einzige Sessel war übersät mit alten Büchern, die mit fleckigem gelben Papier eingeschlagen waren und aus denen immer Silberfischchen herauskamen. Unglaublich, die Wohnung eines Blinden mit so vielen Büchern. Er bewegte sich ganz selbstverständlich darin, als könnte er perfekt sehen. Nie stieß er gegen ein Buch oder einen Tisch, er blieb nur ab und zu stehen, um ein Lied zu hören, das er im Kopf hatte, und das sah dann aus, als würde er zur Decke schauen oder in einem der Regale ein Buch suchen.

Was er wohl arbeitete? Ich wusste es nicht, und ich fragte ihn nicht.

Eines Morgens um halb sechs, als ich und Alì noch im angenehmen, kühlen Schlaf der sommerlichen Dämmerung lagen, weckte Enzo uns.

»Isidoro, mein junger Freund, bitte steh auf, wenn du kannst. Wenn es dir nichts ausmacht, würde ich heute gern unsere Zusammenarbeit aufnehmen. Ich weiß, es ist sehr früh, aber zum Trost gibt es frische warme Krapfen und ein Glas kalten Milchkaffee.«

Ich frühstückte im Salon an dem großen Tisch, auf dem eine wunderschöne weiße, duftende, gebügelte Tischdecke mit gesticktem Saum lag. Alì hüpfte auf dem Tisch herum und pickte die Krapfenkrümel auf, das war sein Frühstück, auch eine kleine Tasse frisches Wasser stand für ihn bereit, ein Keramiktässchen mit dem Bild eines flötespielenden Schäfers. Das war ein schöner Anblick, der schwarze Alì mit den Karunkeln, den leuchtend gelben Hautlappen an den Kopfseiten, neben der kleinen Silberkaraffe auf der strahlend weißen Decke. Aber wo kamen die ganzen Sachen und die Essensreste hin? Es gab nirgends ein Buffet, auch sonst keine Möbel. Enzo Tschechoff saß neben mir, schon ausgehbereit, mit Seitenscheitel und einem feinen Duft, den ich noch nie gerochen hatte, irgendwie orientalisch. Er wartete, bis ich fertig war, und trällerte ein Liedchen.

Punkt sechs verließen wir das Haus in Monte di Dio, gerade war vom gegenüberliegenden Haus durch die Balkontür – die in diesem brütend heißen Juni weit offen stand – eine verstimmte Wanduhr zu hören, die sechsmal schlug. Wir gingen die stille Straße entlang, kein Auto war unterwegs, keine Stimme zu hören. Um sechs Uhr morgens sollte unsere Arbeit beginnen? Welche Arbeit nur? Ich konnte mir nichts darunter vorstellen. Er wusste, wo es hinging, denn wir liefen zwar nebeneinander, aber er war es, der mich führte. Wir erreichten die Piazza Plebiscito, wie er mir erklärte, einen beeindruckenden riesigen Platz, zugeparkt mit hunderttausend Autos in sämtlichen Farben. Wir wandten uns nach links, in Richtung Galerie. Dort blieb Enzo Tschechoff am Anfang einer Straße, die Via Toledo hieß, auf einmal stehen und schob mich mit seinem Stock vor sich hin.

»So, mein junger Freund, hier fängt jetzt offiziell deine Tätigkeit an. Du weißt ja, dass ich mich deinem Heimleiter gegenüber verpflichtet habe, dich zu ernähren, dich zu kleiden, für deine kulturelle Bildung zu sorgen und dich fünf Jahre lang bei mir zu behalten, bis du volljährig bist. Du hast dich im Gegenzug dazu verpflichtet, für mich zu arbeiten. Worum ich dich nun bitte, ist Folgendes: Ich möchte, dass du mich führst. Aber nicht beim Gehen, das kann ich mit dem Stock sehr gut allein. Du sollst meine Augen führen. Und weißt du, wie? Du läufst vor mir und pfeifst, und ich folge deinem Pfeifen. Damit fangen wir jetzt an, früh am Morgen und auf einer geraden Straße, da ist kaum jemand unterwegs. Aber noch mal: Laufen kann ich allein, du sollst nicht pfeifen, nur damit ich weiß, wo du bist und wohin ich gehen soll. Du sollst pfeifen, was du siehst. Wenn du eine Statue siehst, pfeif sie mir. Wenn du einen Obdachlosen siehst, pfeif ihn. Wenn du die Sonne siehst, Regen, eine Frau auf einem Balkon oder zwei, die sich küssen, wenn du einen siehst, der stiehlt oder an eine Mauer pinkelt, oder zwei, die sich unter den Stützen eines baufälligen Hauses prügeln, dann pfeif es mir. Erst mal genügt mir die Melodie, später will ich euer Pfiffibular lernen. Darin besteht also deine Tätigkeit. Hast du Fragen?«

»Nein«, pfiff ich.

»Gut. Dann geh zehn Schritte vor und fang an.«

Uralte Stadthäuser, rot, grau, neapelgelb, eine Festung unten am Meer und zwei oben auf der Anhöhe, eine weiß, die andere braun. Engel mit erschrockenen Gesichtern an den Fassaden, das blaue Wasser, das in der Ferne aufblitzt, schmale Gassen, noch aus der Zeit des Erdbebens mit dunkelbraunen oder hellbraunen Holzbrettern an den Fassaden, damit nicht alles abbröckelte. Das pfiff ich an dem Morgen.

Dann pfiff ich den Fisch auf dem Pignasecca-Markt, manche Fische lebten noch, sie hatten glänzende runde Augen und spitze Zähne, ich pfiff die Früchte, das Gemüse, den vom Rauch dunklen Provolone-Käse und die weißen Mozzarella in der trüben Molke. Stoffe, Farben, die gelben Vierecke aus Damhirschleder, die der Verkäufer, Zigarette im Mund, gerade auf die Schultern geladen hatte. Zwei Stunden später pfiff ich die Leute, die dann herumliefen, schrien, sangen, gähnten. Enzo ging immer zehn Schritte hinter mir, er wirkte unkonzentriert hinter seiner dunklen Brille; wenn ich mich umdrehte, hatte er den Kopf immer zum Boden oder zur Seite gewandt. Mir fiel ein, dass ich nicht auf seine Augen achten musste, er sah ja nichts. Er wandte sich ab, um mir seine Ohren zuzuwenden, denn sie waren sein Zugang zu dem, was ich sah und in einen melodischen Lufthauch verwandelte, der ihm direkt in den Kopf ging. Vielleicht begegneten wir irgendwann mal Marella, ob er dann an meinem Pfeifen hörte, wie aufgeregt ich war?

Nach einem endlos langen Spaziergang, der uns über die Gegend um die Via dei Tribunali zum Bahnhof und vom Bahnhof ans Meer führte, kehrten wir gegen elf Uhr nach Hause zurück. Ich hatte Neapel noch nie gesehen, aber an diesem Vormittag sah ich fünf, sechs, sieben oder acht verschiedene Neapel. Zu Hause gab Enzo mir gleich frei, ich schlüpfte ins Bett und schlief auf der Stelle ein.

Um halb zwei weckte mich seine freundliche Stimme. »Wenn du magst, mein junger Freund – das Mittagessen ist angerichtet.«

Wieder ein Wunder.

Auf dem Tisch standen eine weiße Suppenschüssel, gefüllt mit Makkaroni mit Tomatensauce, ein Teller mit aufgeschnittenem Fleisch und Rippchen, ebenfalls in Tomatensauce, Salat, verschiedene Käse, Obst und eine Schale Zeppole di San Giuseppe, cremegefüllt und mit Amarenakirsche. Die Küche war wie immer blitzblank.

Wer bereitete das alles zu?

»Danke, Isidoro, du warst sehr liebenswürdig. Ich habe den Vormittag sehr genossen, und vielleicht musstest du zu lange laufen, ich weiß, dass ich übertrieben habe. Aber ich habe zum ersten Mal eine andere Welt gesehen, eine Welt, die ich noch nie gesehen habe, entschuldige, wenn ich mich mit den Wörtern verheddere. Jemand hat mir diese Welt erzählt wie früher meine Mutter, und das war sehr schön. Denn leben kann jeder, aber die Welt zu erzählen ist eine hohe Kunst, da alles neu erschaffen wird. Die Welt existiert nur, wenn jemand sie zerkleinert, zu Staub verreibt und anschließend darüberbläst. Wenn niemand die Materie in Gesang, in Pfeifen, in eine Ode oder eine Parodie, in Poesie, in einen Roman, in ein Wortspiel, ein Lied oder einen Tanz verwandelt, ist die Welt bloß eine zufällige, dumpfe Abfolge von Paarung, Geburt, Tod, Darmentleerung und Ernährung. Du bist mein kleiner Gott, der mir die Welt, in der ich seit fünfzig Jahren lebe, neu erzählt. Danke.«

Er drückte mir die Hand.

In was war ich denn da Seltsames hineingeraten! Ich kapierte gar nichts mehr. Ich war stumm, ich konnte nur pfeifen. Ich lebte mit einem Beo in der Wohnung eines Blinden, in der es jede Menge Bücher gab und wo, wie durch ein Wunder, mittags und abends rechtzeitig die Mahlzeiten auf den hübsch gedeckten Tisch gezaubert wurden und anschließend spurlos wieder verschwanden. Und dann nannte mich der Blinde auch noch »junger Freund« oder »kleiner Gott«.

Zum Glück gab es Alì, der am Abend versuchte, mir das alles zu erklären, und mich damit noch mehr durcheinanderbrachte.

»Denk dir nichts, Isidoro«, sagte er. »Stell dir einfach vor, Enzo wäre auch ein Vogel. Nur fliegt er an einem Himmel herum, den wir diesmal nicht sehen. Es ist der Himmel seiner Gedanken, seiner Lieder, seiner Familienerinnerungen. Wenn er mit uns spricht, wenn er Dinge berührt oder wenn er geht, wirkt er wie ein Vagabund, findest du nicht? Ein glücklicher Vagabund, das schon, aber eben ein Vagabund, einer ohne Dach über dem Kopf, ohne Zuhause. Aber wenn er zerstreut ist, wenn in seinem Kopf das Licht angeht, dann ist er nicht mehr hier bei uns, dann fliegt er an seinem Himmel und in seinem Haus herum. Du bist für ihn das Bindeglied zwischen seinem Himmel und der Erde. Du brauchst dich um nichts zu kümmern, du musst nur zuhören und pfeifen.«

»Na gut«, pfiff ich, »ich weiß aber nicht, was …«

Ich wollte gerade meine Zweifel loswerden, die vielleicht mehr mich selbst als den Blinden betrafen. Allmählich fragte ich mich ernsthaft, was eigentlich aus mir werden sollte. Ich fühlte mich entwurzelt, ich dachte an Mama und Papa, und ich wollte wissen, ob ich ihnen ähnlich war oder nicht. Eifersüchtig hütete ich die Erinnerung an sie, ich wollte nicht, dass dieser Enzo Tschechoff mir andere Sachen einimpfte, die nichts mit mir zu tun hatten. Ich war das kommunistische Kind der Kommunisten Quirino und Stella und wollte es bleiben, ich war der kleine Junge, der mit den Vögeln redete, der neue Prophet der Sprache der Armen gegen die Reichen, der die Menschheit pfeifend und zwitschernd zur Gerechtigkeit führen würde, hin zum »Glück in der Freiheit von Not«. Warum war das alles verschwunden? Warum aßen wir keine Hämmerchen- und Sichelchensuppe mehr, warum fasste Papa Mama nicht mehr an den Po? Warum trennte sich das alles immer weiter von mir?

Ich wollte mich gerade bei Alì ausheulen, weil ich Mama und Papa und meine ganze Welt so vermisste, als wir plötzlich Enzos Stimme hörten. Eine aufrichtige, weibliche Stimme, dünn, aber voller schöner unterschiedlicher Töne, sang langsam und ohne Begleitung ein neapolitanisches Lied. Es hallte in der ganzen leeren Wohnung wider und war durch das offene Fenster zu hören und flog bis zum Meer, zart und immer kleiner, es klang schmerzerfüllt, und ich musste an den Todesschimmer denken, der in Enzos Jacke eingewebt war, als ich ihn zum ersten Mal sah.

Das Lied hieß *Pe' me tu sì catena* und ging so:

Für mich bist du die Fessel,
den andern bist du Maria,
ich gebe mein Leben,
Maria, Maria, für dich.
Du sagst mir nie,
nie ein Wort,
sag mir einmal nur
ich liebe dich,
dann darf ich sterben.

Irgendwo in der Nachbarschaft hatte ein kleiner Vogel, vielleicht ein Papagei, Enzos Lieder so oft gehört, dass er sie gelernt hatte, und so sang er manchmal mit und webte seine Melodie, die fein war und wie aus Stahl, in den brüchigen, staubigen Klang von Tschechoffs Stimme.

Die Verschmelzung einer Menschenstimme mit der eines Vogels, die zusammen ein neapolitanisches Lied singen, gehört zum Schönsten, was ich in meinem Leben gehört habe.

VII

Neapel, die Stadt des Pfiffs, die Stadt des Meeres

Meine Tage bei Tschechoff liefen in zwei oder drei Teilen ab. Morgens gab es den Spaziergang und die gepfiffene Stadtführung, nachmittags hatte ich frei, da konnte ich tun, was ich wollte, während er sich in sein Zimmer zurückzog und sang. Ganze Nachmittage verbrachte er mit Singen, er sang gut, er hatte eine volle, wenn auch sehr melancholische Stimme. Er spielte kein Instrument dazu, er sang einfach nur. Sein Repertoire war unerschöpflich, manchmal dauerte es eine Woche, bis man ein Lied wieder hörte, dabei sang er jeden Tag ungefähr zwischen vier und halb sieben etwa zwanzig Lieder, und zwar von vorn bis hinten auswendig. Dabei bewegte er sich, vielleicht tanzte er, man hörte es an der Stimme, die manchmal zitterte oder Aussetzer hatte und dann wieder glatt und weich dahinfloss.

Um Enzo herum war nichts neapolitanisch. Er stammte zwar aus Neapel, und seine Lieder waren ausschließlich neapolitanisch, egal, ob alt oder modern, komisch oder romantisch. Seine Art, sich zu bewegen, war bestimmt auch neapolitanisch, es war eine Art langsame Tarantella ohne Sprünge, aber alles zusammen hatte eher etwas Japanisches an sich. Auch die stille Wohnung, immer im Halbdunkel und ohne Möbel, hatte etwas von diesen Häusern in japanischen Filmen, sie war ein bisschen wie die Häuser in den Filmen mit Bruce Lee, aus

Bambus und mit dünnen weißen Wänden. Auch die Dinge auf dem Esstisch, Mittagessen, Abendessen und Frühstück hatten diese kühle, stille Eleganz. Enzo sagte selbst: »Die Wohnung ist das Japan von Monte di Dio.«

Nach dem Abendessen durfte er keinesfalls mehr gestört werden. Wir durften nicht nach ihm sehen, wir durften uns seinem Zimmer nicht nähern. »Vergesst mich einfach«, sagte er. »Und keine Bange, falls mir mal was zustoßen sollte. Es wird sich nichts ändern, wenn ihr mich am nächsten Morgen findet.«

Bei den morgendlichen Stadtspaziergängen entdeckte ich hundert Welten in einer einzigen. Ich hatte Neapel vorher noch nie gesehen, Enzo auch nicht, und ich kam aus dem Staunen nicht heraus, denn es gab dauernd Überraschungen. In einer riesigen Grotte waren Tausende von Totenschädeln ordentlich aufgereiht, und in einer Kirche wurden die Adern von zwei Menschen aufbewahrt, aber nur die Adern, und ein Körper aus Marmor, auf dem ein hauchdünner, ebenfalls marmorner Schleier lag. Wir besuchten Königspaläste, Museen und Parks und hatten überraschende, spektakuläre Ausblicke, aber auf der Straße gab es Leute, die sich prügelten, andere umarmten sich und sprangen plötzlich hoch und schrien: »Neapel! Neapel!«, und die Stimmen kamen von überallher, Stimmen über Stimmen, es schrie aus den Häusern, aus den Fenstern, den Mauern, den Autos, aus allem.

Und alle liefen zu uns. »Schau nur, der Kleine mit dem Vogel auf der Schulter!«

»Sag, ist das ein Beo?«

»Lass ihn doch mal pfeifen!«

»Wie schön er ist! Ist er zahm?«

Die Leute umringten uns, mein Stummsein und Alì hatten sie neugierig gemacht. Enzo blieb ein wenig abseits, er lächelte amüsiert und wartete, bis mein Pfeifen wieder losging und er ihm wieder folgen konnte.

Nur einmal habe ich bei so einer Gelegenheit auf eine Frage von Alì geantwortet.

»Warum gehen wir nicht weiter?«, fragte er.

»Ich weiß den Weg nicht«, pfiff ich. »Ich sehe nichts vor lauter Leuten!«

Da schrie ein Junge in meinem Alter mit einem orangefarbenen Ball unter dem Arm: »Er hat was gesagt! Er hat mit dem Vogel geredet!«

»Heilige Muttergottes! Ein Wunder!«, riefen die alten Frauen, die Einkaufstaschen am Arm. Die Menge wurde größer, dreißig oder vierzig Menschen umringten uns.

»Sagt noch was, sagt doch noch was!«

Ich wusste nicht, was ich tun sollte, die Leute bedrängten uns grob, es war nicht wie im Dorf. Ein Junge stieß mich sogar.

»He, du lahme Ente, wach auf!«

Da schob Enzo sich mit seinem Stock durch die Menge; die Leute machten ihm Platz, aber sie wirkten nicht freundlich, sondern eher angewidert und genervt von dem Blinden. Er nahm meine Hand und zog mich heraus.

Als wir schon fortgehen wollten, musste ich an die Abende mit Nocella denken, ich nahm meinen ganzen Mut zusammen, drehte mich um und hob die Hand.

Erwartungsvoll verstummten alle. Ich pfiff aus voller Kehle, mit sämtlichen Schnörkeln, Sprüngen und Talfahrten, *Die unglückliche Amsel,* und Alì stimmte mit ein.

Da machten sie große Augen, und am Ende klatschten sie riesigen Beifall und schrien begeistert: »Bravo! Toll! Der Kleine hat was drauf!«, und ein Mann, der den Macker raushängen lassen wollte, drückte mir sogar fünfhundert Lire in die Hand. Enzo lächelte.

Bevor wir weitergingen, pfiff ich noch, wieder ganz der Prophet der Armen: »Haltet zusammen, seid stark, seid frei! Weder Herren noch Knechte!«

Wir schlugen den Weg hinunter zum Hafen ein, ein paar Jungs folgten uns noch, aber dann hatten wir sie abgehängt.

»Gut gemacht«, sagte Enzo. »Dieses Volk lebt von Wundern, die es zum Schweigen bringen. Die Neapolitaner sind Gefangene ihrer Vokale, die ihnen wie Spinnweben aus dem Mund kommen. Daher erkennen sie es durchaus an, wenn jemand sie zum Schweigen bringt und sie von ihrem Zwang zum Vokalschwall befreit.«

Am Hafen nahmen wir das Tragflügelboot nach Capri. Enzo wollte alles vorgepfiffen haben, den Wind, die salzige Luft, und »auch wenn du kein Wort dafür hast, auch wenn du nicht weißt, wie es heißt, pfeif es mir trotzdem. Keine Sekunde möchte ich ohne die Melodie der Luft sein, die zwischen deinen Lippen hervorströmt.« Er bat mich, die Farbe des Meeres in allen Schattierungen zu pfeifen, dann die Farbe der Felswände der Insel, jedes Gelb, jedes Grün, jedes Braun, die Form der Boote, der Netze, das Gesicht eines Fischers. Dann bat er mich, die Kleider der »neureichen Snobs« zu pfeifen, vor allem die Schuhe, und die Handtaschen der Damen, die er in den Gassen reden hörte.

»Die da, pfeif mir die Schuhe der Frau, wie sehen sie aus? Und die Frau in dem Laden, die so laut redet, was kauft die?«

Wir aßen auf einer Terrasse, die zum Meer hinausging, und Enzo wollte sich mit dem Rücken zum Ausblick setzen. Für mich bestellte er Spaghetti mit Venusmuscheln und Tintenfisch mit Tomaten und Kapern, aber den mochte ich nicht, weil er scharf war und nach Wein schmeckte.

Auf dem Rückweg bat Enzo mich, ihm Neapel vom Meer aus zu pfeifen.

Ich pfiff, dass es ganz anders war, dass man nur sah, was schön war, aber alles bewegte sich, das tanzende Tragflügelboot erinnerte mich an das Erdbeben, und ich wartete jeden Moment darauf, dass die Häuser einstürzten.

»Das Meer reicht bis an die Häuser, zumindest sieht es so aus, nicht wahr? Aber in Wirklichkeit endet das richtige Meer vorher, und weißt du, warum? Es weicht zurück aus Angst vor dieser Stadt. Die Luft und die Leere unter den Häusern wehren es ab. Neapel ist hohl, deswegen möchte ich, dass du es mir auf deine Art erzählst. Denn dein Pfeifen beschreibt sehr gut diese Stadt, die selbst ein Pfeifen ist. Die ganze Leere unter den Füßen der Neapolitaner hat sich in Barock verwandelt, in Lieder, in elegante Stadthäuser oder riesige verwahrloste Mietskasernen am Stadtrand, in hohle, überladene Vokale, in verbale Aggression, in spöttische Selbstbeweihräucherung, in theatralische Selbstgeißelung, in ein ewiges Sublimieren des Schwefels, des Tuffsteins, der unterirdischen Flüsse. Diese Stadt ist ein Dampfgebilde, nur Schall und Rauch, und das macht sie schön und schrecklich. Die ganze Stadt fürchtet sich vor der Stadt, die sie liebt, denn sie ist hohl, eine stille, abgründige Hölle, in der die Gedanken nicht an der Oberfläche bleiben können, sondern tief und schmerzhaft eindringen, wie ein Messer, das blutig ins pulsierende Herz stößt. Neapel macht Angst. Neapel ist das Ganze, das ins Nichts verliebt ist, es ist das leichte Ganze, das seine Wurzeln ins schwere Nichts gräbt, es ist die Maske, in deren hohle Seite du das Gesicht legst, um leben zu können. Wir sind bereit zu sterben, wir stürzen in diese Leere unter unseren Häusern oder den Lavasteinchen des Vesuvs, da bleibt uns gar nichts anderes übrig, als zu pfeifen. Du hast in diesen Tagen selbst gesehen, was die Häuser und die Plätze hier sind. Pfiffe. Wie deine Cannolas, deine Zeppola-, Knallfrosch- oder Spuckepfiffe. Und die Leute hier? Pfeifen, was sonst. Und die Gefühle? Ungeheuer laute Pfiffe, schmeichelnd oder schrill. Und die Kinder? Pfeifen einem ununterbrochen die Ohren voll. Das kommt von der Erde, sie hat sich die Lungen mit Luft vollgepumpt und uns mit den Solfataren und Fumarolen des Vesuvs rausgepfiffen, und wir waren voller Schleim und Erbrochenem und haben nach faulen Eiern gestunken.«

Ich verstand kein Wort.

Aber ich hörte ihm gern zu. Er knetete die Hände beim Reden und richtete den Blick durch das Fenster des Bootes in die Ferne, als könnte er sehen und das alles in einem Buch lesen, das am Himmel aufgeschlagen war. Außerdem stellte ich mir gern vor, wie sich die Leute in Pfeifen verwandelten, dann hätte ich endlich mit ihnen reden und ihnen das Pfiffibular beibringen können, es war bestimmt lustig, wenn sich alle ›hallo‹, ›guten Morgen‹, ›guten Abend‹, ›ich liebe dich‹ und ›tschüss‹ zupfiffen. Ich stellte mir die Via Toledo von unserem ersten Spaziergang vor und wie sie abends voller Menschen war, wie den Stadtpark stellte ich sie mir vor, wenn um sieben Uhr Millionen Vögel zwitscherten und diese Luftfäden sich in einem riesigen, diamanten klingenden Glitzerstrang in den Himmel wanden.

Als wir am Kai ausstiegen, brachte eine hohe Welle das Tragflügelboot zum Schwanken, und Enzo verlor das Gleichgewicht. Da geschah etwas Überraschendes: Blitzschnell griff er zielsicher an ein Geländer und umklammerte es mit der Hand, die den Blindenstock hielt.

VIII

Stella

Zu den Sachen, die ich nach dem Erdbeben gerettet hatte und die mein einziger Besitz waren bei Enzo Tschechoff, gehörte Mamas Buch. Ich hatte noch nie hineingeschaut. Ich dachte, es sei eben irgendein Buch, ein Roman, vielleicht eine Liebesgeschichte, die sie abends bei laufendem Fernseher las. Aber als ich das Buch an einem langweiligen freien Nachmittag aufschlug, erlebte ich eine große Überraschung.

Alì schlief, draußen war es grau und schwül, und alles war still, Enzo sang an dem Nachmittag nicht. Das Buch war tatsächlich ein Liebesroman, aber ich hatte den Buchdeckel noch nie gesehen, weil Papa das Buch gleich mit blauer Folie eingebunden hatte, damit es nicht schmutzig wurde. Mama besaß nicht viele eigene Bücher, vier oder fünf vielleicht, die sie mit ihren Freundinnen tauschte, und dann gab es noch die Bücher im Bücherregal. Aber dieses blaue Buch hatte ich, wenn ich es mir überlegte, immer in der Küche gesehen, halb hinter dem Fernseher versteckt, und ich glaube, dass außer Mama nie jemand hineingeschaut hat, auch Papa nicht. Die beiden respektierten die Geheimnisse des anderen. Wenn einer sagte: Bitte mach diese Schublade nicht auf, dann wurde die Schublade nicht aufgemacht.

Auf der ersten Seite stand der Titel. *Vollmondjasmin,* die Autorin hieß Liala, ein merkwürdiger Name.

Aber am seltsamsten war, dass an den Rändern jeder Buchseite vier Sätze standen, jeweils ein Satz, kurz wie eine Gedichtzeile, mit Kugelschreiber geschrieben in Mamas runder, ein wenig in die Länge gezogener Schrift. Ich dachte, es seien Sätze aus dem Buch, die ihr besonders gut gefallen hatten und die sie nicht unterstrichen, sondern eben abgeschrieben hatte. Aber ich fand die Sätze nirgends. Es mussten Gedanken gewesen sein, Erinnerungen, Ideen, *schöne Worte*, die Mama hier gesammelt hatte; vielleicht hatte sie irgendwann mal etwas aufgeschrieben, um es nicht zu vergessen, und dann weitergemacht. Die Sätze klangen seltsam, oft ein wenig düster, als stammten sie nicht von ihr. Doch ich hatte fast erwachsen werden müssen, um zu entdecken, dass meine Mutter anders war als die Mutter, die ich in Quirinos Armen unter den Trümmern zurückgelassen und die ganz und gar aus Freude, Lachen, Mehl und Teig bestanden hatte. Wer weiß, vielleicht hatte er dafür gesorgt, dass sie so schön und glücklich war, aber irgendwas hatte noch in ihr gesteckt, etwas, das seit ihren Mädchenjahren in ihr vergraben lag und nicht verschwunden war und jetzt in diesem Buch vor mir geschrieben stand.

Reinheit! Gnade! Unschuld! Sehnsucht!, stand zum Beispiel auf der ersten Seite an den vier Rändern.

Ich blätterte weiter.

Schwenk nur, Zukunft, vor meinen Augen deine golddurchwirkte Fahne! Du hast mich nie besessen, nie werde ich mich dir hingeben, ich werde mich immer nur dem komischen Träumer schenken, der aus der Vergangenheit gekommen ist.

Stille, nur Stille. Und Geduld. Stille und Geduld sind die Welt. Die in Lärm und Hast zusammenstürzt.

Auf Seite fünfundvierzig begann ein Satz in der rechten unteren Ecke, lief gegen den Uhrzeigersinn den ganzen Rand entlang und endete mit einem Pfeil, der auf die nächste Seite verwies, und so ging es über mehrere Seiten weiter.

Ich verließ das Dorf mit dreizehn, man wollte mich in der Stadt.
Abends erreichte ich das Haus der Tante.
Eine neue Familie, das Versprechen von Mittagessen,
Abendessen, jeden Tag.
Eine Cousine, eine Freundin auf der Straße.

Das erste Mal ging ich mit einem Herrn mit.
Er hatte Geld, ein Freund der Familie.
Das zweite Mal ging ich wieder mit.
Das dritte Mal wollte ich kein Geschenk, ich sagte, er soll mir das Geld geben, ich kaufe mir selbst etwas.

Vierzehn Jahre gegen einundsechzig.
Die größte Stadt des Lebens.
Ich verstand nicht, aber ich beklagte mich nicht.
Ich hab noch nie Zeit mit Weinen vertan.

Ich hatte das Leben in der Hand,
er schwitzte das Fett aus, das seine Frau in der Pfanne ausließ,
und ließ es mir auf die Brust tropfen.
Beim ersten Mal dachte ich, er weint vor Freude.

Dann lernte ich die Zeit kennen.
Ich hatte immer gedacht, sie sei langsam,
dabei rannte sie wie eine Irre,
und jetzt erinnere ich mich nicht mal an ihr Gesicht.

Da lernte ich nach dem Leben das Leben kennen,
und nicht die Bücher erklärten es mir:

Jedes Leben darf sein.
Jedes Leben darf sein.

Erst nach Linetta
wurde ich zu Stella, dem Stern,
denn wer nicht durch das Unglück geht,
lernt das Glück nicht kennen.

IX

Ich bin der Staub der Gegenwart und die verlorene Jugend

Der ganze Sommer verging so mit der Entdeckung Neapels. Überall waren neapolitanische Lieder zu hören, dazu Righeira, »No tengo dinero! O-o-o!« und »Vamos alla playa, o-o-o-o-o!«, und ich dachte, kriegen die denn kein Lied hin ohne o-o-o.

Aber Enzo fügte seinem Nachmittagsrepertoire ein paar neue Stücke hinzu. Es waren die schönen Lieder eines jungen Musikers namens Pino Daniele, und Enzo legte noch mehr Ausdruck in das Melancholische, das in seiner Stimme steckte und sie nie verließ, wie eine Alge, die in den Ritzen eines Felsens klemmte und auch von der stärksten Welle nicht weggeschwemmt wurde.

Kein Ort in der Stadt war für mich so seltsam und so unerforscht wie unsere Wohnung. Das berühmte Japan in Monte di Dio überraschte mich immer wieder, doch Anfang September klärten sich die Geheimnisse dieser »Wohnung von Kobe«, wie Enzo sagte, »von der aus ich den großartigen, majestätischen Gipfel des Fujiyama sehe anstatt die bescheidene Spitze unseres qualmsüchtigen, vom bescheidenen Gepäckträger Monte Somma gestützten Vesüvchens, an das sich die verlorenen Blicke der verliebten Proleten wie mit Stecknadeln heften«.

Als Erstes fand ich das Geheimnis des gedeckten Tisches heraus, das wiederum ein anderes, noch viel faszinierenderes zutage förderte.

Nach dem Frühstück machten wir uns gleich auf zu unseren neapolitanischen Wanderungen. Nach dem Mittagessen verzog ich mich in mein Zimmer oder schlenderte durch die Wohnung, und nach dem Abendessen legte ich mich meistens ins Bett und las ein Buch, wobei ich Alì die interessantesten Stellen pfiff. Ich sah nie, dass jemand die Wohnung betrat und aufräumte, den Tisch abdeckte und die Reste des köstlichen Essens abtrug, das wir drei gemeinsam einnahmen. Die Esszimmertür war immer angelehnt, und der Raum führte in kein weiteres Zimmer, es gab nur zwei hohe Fenster mit Blick aufs Meer. Doch wenn wir das Esszimmer betraten, war der Tisch immer schon wunderschön gedeckt, auf einem makellos weißen Tischtuch mit Stickereien. Das strahlende Weiß erinnerte mich an den Nebel im Haus meiner Kindheit, wenn Mama das Mehl verknetete. Das Weiß überall reflektierte das Sonnenlicht in dem fast leeren Esszimmer, in dem kein Regal, kein Buffet aus dunklem Holz das Licht ein wenig milderte; manchmal musste ich die Augen halb schließen, besonders morgens, wenn die schon kräftigen Sonnenstrahlen, verstärkt noch durch die blauen Reflexe des Meeres, hemmungslos hell hereinschienen.

Einmal ging ich nach dem Mittagessen noch mal ins Esszimmer, weil ich auf meinem Stuhl einen Kugelschreiber hatte liegen lassen, den ich bei unserem morgendlichen Rundgang auf dem Bürgersteig gefunden hatte. Ins durchsichtige Plastik des Stifts war eine angekleidete Frauenfigur eingelassen, und wenn man ihn umdrehte, löste sich das Kleid auf, und sie war nackt. Ich war fast vierzehn, und jede nackte Frauenfigur wurde sofort zu meiner ewigen und vorläufigen, stillen und gefälligen Freundin. Der Kugelschreiber war mir aus der Hosentasche gerutscht, und ich wollte ihn holen. Das Esszimmer war picobello aufgeräumt und von gleißendem Sonnenlicht erfüllt. Zu Mittag hatte es Kartoffelkroketten, einen Mozzarellazopf aus Agerola und Salat gegeben. Alì liebte Kartoffelkroketten, sein Teller mit einer zerkleinerten Krokette, fast so groß wie er selbst ohne Flügel, hatte schon bereitgestanden, und er hatte sie sofort verschlungen. Ich nahm gerade den Kugelschreiber vom Stuhl, als Alì auf dem Boden nah an der Wand einen Krümel entdeckte, hinflatterte und ihn aufpickte.

Wie kam der Krümel dorthin, so weit weg vom Tisch?

Niemand war mit den Kroketten in der Hand durchs Esszimmer gelaufen und schon gar nicht an der Wand entlang; wenn, dann war jemand ans Fenster gegangen, um frische Luft zu schnappen. Neugierig trat ich näher und sah, wie Alì noch einen Krümel aufzupicken versuchte, diesmal aus der Fuge zwischen Wand und Fußboden. Ich pulte ihn mit der Spitze des Kugelschreibers heraus – die Frau entblößte sich und zwinkerte mir zu – und bemerkte einen winzigen Ritz zwischen Wand und Boden. An der Zimmerwand befanden sich beigefarbene Scheintüren, wie Enzo mir erklärt hatte, eine Art Rahmen nichtvorhandener Türen, »das war früher üblich in Adelspalästen, da kam dann zum Beispiel ein Wandteppich hinein oder die stolze Büste des beleibten Hausherrn mit dickem Schnauzbart«.

Zwei solche Rahmen befanden sich ums Eck, den Fenstern gegenüber. Und dieser Ritz am Boden verlief dann praktisch unsichtbar den ganzen Rahmen entlang. Das war eine Tür, eine echte Tür! Ich klopfte, bekam aber keine Antwort. Ich klopfte noch mal. Nichts zu hören.

»Ist da jemand?«, pfiff ich.

Keine Antwort. Mir fiel eine winzige Stelle im Holz auf, die ein bisschen anders gefärbt war. Ich drückte darauf, und eine kleine Tür sprang auf, vielleicht anderthalb Meter hoch.

Ich stieß sie ganz auf und schlüpfte hindurch, es war großartig. Da waren zwei kleine Flure, die in die Richtung von Enzos Zimmer führten, und drei weitere Räume. Im ersten war eine Küche, klein, aber tatsächlich in Gebrauch. Es gab einen gefüllten Kühlschrank, eine Spüle mit ein paar schmutzigen Gläsern, benutzte Lappen. Das war sie wohl, die Küche, in der all die Köstlichkeiten zubereitet wurden. Ein anderes Zimmer war angefüllt mit prächtigen Möbeln und Teppichen in tausend Farben, es gab ein Klavier und einen lackierten Schreibtisch mit alten Fotos, auf denen ein Paar zu sehen war und eine boageschmückte Schauspielerin. Eines trug die Widmung: *Für dich, den einzig wahren Mann meines Lebens. Lily, la fraise française aus Afragola*

Außerdem Bilder einer weiteren Schauspielerin, bestimmt Enzos Großmutter, Großaufnahmen mit Widmungen und von Theaterkostümen auf Holzbüsten …

Ich lief auf Zehenspitzen, ich wollte nicht erwischt werden, aber die Neugier war zu groß, und ich blieb. An den Wänden hingen Dutzende verschiedenster Spiegel, die Rahmen verschnörkelt oder gerade, vergoldet, farbig oder aus dunklem Holz. In den beiden Fluren befanden sich zwei seltsame kleine hölzerne Kapellen, wie Beichtstühle, aber vorne offen, darüber stand etwas Unverständliches, es sah aus wie Arabisch.

Dann betrat ich das letzte Geheimzimmer, das Zimmer mit den Fotografien.

Vom Boden bis zur Decke hingen, dicht an dicht an allen vier Wänden, gerahmte Fotos, auf denen nur eine oder zwei Personen zu sehen waren. Immer der junge Enzo Tschechoff mit einem etwas älteren Jungen, entweder jeder einzeln oder beide zusammen, aber nur sie.

Beide waren bildhübsch. Der fremde Junge war sonnengebräunt, hatte einen Lockenkopf und ein offenes, zähneblitzendes, sympathisches Lachen, die oberen Zähne standen leicht auseinander. Enzo sah auf den Fotos immer ein bisschen mürrisch drein, die Augenbrauen zusammengezogen, der Blick ernst. Aber er war ein gut aussehender junger Mann, ohne den Schimmer des Todes, den ich am ersten Tag an ihm wahrgenommen hatte. Die Aufnahmen waren an verschiedenen Orten entstanden, am Meer, unterwegs, in der Wohnung, und bei ihrer Lieblingspose legte der fremde Junge seinen Arm um Enzos Schultern, während Enzo seinen Kopf an ihn lehnte, ein bisschen wie eine Frau. Auf einem Foto, auf dem beide die Hände wie ein Schild über die zusammengekniffenen Augen hielten, als suchten sie den Horizont ab, stand mit Kugelschreiber geschrieben:

Adriano und Enzo Rock 'n' Roll schauen nach vorn

Ich war wie verzaubert von den Fotos, auch von denen mit Adriano allein, denn sie zeigten ihn an schönen fremden Orten, hinter ihm waren Wüsten zu sehen oder Gebäude wie aus Sand und Schlamm oder auch dichte Vegetation, so tiefgrün, wie ich es noch nie gesehen hatte. Auf einem Foto stand er vor der Chinesischen Mauer und auf einem anderen vor dem Taj Mahal, na ja, das stand auf der Karte, woher hätte ich wissen sollen, dass dieser Palast, der aussah wie ein weißer Königspalast, so hieß.

Die andere Seite des Zimmers war gepflastert mit Postern von Enzo Rock 'n' Roll allein, also Enzo Tschechoff, es war wirklich er, er war als junger Mann Sänger gewesen, und er hatte sich »Rock 'n' Roll« genannt! Es waren Konzertposter, und er machte immer dieses mürrische Gesicht, so à la schöner Rätselhafter mit Haartolle.

Aber blind wirkte er auf keinem Foto.

»Du hast den geheimen Teil der Wohnung entdeckt«, hörte ich hinter mir Enzo. Er stand in der Tür. »Gut gemacht, ich mag es, wenn jemand neugierig ist.«

Enzo trat ein und bedeutete mir, mich ihm gegenüber auf einen Teppich zu setzen. Die Wohnung war vollkommen still, und erst da wurde mir richtig klar, dass er seit vielen Jahren so lebte.

»Jetzt will ich es dir erzählen, mein lieber Isidoro, junger Freund. Alles beginnt und endet mit diesem Jungen, den du da siehst. Adriano. Meine Eltern adoptierten Adriano, als wir beide schon ziemlich groß waren. Wir sind zusammen aufgewachsen und mochten uns sehr, wir waren unzertrennlich. Bis wir etwa siebzehn waren und jeder seine eigenen Wege ging. Adriano wollte die Welt sehen, aus der er kam, wie er sagte. Du kannst dir die Begeisterung meiner Eltern vorstellen, die machten sich ja schon Sorgen, wenn wir zum Kicken auf die Piazza Plebiscito gingen. Und ich wollte ausgerechnet Sänger werden, das war noch schlimmer. Ich nannte mich ›Enzo Rock 'n' Roll‹. Aber sie ließen uns machen, sie haben uns nie Steine in den Weg gelegt. Viel haben sie von unseren Lebenswegen aber nicht mehr mitbekommen, ein paar Jahre später starben beide bei einem Autounfall. Die Wohnung hier wurde zur Wohnung der beiden schönsten Jungs von Monte di Dio. Die ganze Wohnung, der Teil, in dem wir leben, und die drei ›Geheimzimmer‹. Ich war unterwegs mit meiner Band, *Enzo Rock 'n' Roll und die Antignano Oklahoma Boys*, und Adriano reiste durch die arabischen Länder und fotografierte, las Gedichte, begegnete Leuten, die noch nicht vom Geld verdorben waren, wie er sagte. Wenn Adriano von seinen Reisen zurückkehrte, ging er zu einem Schreiner an den Gradoni di Chiaia und ließ sich diese kleinen Kapellen hier bauen, die Mihrab. Als Vorlage dienten die Zeichnungen, die er unterwegs gemacht hatte. Es war immer sehr schön, wenn er zurückkam, wir feierten tagelang, aßen und tranken und machten Musik, wir erzählten, sahen die Fotos an, die Adriano in einem kleinen abgedunkelten Raum entwickelte. Ich war verliebt. Ob er es auch war, weiß ich nicht, aber er mochte mich. Gesagt habe ich es ihm nie. Adriano ist jung gestorben, mit dreißig, in einer Wüste, wahrscheinlich, als der Wagen, auf dem er mitfuhr, bei einem Unfall umkippte. Noch am Tag vorher hatte er mir geschrieben, er wolle Muslim werden und seinen Namen ändern. Seine Leiche wurde nie gefunden, ich bin sogar hingereist, aber ich habe ihn nie mehr gesehen. Das hat mein Leben völlig verändert und auch meine Wohnung. Ich hatte das Bedürfnis, nichts mehr um mich herum zu haben als Bücher und Musik. Ich trat nicht mehr auf, Schluss mit Enzo Rock'n'Roll. Sämtliche Familienmöbel habe ich hier drinnen verstaut, Teppiche, Silberzeug, das Klavier, die Bilder, Lampen, alles. Ich wollte nichts und niemanden mehr sehen. Deshalb habe ich mir nach ein paar Jahren eine dunkle Brille aufgesetzt und so getan, als wäre ich blind. Wie jemand, der nicht mehr redet, seit seine Mutter und sein Vater tot sind.«

Wir schwiegen.

Er saß mir zugewandt, als sähe er mich an. Ich sah ihn ebenfalls an. Ich weiß nicht, wie lange wir so dasaßen, in tiefes Schweigen versunken. Als der Schrei einer Möwe, die vor dem Fenster vorbeiflog, die Vollkommenheit zerstörte, nutzte ich unsere neue Vertrautheit und fragte ihn, warum er einen bestimmten Satz immer wiederholte, wie ein Gebet, ein Mantra, wie er es nannte: *Nihil ex operando, nihil ex operando, nihil ex operando*.

Enzo nahm die dunkle Brille ab.

Seine Augenlider waren mit einem kleinen Stück Heftpflaster zugeklebt. Er riss es mit einer raschen Bewegung weg und öffnete die Augen zu einem schmalen Schlitz. Er hatte keine Wimpern mehr, die waren bei dieser Methode irgendwann ausgerissen. Das Sonnenlicht drang ungehindert ein und ließ ein Stückchen sehr hellblaue, fast weiße Pupille aufleuchten.

»Die Christen, die Juden und die Muslime sagen, dass Gott

alles aus dem Nichts erschaffen hat, weil vor der Schöpfung nichts existieren konnte. Sie nennen es *Operari ex nihilo*. Ich möchte den umgekehrten Weg gehen: daran arbeiten, zum Nichts zurückzukehren. Die Werkstatt des Nichts, das soll mein Leben sein. Die höchste Form des Nichts, mit Mühe erlangt, mit Einsatz, Plan und tagtäglichem Bauen erschaffen.«

»Hmm …«

Ich hatte es nicht verstanden.

Was bedeutete es, das Nichts nach einem Plan zu bauen? Wie ging das? Was stand da auf dem Papier? Nichts?

Er klebte sich das Pflaster wieder auf die Augen.

»Danke. Und bitte entschuldige dieses seltsame Leben, aber ich weiß, dass du mich verstehst, denn dein Leben ist nicht weniger seltsam, und du hast viel früher damit angefangen als ich. Wenn ich sterbe, sollst du alles haben, was ich besitze. Staub der Gegenwart und verlorene Jugend, das bin ich. Jetzt weißt du alles von mir. In deinem Stummsein liegt meine Hoffnung.«

Auf dem Weg in mein Zimmer dachte ich über diesen eigenartigen Menschen nach, der mich aus dem Waisenhaus geholt hatte. Jetzt waren all meine Vorbehalte über das Leben des angeblichen Blinden verschwunden, bei dem ich lebte und den ich sehr mochte. Enzo war gut zu mir, und ich konnte ihn alles fragen, immer kam eine interessante Antwort, eine Geschichte oder ein Gedanke, der sich in meinem Kopf festsetzte, keimte und weitere Gedanken abwarf, die sich sammelten und sich wie meine eigenen anfühlten. Zum Beispiel dachte ich daran, was er mir über Neapel erzählt hatte, über das Hohle und das Volle, über die verlockende hohle Seite der Maske, und da wurde mir klar, dass die Wohnung und die Geheimzimmer wie die beiden Seiten der Maske waren. Auf der einen Seite das Volle, das man berührt: Fotos, Möbel, Silberzeug, Mihrab, Teppiche; sie waren die Nase und die Wangenknochen der Maske. Die andere Seite war das Leere, das man nicht berührt, das aber zum Vollen hindrängt: Lieder, Erinnerungen, Stille, Wörter, Luft, Gedanken.

Es war, als würde man gleichzeitig diesseits und jenseits eines Spiegels leben.

X

Die gesammelte Stille

Als die Geheimnisse enthüllt waren, änderte sich meine Beziehung zu Enzo.

Er wurde ruhiger, als hätte er die letzten Dinge in seinem Leben geordnet. Jetzt wusste ich, wo er kochte, und ich machte mir einen Spaß daraus, durch die angelehnte Tür ins Esszimmer zu gucken. Enzo rannte hinein, er hatte im Lauf der Jahre eine irre Technik entwickelt, in fünf Minuten war alles fertig, dampfte und glänzte, und dabei herrschte vollkommene Stille. Wie ein Küchenkobold glitt er auf weißen Socken hin und her. Und eines Nachmittags sah ich Mama und Papa durch die Geheimtür eintreten, auch in solchen weißen Socken. Sie räumten schnell den Tisch ab, und ich beobachtete sie wie verzaubert, konnte aber nicht pfeifen und mich erst nicht rühren. Als ich reinwollte, um sie zu umarmen, warf Quirino Stella mit seinem abgedrifteten Auge einen Blick zu, und ich hatte gerade die Tür aufgestoßen, da war schon niemand mehr da.

Enzo wollte das Pfiffibular lernen, aber es war nicht einfach, es ihm beizubringen. Mein Heft konnte ich ihm nicht zum Lesen geben, weil er entschieden hatte, blind zu sein, und mit Worten konnte ich ihm die Pfiffe nicht erklären. Also dachte ich mir eine neue Methode aus. Enzo sagte ein Wort, ich pfiff es, und er versuchte es zu wiederholen. Wir fingen mit einzelnen Buchstaben an, dann kam Silben dran, später ganze Wörter und am Ende erste einfache Sätze. Anschließend kam der Gesichtsausdruck dazu. Tschechoff war wirklich gut, und es machte ihm großen Spaß.

»Eine neue Sprache zu lernen ist das schönste Geschenk, das du mir machen kannst!«, sagte er eines Tages. »Meine Sprache ist alt, sie ist verstaubt und eintönig. Das Leben ändert sich, es wächst und reift, meine Sprache nicht, sie ist ungelenk und verschleiert alles, was ich erlebe. Früher war sie ein hilfreiches Werkzeug, der Schlüssel, um an die entlegensten Orte zu gelangen, jetzt versperrt sie mir den Zugang. Als ich jung war, war Sprache für mich eine Treppe, eine Rutschbahn, ein Motorrad, ein Besen, ein Kuss, eine Laterne oder ein Verband. Mit ihr bin ich überall angekommen, wo ich hinwollte. Nichts entging mir, nichts konnte sich vor mir verbergen. Ich brauchte mich nur auf sie zu schwingen, und los ging es. Ach, wie stark ich mich fühlte, wie schön! Ich liebte meine Schwächen und nutzte sie weidlich, wenn mir jemand gefiel. Zerbrechlichkeit kann so anziehend sein, weißt du das? Ja, du weißt das, du hast sie bei mir eingesetzt. Und ich war jung, schön, reich, zerbrechlich und nicht greifbar. Die Mädchen waren verrückt nach mir, aber ich erwiderte ihre Zuneigung nicht, und genau dieses demonstrative Desinteresse machte mich in ihren Augen unwiderstehlich. Mein Leben fand woanders statt, für sie hatte ich nur Worte übrig, viele Worte. Und wie sie sich in diese Worte verliebten, in diese Worte, die sie von mir trennten … Bei Adriano war das anders, für ihn war das Wort nur die Illusion der Möglichkeit, wie er gern sagte. Vielleicht hatte er ja recht. Er liebte es zu schweigen, zu beobachten, zuzuhören, deswegen fotografierte er so viel. ›Im Anfang war das Wort‹, hatte ich im Scherz zu ihm gesagt. ›Allahu Akbar‹, antwortete er. Jetzt kommst du und lehrst mich: ›Im Anfang war der Pfiff.‹«

Als Enzo das Pfiffibular gut genug konnte, wurden unsere neapolitanischen Spaziergänge reicher, wir besuchten Orte, die schwieriger zu pfeifen waren, und er half mir zu verstehen, was ich sah, indem er neue Pfiffe versuchte und mit seinem zarten Pfeifen auf meine kehligen Pfiffe antwortete. Wir pfiffen das Nationalmuseum, wir pfiffen die Certosa di San Martino, wir pfiffen den Königspalast von Neapel und den von Caserta, wir pfiffen Pompeji und Herculaneum, wir pfiffen das Teatro San Carlo, ich lernte und pfiff auch sämtliche Opern, die dort aufgeführt wurden, aber das war leicht, bloß ein bisschen Melodie. Jetzt gingen wir auch in Geschäfte. Ich voraus, Enzo hinterdrein. Wir taten so, als würden wir uns nicht kennen, ich pfiff die ausgelegte Ware, er tat so, als würde er durch den Laden schlendern. Dann sagte er zu der Verkäuferin: »Ich würde gern die braunen Schuhe mit den schwarzen Streifen zu fünfundsiebzigtausend Lire aus dem dritten Regal rechts anprobieren«, und die Verkäuferin sah ihn an und dachte wahrscheinlich: ›Hä? Und der soll blind sein?‹

Nach zwei Jahren fingen wir mit abendlichen Kinobesuchen an.

Wir sahen alle möglichen Filme, komische und dramatische, Krimis, Neapolitanisches mit Mario Merola, einfach alles. Das heißt, ich sah die Filme, Enzo lauschte und wollte auf keinen Fall, dass ich ihm Szenen erklärte, in denen nicht gesprochen wurde. Genauso war es im Theater. Er mochte Stücke, die sich »Avantgarde« nannten und bei denen man die Geschichte und die Rollen und das alles nicht immer verstand. Bei solchen Stücken gab es jede Menge Licht, Klänge, Durcheinander, vermischte Textpassagen, die Schauspieler tanzten oder rannten herum, dann folgten Poetisches, Tragisches, Liebe und Schmerz. Und Stille. Und ich durfte nie erklären, was gerade passierte.

»Deswegen komme ich ja her«, sagte er. »Ich fädele eine Kette aus Stille auf.«

Wie ich staunte, wenn ich die Schauspieler sah! Langweilige, nichtssagende Leute verwandelten sich vor meinen Augen in etwas Magisches und Überraschendes, sie waren mutig und stark oder klein und niederträchtig. Am tollsten fand ich die gespielt Dummen, die sich, wie man in Neapel sagt, blöd stellen, um nicht in den Krieg zu müssen, also wenn es ihnen gelegen kommt. Einmal verwandelte sich ein Schauspieler vor meinen Augen in einen Vogel, in einem geheimnisvollen blauen Licht, das von der Seite kam und vom Boden, und er verwandelte sich langsam, begleitet von einer berührenden rhythmischen Musik. Das war zu viel für mich, ich konnte mich nicht beherrschen und pfiff ihm vor Aufregung aus voller Kehle zu. Da erlosch sein Vogelblick, er fühlte sich ertappt und versteckte sich hinter einem Schauspieler, der als Pferd verkleidet war.

Zu Hause nahm Enzo einen Block und schrieb ein Wort, ein einziges Wort, oben auf die Seite.

»Dieses Wort kam vor der schönsten Stille des Abends. Diese wenigen schwarzen Striche verleihen dem folgenden Weißen Bedeutung, sie sind wie das Tor in einem japanischen Zen-Garten. Dieses Wort ist eine Schwelle.«

Er schrieb schöne Wörter auf, laue Wörter und auch unnütze Wörter.

Aber auf jedes folgte eine weiße Seite von überwältigender Stille.

XI

Leb wohl, mein schönes Neapel, nie mehr werde ich dich wiedersehen!

Auch im Japan von Monte di Dio bildete sich ein kleines Vogelpublikum, das die Geschichten aus Enzos Büchern hören wollte, und im Sommer füllte sich abends die Terrasse zu den Lesungen unter freiem Himmel. Als wir begannen, die Theaterstücke zu pfeifen und zu zwitschern, kam mir eine geniale Idee. Auf einer Geländersäule lag eine große Kachel, bestimmt zwanzig mal zwanzig Zentimeter, und auf dieser Kachel ließen wir die Vögel Dutzende von Theaterszenen aufführen. Alì gab einen großartigen Othello: Er rollte mit den Augen, gestikulierte mit gespreizten Flügeln, riss im Zorn den Schnabel hoch, bog den Hals wie einen Schirmgriff und blähte die kleine Brust. Ein Distelfink, der extra aus Caivano gekommen war, gab hinternwackelnd sämtliche Frauenrollen aus den Komödien von Eduardo de Filippo zum Besten, und wir kringelten uns vor Lachen. Eine große, elegante Turteltaube spielte immer die Desdemona, und ihre Art zu sterben machte sie zu einer Berühmtheit. Während sie sich mit dem Flügel über den Schnabel fuhr, kippte sie nach hinten ins Leere, dann tauchte sie im Flug wieder auf und nahm schwirrenden Flügelapplaus entgegen.

Einmal imitierte Alì bei einer Aufführung ebenfalls Desdemonas spektakuläres Hinscheiden. Erst tat er so, als trommelte er sich auf die Brust, bevor er sich nach hinten ins Leere stürzte. Hochverdienter Applaus brandete auf, erstarb aber bald in verlegener Stille. Alì kam nicht zurück, um ihn entgegenzunehmen.

Es war das letzte Mal, dass ich ihn gesehen habe.

So viele Jahre war er mir wie ein Bruder nah gewesen, viel länger, als ein Beo überhaupt lebt, und jetzt war er einfach verschwunden, wie eine Theaterfigur. Wie jemand, den du siehst, hörst und beinahe berühren kannst, der aber in Wirklichkeit nie existiert hat. Ich stellte mir vor, wie er davonflog, vor dieser klaren, blauen, gespannten Kulisse, und ich überlegte, ob mir wirklich ein tiefschwarzer kleiner Beo mit leuchtend gelben Karunkeln so lange Zeit nah gewesen war.

Längst war ich erwachsen und hatte alles verstanden, was es zu verstehen gab, denn es hatte sich von mir getrennt. Als mich jetzt auch Alì allein ließ – mein rätselhafter gefiederter Bruder, der mir, wer weiß, woher, geschickt worden war –, beschloss ich, wirklich erwachsen zu werden und mir eine Arbeit zu suchen. Enzo half mir dabei, aber es war nicht einfach, denn ich war immer noch ein ahnungsloser, stummer junger Mann. Durch einen merkwürdigen Zufall fand ich dann eine schöne Arbeit, die genau zu mir passte.

Nicht weit von der Piazza Municipio lag in einer versteckten Gasse eine Tierhandlung. Ich war oft mit Enzo oder auch allein dort vorbeigegangen, hatte aber nie auf die schmale Ladentür geachtet, die fast zugestellt war von Säcken mit Futterkroketten, mit Näpfen und Hundeleinen. Drei Stufen führten in einen stinkenden kleinen Raum mit vielen Käfigen, in dem hinter einer sehr hohen Theke der Inhaber stand, ein kleiner, glatzköpfiger Mann mit Segelohren und Glubschaugen. Eines Tages trat ich neugierig ein. Enzo folgte mir wortlos, wie er es schon seit einiger Zeit tat. Ich hatte mich gerade an das drückende Halbdunkel gewöhnt, als einer der Vögel meinen Namen rief.

»Isido'!«

Es waren die Unzertrennlichen, ein lustiges Papageienpärchen, das mit seinen kurzen komischen Szenen das komplette gefiederte Terrassenpublikum in Verzückung versetzte.

»Was machst du denn hier, Isidoro?«

»Ich kam gerade vorbei und wollte nur mal schauen … Und ihr?«

»Wir wohnen hier!«

Damit war die Sache klar. Signor Angelo sah mich mit den Vögeln reden und fragte mich, ob ich in seinem Laden arbeiten wolle. Er suchte schon lange einen Gehilfen, hatte aber keinen gefunden, der sich richtig um seine Tiere kümmerte.

»Es ist egal, wie hoch der Lohn ist«, sagte Enzo. »Wichtig ist, dass Sie ihn gut behandeln. Er ist stumm, aber er kann mit den Vögeln reden.«

»Das ist gut«, antwortete Angelo. »Mit den Menschen rede ich.«

Ich fing sofort bei ihm an und verbrachte schon den Nachmittag im Laden. Signor Angelo war freundlich und fair.

Beim Abendessen entstand zwischen Enzo und mir oft ein tiefes Schweigen, es war, als läge es zwischen uns auf dem Tisch. Aber es war nicht so, dass etwas gestört hätte oder wir uns unwohl fühlten. Ich glaube, Enzo hatte beschlossen, auf der Reise zum Nichts, das er suchte, ein weiteres Mosaiksteinchen aus seinem Leben zu nehmen, und er hatte das Wort gewählt. Ich ging oft in die Stadt, lief durch die Straßen und über leere Plätze, atmete und schnupperte die Luft und den ganzen Gestank der Stadt, durch den hindurch mich oft das Parfüm einer Frau anwehte. Eines Abends gingen auf der Piazza Plebiscito vier bildhübsche Mädchen an mir vorbei. Sie lächelten mich an und hoben die Hand zum Hallo, eine sagte sogar: »Wie schön du bist!«, und die anderen fielen laut in ihr Lachen ein. Wie glücklich und aufgeregt ich war!

Aber als sie ein paar Schritte weitergegangen waren, sah ich hinter ihnen Mama und Papa und diesmal auch Enzo Tschechoff, der doch eigentlich zu Hause in seinem Zimmer sein sollte. Sie kamen mir entgegen. Ohne zu überlegen, setzte ich zu einem Pfiff an, aber da erlebte ich eine Überraschung, wie damals die Krankenschwester, als ich bei meiner Geburt pfiff: Ich schrie. Ich schrie mit der Stimme, wie alle anderen auch, ich schrie: »He! Hallo!« mit einer Stimme, die schmutzig und verschleimt war, wie etwas, das lange unter Wasser gelegen hatte. Aber es war eine Stimme und kein Pfiff.

Auf dem Heimweg hustete ich und räusperte mich reflexhaft, als hätte ich einen Tic. Nach jahrelangem Schweigen war meine Stimme wieder da, einfach so! Zurück im Japan von Monte di Dio, lief ich sofort zu Enzo. Er lag mit offenen Augen im Bett und sah genauso aus wie damals, als ich ihn kennengelernt hatte: zart, zerbrechlich, weiblich und ohne jede Runzel. Wenn ich es mir recht überlegte, war er wie ein Vogel ohne Flügel.

Neben dem Bett lag ein offenes Buch mit einem unterstrichenen Vers:

Mein Herz hat sich allen Formen geöffnet.

XII

Dante, Amore, Petraio und Monte di Dio

Ich war gespannt, als ich zu dem Notartermin ging. Eine Woche war verstrichen, seit ich auf der Piazza Plebiscito den wichtigsten Menschen begegnet war, die mein Leben verlassen hatten.

Beim Notar täuschte ich eine schlimme Kehlkopfentzündung vor und machte mich, halb mit Gesten, halb mit Wörtern, verständlich. Enzo hatte vor seinem Tod alles sehr detailliert verfügt. Er hinterließ Signor Isidoro Raggiola eine kleine Wohnung in Petraio, unterhalb von San Martino, zwei weitere Wohnungen an der Piazza Dante und an der Piazza Nicola Amore und außerdem die Wohnung, die »Japan von Monte di Dio« genannt wurde. Der Notar erklärte mir, Enzo habe seinen Wohlstand seinem Familiennamen zu verdanken, Caracciolo di Torchiarolo, seine Familie sei früher eine der wichtigsten der Stadt und ganz Süditaliens gewesen. Ich verließ die Notarkanzlei, aß zu Tschechoffs Ehren in der Bar eine Sfogliatella und brachte Signor Angelo von der Tierhandlung auch eine mit.

Zwei weitere Jahre vergingen in der leeren, stillen Wohnung, zwei Jahre, in denen ich mich mit offenen Augen tief in mich selbst hineinbegab, wie ein Taucher, der ganz langsam nach unten sinkt, während die Luftbläschen zum Atemholen an die Oberfläche sausen. Meine Freizeit verbrachte ich in vollkommener Stille, oft saß ich auf der Terrasse und betrachtete den Himmel und das Meer und versuchte zu verstehen, wie sich in mir die Farben änderten, die vor meinen Augen kamen und gingen. Ich war allein, vollkommen allein in einer Stadt, die ich wie meine Westentasche kannte, bestimmt besser als das Dorf, in dem ich geboren wurde. Jede Gasse, jeden Winkel war ich mit Enzo über die Jahre abgegangen, Hunderte und Aberhunderte von Gesichtern jeden Alters und aus allen Schichten hatte ich aufmerksam angesehen, um sie ihm zu pfeifen.

Maria Schnee, Via Speranzella, Piazza Monteoliveto, Piazza Carità, Via Concezione, Corpo di Napoli, Strada dell' Anticaglia, Fondaco Paradiso und Paradisello, Vico Scassacocchi, Via Forcella, Vico Duchesca und wie sie alle heißen, dazu die Rue und die Calate – die ganze Stadt hatte ich kennengelernt, aber nur pfeifenderweise, ohne Worte. Worte waren für mich an die Kindheit gebunden, bis zum Tag des Erdbebens, als man Dinge noch sagen konnte. Es waren die erdigen, trockenen Worte der Bauern gewesen, die ansteckenden Worte mit Ausrufezeichen von Papas Plan der kommunistischen Solidarität oder die nachdenklichen, gefühlvollen Worte seiner Liebesbriefe aus dem Badezimmer. Es waren die lustigen Worte von Nocella gewesen, die exotischen und rätselhaften von Renò, die bleischweren, unbequemen aus dem Mund des jungen Kommunisten, der Quirino entführen wollte, oder die weichen, klaren Worte von Stella, deren Atem nach Mandarinen und Torrone duftete.

Zwei Jahre gingen so ins Land, in mir mischten sich die Luft des Pfeifens und die Luft des Wortes, die Zeiten der Vergangenheit, Renatas Kuss und die Sehnsucht, einen Körper im Arm zu halten, und diese quälende Sehnsucht konnte ich nicht mal benennen. Tägliches Gedächtnis- und Wörtertraining half mir, wieder sprechen zu lernen. Als Übung erzählte ich mir vor dem Spiegel die Geschichte, die ihr hier gelesen habt, meine Geschichte, und ich benutzte dabei alle Wörter, aus denen meine Kindheit bestanden hatte, die echten und die erfundenen: Ich übte mit *Kuss* und *sticht* und *traustig* und mit allen Wörtern, die ich von Quirino in Erinnerung hatte.

Als ich hundertmal sagte: »Haltet zusammen! Seid stark! Seid frei! Weder Herren noch Knechte!«, als würde ich hundert Kniebeugen machen, verstand ich besser, wie die Welt wäre, von der Papa geträumt hatte, und ich vermisste ihn, ich hätte so gern mit ihm geredet, ihn umarmt, mich weiter mit ihm dafür eingesetzt, den Armen eine neue Sprache beizubringen, damit sie sich wehren können. Mir zumindest ein bisschen wieder eingebildet, dass man pfeifend daran arbeiten kann, gemeinsam mit den Menschen, die man liebt, eine gerechtere Welt zu erschaffen.

Die Alten im Viertel nannten mich immer noch den Pfeifer, die Jungen wussten nichts über mich, außer dass ich wohl stumm sei. Sie sahen mich auf der Straße, sie sahen mich durch die alte Tür in Monte di Dio hinein- und hinausgehen, aber wahrscheinlich fragte sich nie jemand, wie mein Leben eigentlich aussah. Das wäre ja auch nicht so leicht zu erzählen gewesen. Ich hatte keine echte Erfahrung mit der Welt, und zugleich hatte ich sie hundertfach; ich hatte Erfahrungen gemacht, die kein Mensch jemals zu erleben das Glück hat, und zugleich fehlten mir die ganz normalen. Jetzt überkam mich Spätzünder eine grenzenlose Lust, wieder mit Menschen zusammen zu sein, sie kennenzulernen, so gut es nur ging, ich wollte unbedingt wissen, wie die anderen lebten, und wie ein Ohrwurm meldete sich dauernd der Satz, den Stella immer gesagt und den sie auch in ihr Buch geschrieben hatte: Jedes Leben darf sein. Jeder darf leben, wie er will, punktum.

So ist es.

Epilog – Erster Liebesbrief aus dem Badezimmer

Liebste Marella, meine wiedergefundene Liebe,
eines Tages bist Du in den Laden gekommen, um Kroketten für Deinen kleinen Hund zu kaufen. Einfach so, wie eben die schönen und wichtigen Sachen, die das Leben einem manchmal schenkt, ganz einfach sind. Du wolltest für Deinen Hund Kroketten kaufen und bist ausgerechnet in den Laden gekommen, in dem ich arbeite. Ausgerechnet in diesen Laden. Und ich will meinen ersten Liebesbrief aus dem Badezimmer – nach meinem ersten Eierbad! – diesem großartigen, überraschenden Tag widmen, der so grau angefangen hat. Ich war unzufrieden, mir fehlte etwas. Klar! Jetzt weiß ich natürlich, dass Du das warst. Der Kaffee schmeckte verbrannt, die Sfogliatella alt und quatschig, und sogar Peppe, der Barmann, fragte: »Was ist los, Isido'? So kenne ich dich gar nicht!« Ganz recht, Peppe!
Ich war dreiundzwanzig Jahre alt, ich war allein, jung, wohlhabend, ich konnte tun und lassen, was ich wollte, es gab nichts, was ich mir noch wünschen konnte. Sogar die Worte hatte ich wiedergefunden, aber ich wusste nicht, was ich sagen sollte oder zu wem ich etwas sagen sollte. Was ist das für ein Leben, wenn es nichts gibt, das man sich wünschen kann? Peppe verstand mich nicht, er beneidete mich, weil ich am Ende des Monats keine Miete zahlen musste. Und genau an dem Tag hatte ich das Glück, jenen Menschen wiederzutreffen, der mir wirklich auf der Welt fehlte, diesen mutigen Menschen, der mich immer beschützen würde, auch vor mir selbst. Das spastische Mädchen, das sich am Strand gekrümmt hatte vor Lachen, weil mir ein Ei aus der Hose gerutscht war.

Vor zwei Jahren bist Du in den Laden gekommen, und bevor wir gleich alle beide arbeiten gehen, bist Du jetzt in der Küche und machst Frühstück, und ich bin vollkommen glücklich. Du hast mir die Kindheit zurückgegeben, die mir abhanden gekommen war, Marella. Du hast sie mir mit Deinem Körper zurückgegeben, der keine Sekunde stillhält, wie damals, als wir in der Durelli-Zisterne spielten, Du hast sie mir zurückgegeben mit Deinem Witz, mit Deinem Lachen, das noch genauso ist wie damals, als wir Kinder waren, mit Deinen Augen, die noch schwärzer sind als früher. Aber vor allem über Deine Krankheit hast Du mir meine Kindheit zurückgegeben. »Die Welt existiert nicht, wenn niemand sie erzählt«, hat Enzo einmal gesagt. Mit Dir habe ich verstanden, dass niemand ein krankes Leben darstellt, niemand besingt es, macht sich lustig, spielt damit. »Hast du schon mal die Statue eines Kranken gesehen?«, hast Du mich mal gefragt. »In den Museen gibt es Helden, Sterbende, gespannte, engelsgleiche, schlafende, kämpfende, erotische Körper, alles, was du willst, aber keine Kranken.« Von Dir habe ich gelernt, dass das Leben mit einer Krankheit mehr Tiefe hat, es bedeutet mehr Sehnsucht, mehr Herausforderung.
Kranksein ist natürlich grässlich, aber es ist nicht das Gegenteil von Leben. Es ist das doppelte Leben, es ist das Leben plus die Besinnung auf das Leben, die bewusste Freude darüber, einfach auf der Welt zu sein.
Liebste Marella, mein Leben lebt schon immer von Gegensätzen. Schönheit fand ich, wo ich sie am wenigsten erwartete. Und je weniger ich sie erwartete, umso üppiger war sie, sie stürzte mit einer solchen Wucht über mich herein, dass ich fast darin versank. So war es, als ich entdeckte, dass Vögel reden und Menschen pfeifen, dass Schielende mehr sehen, dass Menschenmengen sich in Vogelschwärme verwandeln können, die von einer gepfiffenen Revolution träumen, oder dass Blinde eine unaussprechliche Liebe vor Augen haben oder dass Vögel mit großem Vergnügen Shakespeare spielen und wirklich wie ihre Helden sterben.
Oder als in einer stinkenden, düsteren Tierhandlung, drei Stufen im Souterrain – meinem x-ten Unterschlupf –, Du aufgetaucht bist, ausgerechnet Du, krumm und schief, und mich an der Hand genommen und

dazu gebracht hast, wieder zu laufen, zu rennen, zu schwimmen, zu reden und zu singen, zu reisen, Liebe zu machen und an etwas Wunderbares zu glauben.
Und für Dich zu pfeifen. Für meine spastische Liebe von vor zwanzig Jahren, zurückgekehrt aus Mattinella, damit sie mich das Leben lehrt und die Liebe und den Mut zu allem beidem.
In Liebe,
Dein Isidoro

Danke, Silvia Meucci und Alberto Suárez, danke, Giuseppe Catozzella, Gianluca Foglia, Giovanna Salvia und Alberto Rollo. Dank euch kann ich die nächsten Jahre vor meinen Freunden angeben. Und Dank an Alessandra Russo, die sehr freundliche Druckerin; danke, Alice und Gianmarco, für den Ventilator; danke, Maria Adelaide Billitteri, für das ganze Latein, das du studiert und unterrichtet hast. Dank an Paola Del Vecchio, die unwissentlich die Weggabelung war, die mich hierhergebracht hat. Dank an Angelo Curti, der jetzt Zeit haben wird, es zu lesen. Danke, Pau Mirò und Ana Boadas, dass ihr die Idee so schön fandet.